mtb

Nicole Fisher

You're my FATE

Roman

mtb

1. Auflage 2021
Originalausgabe

Gesetzt aus der Stempel Garamond
von GGP Media GmbH, Pößneck
Druck und Bindung von GGP Media GmbH, Pößneck
Printed in Germany
ISBN 978-3-7457-0116-6
www.mira-taschenbuch.de

Klimaneutral
Druckprodukt
ClimatePartner.com/15109-2009-1001

MIX
Papier
FSC FSC® C014496

Triggerwarnung:
Dieser Roman enthält Szenen von Gewalt.

Für meinen Mann.
Weil du mir täglich zeigst,
wie sich wahre Liebe anfühlt.

PROLOG

War es das alles wert? Genügen Erinnerungen an glückliche Momente, um aufzuwiegen, wie schmerzhaft es endet? Meine Antwort darauf ist simpel: Ja. Aufrichtig zu lieben und ebenso geliebt zu werden, war den Schmerz mehr als wert.

»Von vorn.« Seine eisige Stimme durchbricht die Stille wie ein Peitschenknall.

Ich zucke heftig zusammen, weigere mich aber, den Blick zu heben. Stattdessen konzentriere ich mich auf das warme Blut, das aus der Platzwunde an meiner Lippe tropft, und auf den Schweiß, der über meinen Körper rinnt und die Kleidung an meiner Haut kleben lässt. Ich sitze auf einem Stuhl, die Hände wurden mir mit Kabelbindern eng auf dem Rücken fixiert, ebenso sind auch meine Beine fest aneinandergebunden. So habe ich keine Chance, um den Schmerz ein wenig zu lindern – oder mich zu wehren.

Ein frustriertes Seufzen lässt mich schließlich doch aufblicken. Der blasse bullige Mann, von dem es kommt, ist *sein* Handlanger für schmutzige Dinge. Derjenige, der sich um Probleme kümmert und sie löst, ohne dass Fragen entstehen. An dem Tag, an dem ich Ian zum ersten Mal küsste, hätte mir klar sein müssen, dass ich irgendwann in seinen Radar geraten würde. *Ich war so dumm und naiv.*

Dieses Mal trifft mich seine Faust gezielt in die Rippen. Ich höre es erschreckend laut knacken, und mein markerschütternder Schrei erfüllt die gesamte Halle. Er prallt von den kahlen Wänden ab und klingelt laut in meinen Ohren nach. Als Antwort erwartet mich eine heftige Backpfeife, die meinen Kopf zur Seite wirft.

»Ich habe nichts verraten!«, brülle ich mit tränenerstickter Stimme.

Trevor schnalzt unzufrieden mit der Zunge und hockt sich so dicht vor meine Knie, dass ich seinen heißen, nach Zigarettenqualm riechenden Atem im Gesicht spüre.

»Wenn du nicht kooperierst, muss ich zu drastischeren Mitteln greifen. Das hast du dir selbst zuzuschreiben«, erklärt er drohend und richtet sich abrupt auf.

Erschöpft beobachte ich, wie der Hüne kräftig an die rostige Metalltür klopft, die sich daraufhin quietschend öffnet.

Zwei glatzköpfige Männer betreten mit selbstsicheren Schritten die Lagerhalle und steuern direkt auf mich zu. Ihre Blicke strahlen etwas Erbarmungsloses und Brutales aus, das mich in Panik versetzt. Je näher sie mir kommen, umso ängstlicher zerre ich am Kabelbinder, kreische und brülle um Hilfe – auch wenn ich weiß, dass es zwecklos ist. Mich wird niemand retten.

Einer der Glatzköpfe packt meine Haare und zerrt mich daran brutal vom Stuhl. Er knallt meinen Kopf mit Wucht auf den harten Betonboden, stellt seinen Fuß auf meine Wange und lacht dreckig. Ich schließe die Augen und atme tief ein, um mich innerlich für das Kommende zu wappnen.

Mein Schicksal ist besiegelt, und ich habe es selbst gewählt. Für die Liebe war es wert, zu leiden.

1

Fluchend schiebe ich die Sonnenbrille in mein Haar und reibe mir über die brennenden Augen. So viel Tequila zu trinken, ist keine besonders clevere Idee von mir gewesen. Und ein Trinkspiel daraus zu machen, war noch idiotischer. *Tja, hinterher ist man bekanntlich immer schlauer.*

»Wenn Jack spitzkriegt, was du mit den Angestellten treibst, dreht er durch«, prophezeit eine amüsierte Stimme.

Zwei Aspirin und ein dampfender Kaffeebecher erscheinen in meinem Blickfeld. Augenrollend nehme ich die Tabletten entgegen und spüle sie eilig mit dem göttlichen Schwarz hinunter. *Mhmh, Koffein.*

»Mach dir lieber Sorgen um dich selbst. Wenn er erfährt, dass du mittrinkst, bist du nämlich deinen Job los«, erwidere ich frech und stelle die Tasse neben mir auf dem niedrigen Beistelltischchen ab. »Wenn er dich nicht sogar beseitigt, weil du deine Aufgaben nicht vernünftig erledigst.

Immerhin sollst du mich von Blödsinn abhalten und nicht dabei mitmachen.«

Caleb macht eine wegwerfende Handbewegung und zuckt mit den Schultern, als würde ihn meine Drohung nicht interessieren. Was vermutlich tatsächlich so ist. Als Jacks rechte Hand genießt er Narrenfreiheit. Das beinhaltet ein extrem überzogenes Gehalt, heiße Frauen und sehr viel Macht – was ihm wiederum noch mehr Frauen einbringt.

»Er liebt mich wie einen Bruder«, erklärt er selbstsicher.

Bitter lachend lehne ich mich auf der Sonnenliege zurück und schiebe mir die schwarze Fliegersonnenbrille auf die Nase, damit die aggressive mexikanische Sonne mir nicht die Netzhäute verätzt.

»Ich bin seine Schwester, und trotzdem hätte er mich beinahe umgebracht. Sei dir deines Lebens also nicht zu sicher.«

»Weil du ihn hintergangen hast und mit dem Feind ins Bett gestiegen bist«, kontert Caleb gelassen und setzt sich gähnend auf die Liege neben meiner.

Noch vor drei Monaten wäre ich an dieser Stelle definitiv ausgeflippt. Inzwischen habe ich jedoch gelernt, bei diesem Thema nach außen hin entspannt zu wirken. Also zucke ich lediglich mit den Schultern und gebe mich uninteressiert. Wie es tatsächlich in mir aussieht, darf niemand wissen. Das ist eine Lektion, die ich ziemlich schnell begriffen habe.

Nachdem ich zu Jack zurückgekehrt war, musste ich ihm versprechen, mich von Ian fernzuhalten. Und ich halte mich daran. Es ist der einzige Weg, um Ians Leben zu schützen und mir wieder Jacks Vertrauen zu verdienen. Im Gegenzug versprach mir mein Bruder einen Neuanfang. Und das ist alles, was ich will. Ich will endlich wieder erfahren, wie es sich anfühlt, eine echte Familie zu haben.

Anthony, Aria und auch Ian hatten mir so viel Schlechtes über Jack erzählt, dass ich ihn für den Teufel persönlich gehalten hatte. Und ja, Jack hat seine Schläger auf mich gehetzt, nachdem er von Ian und mir erfahren hatte. Er wollte mir eine Lektion erteilen, damit ich nie wieder in Versuchung gerate, mich mit dem – wie er und Caleb ihn nennen – Feind einzulassen. Schließlich ist Ians Familie für den Tod unserer Eltern verantwortlich. Eine Tatsache, die ich wohl niemals werde vergessen können.

Doch es war nie die Absicht meines Bruders, mich zu töten. Das beteuert er immer wieder. Jack ist davon überzeugt, dass Ian mir seine Gefühle bloß vorgespielt hat, um einen Keil zwischen meinen Bruder und mich zu treiben und damit die Familie Hasting endgültig zu zerstören.

Dass Ian in dieser Geschichte kein Heiliger ist, ist mir mittlerweile mehr als bewusst. Ich kann nicht ausblenden, was ich inzwischen über ihn weiß, auch wenn mein Herz sich wünscht, die Wahrheit über ihn niemals erfahren zu haben. Er hat mir verschwiegen, dass der Auftrag, meine Eltern zu töten, von seiner Familie ausging, und das kann ich nicht verzeihen. *Wer sagt mir also, dass Jacks Behauptungen nicht der Wahrheit entsprechen und Ian mich tatsächlich nur benutzt hat?*

»Was ist dein Plan für heute, Prinzessin?«, fragt Caleb und zieht sich das rote T-Shirt über den Kopf.

Mit einer hochgezogenen Braue beobachte ich, wie er das T-Shirt achtlos neben sich auf den Steinboden fallen lässt und es sich auf der Liege gemütlich macht. Ich lasse den Blick über Calebs muskulösen, definierten Oberkörper gleiten und beiße mir angestrengt auf die Unterlippe. Eins steht fest: Wäre er nicht die rechte Hand meines Bruders und würde ich nicht noch immer ständig an Ian denken, hätte ich schon längst versucht, Caleb näherzukommen.

Er ist ein typischer Sunnyboy: verwuscheltes dunkelblondes Haar, braun gebrannter Körper und ein so intensiver Blick aus vertrauenserweckenden braunen Augen, dass die Frauen Schlange stehen. Caleb ist frech, auf eine extrem charmante Art – und genau das ist es, was ihn für mich so anziehend macht.

Um mich von seinem halb nackten Körper abzulenken, lasse ich den Blick umherschweifen und genieße die Schönheit dieses Ortes. Der Garten unseres mexikanischen Anwesens ist riesig. Man könnte hier problemlos eine Party mit vierhundert Gästen feiern und hätte dennoch genügend Platz, um mit niemandem zusammenzustoßen. Neben dem Pool in Form eines Hexagons gibt es einen großzügigen Grillplatz, einen Tennisplatz, eine gemütliche Terrasse und eine Feuerstelle. Obwohl wir uns in einer Dürreperiode befinden, blüht hier jede einzelne Blume und jeder noch so winzige Strauch. Selbst der Rasen sticht mit seinem kräftigen Grün hervor. Das Anwesen ist dekadent und luxuriös. So wie Jack es liebt. Wenn man die Kameras ignoriert, die an den hohen Mauern rings um das Grundstück angebracht sind, könnte man sich hier beinahe wie zu Hause fühlen.

Für mich ist es allerdings unmöglich, sie zu übersehen, denn sie übersehen mich nicht. Jack überwacht jeden meiner Schritte. Vermutlich weiß er sogar, wann ich auf die Toilette gehe. Nur so kann er für meinen Schutz sorgen, beteuert er mir immer wieder.

»Erde an Violet. Antwortest du mir nicht mehr?«

Verspielt strecke ich Caleb die Zunge heraus und reiße mich von den Kameras los. »Fürs Erste brate ich faul in der Sonne und versuche meinen Kater loszuwerden. Und heute Abend sorge ich dafür, dass ich morgen wieder rumheule, weil ich verkatert bin«, antworte ich ihm schließlich schulterzuckend. »Du bist übrigens herzlich dazu eingeladen, Caleb. Vorausgesetzt, du lässt mich dieses Mal beim Tequila-Pong gewinnen.«

»So verlockend es auch klingt, deinem Ego erneut einen Dämpfer zu verpassen, aber aus dem Plan wird nichts.«

»Und wieso nicht? Hast du Angst vor einer Niederlage?«, feixe ich, was Caleb abfällig schnauben lässt.

»Jack hat potenzielle Geschäftspartner zum Dinner eingeladen.«

»Verdammt, nein!« Ich setze mich ruckartig auf, wodurch mein Kopf heftig zu pochen anfängt. »Jack hat mir versprochen, mich nicht in seine illegalen Geschäfte mit reinzuziehen! Und erzähl mir jetzt nicht, seine Gäste kommen, um ihm Blumen zu verkaufen. Dabei geht es um Drogen, oder?«

»Du sollst das Koks weder probieren noch verkaufen, Prinzessin. Du sollst bloß beim Essen anwesend sein, um den Mexikanern zu demonstrieren, dass die Hastings wieder vereint auftreten. Sieh es als Marketingkampagne«, rät Caleb mir gelassen. »Mit so etwas kennst du dich schließlich aus.«

»Hab ich eine andere Wahl?«, murmele ich und stehe wackelig auf.

»Nein. Aber damit hast du zumindest eine Ausrede, um shoppen zu gehen«, erwidert er unbedarft, was meinen Unmut für den Moment vertreibt und mir ein vorfreudiges Lächeln ins Gesicht zaubert.

Viele Möglichkeiten, um etwas Privatsphäre zu bekommen, habe ich nicht. Deshalb nutze ich jede noch so winzige Gelegenheit, den bewachten Mauern zu entkommen. Selbst wenn ich dabei eine Schar aus Wachmännern ertragen muss.

Caleb steht entspannt auf und schlendert zwinkernd an mir vorbei, um im nächsten Moment kopfüber in den Pool zu springen. Kühles Wasser spritzt durch die Luft und erwischt mich am Bein. Quietschend tipple ich von einem Fuß auf den anderen, als er direkt vor mir aus dem Wasser auftaucht und einen riesigen Schwall in meine Richtung drückt.

»Blödmann!«, rufe ich lachend und werfe die Sonnenbrille hinter mich, um ebenfalls in den Pool zu hüpfen.

Sobald mich das kühle, erfrischende Nass umgibt, schließe ich die Augen und lasse mich auf dem Rücken liegend auf dem Wasser treiben. In Texas habe ich unter der Hitze ständig gelitten und sie gehasst. An so einem Ort lässt sie sich allerdings verdammt gut ertragen.

»Die Karte bitte«, sage ich und strecke auffordernd die Hand aus. Einer von Jacks Wachleuten reicht mir wortlos die schwarze Kreditkarte, und ich lächle zufrieden in mich hinein, während ich sie an die Verkäuferin weiterreiche. Die Konten meines Bruders mit sinnlosen Käufen zu belasten, ist meine extrem kindische Art, ihn zu ärgern. Zu meiner Verteidigung muss ich sagen, dass er selbst die Schuld daran trägt. Immerhin weigert Jack sich, mir Zugang zu meinem eigenen Geld zu gewähren. Daher werde ich weiterhin mit dem größten Vergnügen auf seine Kosten leben, bis er endlich kapiert, dass ich nicht bei jedem noch so winzigen Einkauf von ihm abhängig sein möchte. Das ist demütigend. Schließlich bin ich eine erwachsene Frau und verdiene es, auch so behandelt zu werden.

Heute habe ich zur Abwechslung auch etwas für Jack gekauft. Wir haben nach wie vor ein schwieriges Verhältnis, das nicht über Nacht liebevoll und innig werden kann. Vieles aus der Vergangenheit ist noch nicht aufgearbeitet, und ich möchte meinen Teil dazu beitragen, dies zu tun. Nach so vielen Jahren habe ich endlich eine echte Familie, da will ich auch, dass sie funktioniert.

Ich bedanke mich bei der jungen Verkäuferin und reiche die Tüten an die zwei Wachhunde weiter, die mich heute begleiten. *Na ja, verfolgen und stalken trifft es eher.* Die Männer lieben es, mit mir shoppen zu gehen, auch wenn sie es nie offen zugeben würden. Der Grund dafür ist simpel: Ich gehe extrem großzügig mit Jacks Geld um. Heute gab es für sie Burritos, Eis und italienische Lederschuhe. Wenn ich eins in den letzten Wochen gelernt habe, dann, dass beinahe jeder Mensch käuflich ist. Bei den Wachhunden dauert es zwar länger, als ich erwartet hatte, aber ich habe Zeit.

»Ich geh noch kurz auf die Toilette«, lüge ich und gehe bereits auf die Türen neben dem Kassentresen zu, als mich der kleinere meiner heutigen Stalker am Arm zurückhält und bestimmend den Kopf schüttelt.

»Sie kennen die Regeln, Miss«, raunt er entschuldigend.

Gespielt gleichgültig zucke ich mit den Schultern. »Natürlich. Kein Problem.«

Der Glatzkopf legt eine Hand an sein Pistolenholster und öffnet bedächtig die Toilettentür, während der andere hinter ihm Stellung bezieht, als rechneten sie mit einem Überraschungsangriff aus der Toilette. Wachsam mustert er den winzigen kahlen Raum, bevor er seinem Kollegen entwarnend zunickt und mich an sich vorbei eintreten lässt.

»Es dauert nicht lange, Jungs«, verspreche ich und schließe eilig die Tür hinter mir ab.

Ohne zu zögern, haste ich in die hinterste Ecke der letzten Kabine und schließe auch diese Tür ab, ehe ich das Wegwerfhandy aus dem Körbchen meines BHs ziehe und es einschalte. Nervös schiele ich zur verschlossenen Tür und tippe mit zittrigen Fingern die Nummer ins Handy, die ich sogar im Schlaf auswendig aufsagen könnte. Es tutet einige Male, und ich bete stumm, dass sie rangeht, als es plötzlich in der Leitung knackt und ich erleichtert ausatme.

»Hallo?«

Camys vertraute Stimme zu hören, ist Balsam für meine einsame Seele. Zum ersten Mal seit Tagen kann ich befreit durchatmen und verdrängen, wie allein ich mich fühle.

Dennoch tut es auch weh, mit ihr zu sprechen, denn sie fehlt mir unbeschreiblich. Dass sie nicht mehr täglich bei mir ist, fühlt sich an, als würde man mir einen Teil meines Lebens vorenthalten. Einen wichtigen und unersetzbaren Teil.

»Ich bin's«, flüstere ich und betätige die Toilettenspülung, um die Wachhunde nicht zu verunsichern.

»Wo steckst du? Geht's dir gut?«

»Ja, keine Sorge«, beruhige ich sie. »Ich bin in der Sonne und bleibe hier wohl noch einige Tage. Es ist extrem heiß, aber zumindest gibt es tollen Tequila und einen Pool.«

Das Problem an unseren wenigen Telefonaten ist, dass ich Camy keine Einzelheiten über meinen Aufenthaltsort verraten darf, da ich nicht weiß, ob sie abgehört wird. Ian hat in New York Rache geschworen und würde ohne zu zögern aufkreuzen, wenn er wüsste, wo ich bin. Und das kann ich nicht zulassen. Zu meinem und zu seinem Schutz.

»Klingt lustig«, erwidert Camy verhalten und seufzt plötzlich tief. »Eric hat sich von mir getrennt«, gesteht sie unendlich traurig, und ich stoße einen wütenden Laut aus.

»Dieser Mistkerl! Ich hab ihn gewarnt, was passiert, sollte er dir das Herz brechen!«

»Wow.« Camy lacht dumpf. »Jetzt klingst du wirklich wie eine Gangsterbraut aus dem Kino.«

»Wie geht es dir damit?«, übergehe ich ihren Kommentar und öffne die Kabinentür extra laut. Ich drehe den rostigen Wasserhahn am Waschbecken auf und verdrücke mich eilig zurück in die Kabine.

»Was denkst du, wie's mir geht? Eric ist zu seiner Ehefrau zurückgekrochen, obwohl sie ihn betrogen und sitzen gelassen hatte. Kann ich zu dir kommen? Tequila klingt extrem verlockend«, scherzt sie deprimiert.

»Keine gute Idee«, erwidere ich wehmütig. »Du wärst in meiner Nähe ständig in Gefahr.«

»Du fehlst mir, Liz.«

Ich zucke getroffen zusammen und schließe die Augen, um den aufsteigenden Tränen keine Chance zu geben. Seit Wochen hat mich niemand Liz genannt. Diesen Namen zu hören erinnert mich an eine Zeit, in der ich dachte, dass mein Leben ein unbeschriebenes Blatt sei, das nur darauf warte, dass ich es mit meiner Tinte fülle. Dass ich es zu etwas Buntem und Besonderem mache. Aber diese Zeit ist vorbei, und ich muss endlich lernen, mich damit abzufinden, nie Herrin über mein Schicksal sein zu können.

»Wie läuft die Suche nach David?«, lenke ich ab und versteife mich unwillkürlich, sobald ich die Worte ausgesprochen habe, die sich wie Gift in meinem Mund anfühlen. So zu tun, als sorge ich mich um diesen Dreckskerl, ist die reinste Show. Ich würde Camy extrem gern verraten, dass mich unser angeblich so netter Freund vergewaltigen wollte. Dass Ian sich um ihn »gekümmert« hat und er sehr wahrscheinlich nie wieder in den Staaten auftauchen wird. Aber auch das kann ich ihr nicht sagen, wenn ich sie nicht zur Mitwisserin machen will. Es fühlt sich an, als würde sich durch all das, was ich ihr verheimlichen muss, eine Kluft zwischen uns auftun, und ich habe Angst davor, dass diese irgendwann unüberwindbar wird.

»Mom war schon wieder bei der spanischen Botschaft. Angeblich wurde ein Hotelzimmer in Madrid mit Davids Kreditkarte bezahlt. Die Beamten haben inzwischen die Theorie aufgestellt, dass er Dreck am Stecken hatte und deshalb in Spanien untergetaucht ist«, erklärt sie, und ich höre an ihrem Tonfall, dass sie dem keinen Glauben schenkt – was mich extrem nervös macht.

Camy ist durch und durch Reporterin. Wenn sie eine Story wittert, lässt sie nicht eher locker, bis sie ihre Schlagzeile hat und jede Einzelheit kennt.

»Klingt ganz so, als hättest du Zweifel.«

»Klar hab ich Zweifel! Glaubst du ernsthaft, dass David einfach abtauchen würde? Dafür ist dieser Kerl viel zu stur.«

»Ich muss auflegen«, ignoriere ich ihre Frage. »Aber ich melde mich bald wieder bei dir. Versprochen.«

»Ich hab dich lieb, und pass bitte auf dich auf«, antwortet meine beste Freundin mit zitternder Stimme, die mir wie eine Nadel direkt ins Herz sticht und dort eine tiefe Wunde hinterlässt.

»Ich dich auch, Camy. Und gib Eric einen Tritt in die Eier von mir, falls du ihn siehst.«

Sobald ich aufgelegt habe, entferne ich die SIM-Karte aus dem Wegwerfhandy und breche sie in der Mitte durch. Geübt lasse ich sie ins Waschbecken fallen und vom fließenden Wasser in den Abfluss treiben. Das Handy schlage ich hart gegen die geflieste Wand und werfe es anschließend achtlos in den Mülleimer. Das habe ich in den letzten Wochen so oft getan, dass es mir inzwischen spielend von der Hand geht.

Sobald ich die Toilettentür öffne, setze ich eine gut gelaunte Maske auf, die mich vor unangenehmen Fragen schützt, und grinse die wartenden Wachhunde gespielt unbedarft an.

»Dann mal weiter, meine Herren. Ich brauche noch Schuhe.«

2

Früher dachte ich, Models hätten einen extrem einfachen Job. Rumsitzen, sich aufbrezeln lassen und anschließend über einen Catwalk laufen, während man mit dem Hintern wackelt. Inzwischen habe ich allerdings enormen Respekt vor ihnen. Diese Frauen müssen eine Engelsgeduld haben. Eine Charaktereigenschaft, die mir eindeutig fehlt. Mich ständig von fremden Menschen zurechtmachen zu lassen, nervt mich nicht nur, es ist auch eine Qual für mein einsames Herz.

Während an mir gezupft und getupft wird wie an einer Leinwand, muss ich immer wieder an Camys Mutter Gloria und ihren Beautysalon in Rosehill denken. Dabei vergleiche ich die Frauen, die Jack als meine Stylistinnen einstellt, mit ihr. Und was soll ich sagen? Niemand kann Gloria Piper Owson auch nur ansatzweise das Wasser reichen.

Seit drei Wochen ist Esmeralda jetzt meine Stylistin, womit sie sich bereits wesentlich länger gehalten hat als ihre

Vorgängerinnen. Ich schätze die Latina mit den dunkelrot gefärbten kurzen Haaren auf Mitte vierzig. Genau bestimmen kann ich es aber nicht, da sie ihre Falten verdammt gut unter Make-up kaschiert. Die Frauen vor ihr wollten mich ständig in Gespräche verstricken und sich bei mir einschmeicheln. Esmeralda ist anders, weshalb ich sie so mag. Sie kommt, lächelt, macht ihre Arbeit und geht wieder. Ich weiß, dass sie einen kleinen Sohn hat, der ungefähr acht sein muss. Allerdings hat nicht sie mir das erzählt, sondern Laurel, die Haushaltshilfe, mit der ich öfters abends zusammensitze.

Gekonnt zupft Esmeralda eine gelockte Strähne aus dem lockeren Dutt in meinem Nacken und drapiert sie über meiner Schulter. Anschließend tritt sie einen Schritt zurück und begutachtet kritisch ihr Werk.

»Muy bien«, erklärt sie lächelnd und bewaffnet sich mit einer bedrohlich großen Dose Haarspray.

Nachdem die Latina meinen Kopf so dick eingesprüht hat, dass nicht einmal ein Hurrikan meiner Frisur noch etwas anhaben könnte, verlässt sie zufrieden mein Zimmer und winkt mir zum Abschied gut gelaunt zu.

Sobald ich alleine bin, stehe ich vom Hocker vor dem vollgestopften Frisiertisch auf und stelle mich vor den bodentiefen Spiegel, der an der Tür zum Badezimmer hängt. Unwillkürlich frage ich mich, was Ian zu meinem Outfit sagen würde, und will mich dafür am liebsten sofort ohrfeigen. *Dir müsste es völlig egal sein, was er davon hält! Du sollst ihn vergessen. Jack hat es dir wieder und wieder erklärt: Ian hat dich belogen! Und du weißt nicht mal, ob er dich tatsächlich geliebt hat oder du bloß Mittel zum Zweck warst.*

Ich atme tief durch, streiche mein Kleid glatt und lenke meine Gedanken auf den heutigen Abend statt auf den brennenden Schmerz in meiner Brust.

Die Mexikaner, die zum Dinner kommen, sind sehr konservative Menschen. Ihnen ist ihr tadelloser Ruf in der Gesellschaft extrem wichtig, weshalb sie viel auf alte Werte geben und sich dementsprechend verhalten. Das hat Jack mir eingebläut, damit ich mich an diesem Abend korrekt benehme und nichts sage oder tue, was unsere Gäste verärgern könnte. Ich finde es lächerlich, dass es sie stört, wenn eine Frau ein Oberteil mit Ausschnitt trägt oder ehrlich ihre Meinung sagt. Wahrscheinlich interessieren unsere Gäste sich nur für eine Frau, wenn diese ihre Beine breit macht und sich ums Essen kümmert, denke ich schnaubend. Da mir aber keine andere Wahl bleibt, werde ich mein Bestes tun, um weder die Mexikaner noch Jack zu verärgern.

Mein Blick huscht über das hochgeschlossene königsblaue Kleid, das knapp unterhalb der Knie endet und dessen Saum sowie der kurze Stehkragen mit schwarzen Kristallen bestickt wurden. Das Kleid ist wunderschön. Konservativ, auf eine elegante und dennoch moderne Art. Aber es passt nicht zu Eliza East. Ebenso wenig wie der Dutt und die Locken. Ich muss mir wohl oder übel endlich eingestehen, dass ich täglich ein Stückchen mehr von Liz verliere. Sowohl die von Lügen gezeichnete Zeit in Rosehill als auch die drei Monate, die ich inzwischen an Jacks Seite verbracht habe, haben mich zu der Frau gemacht, die mich aus dem Spiegel heraus ansieht. Nur, dass ich immer noch nicht sagen kann, wer diese Frau im Grunde ihres Wesens ist.

Erschrocken fahre ich herum, als es laut an der Tür klopft, und drücke automatisch den Rücken durch, sobald Jack eintritt und mich mit offener Bewunderung mustert.

»Du siehst großartig aus«, verkündet er stolz und lässt den Blick langsam an mir auf und ab gleiten.

»Danke, du aber auch. Muss an den Genen liegen«, feixe ich und deute auf das tiefschwarze Hemd und die königsblaue Krawatte, die er unter seinem schwarzen Jackett trägt. »Gefällt's dir?«

»Natürlich. Und danke, dass du in deinem Shoppingwahn auch an mich gedacht hast statt nur an die Bodyguards.«

Ich zucke grinsend mit den Schultern und schlendere gelassen auf meinen großen Bruder zu. Jack ist ein verdammt gut aussehender junger Mann, der jedoch immer etwas steif und verkrampft wirkt. Er ist nur wenige Zentimeter größer als ich und somit nicht unbedingt der größte Kerl der Welt. Aber das macht er durch seine autoritäre Ausstrahlung locker wett. Gerade Haltung, erhobenes Kinn und durchgedrückte Knie. Nur in sehr seltenen Momenten schafft man es, hinter Jacks undurchdringliche Fassade zu blicken. Und genau diese Momente sind es, die mir Hoffnung geben, unser Verhältnis irgendwann vollkommen kitten und an seiner Seite ein erfülltes, glückliches Leben führen zu können. Wir werden es schaffen, die Schatten der Vergangenheit aufzuarbeiten und uns wieder so nah zu sein, wie wir es als Kinder waren. An diesem Glauben halte ich fest.

»Ich dachte, wenn wir äußerlich zusammenpassen, festigt es vor den Mexikanern das Bild einer wiedervereinten Familie«, sage ich.

Jack nickt anerkennend und hält mir galant seinen Arm entgegen, damit ich mich bei ihm einhaken kann.

»Clever mitgedacht, Violet«, erkennt er beeindruckt.

Seine Wertschätzung bedeutet mir viel. Was damals auch zwischen uns vorgefallen sein mag, er ist und bleibt mein Bruder. Und will nicht jedes Mädchen von seinem Bruder beschützt und geliebt werden?

Gemeinsam verlassen wir mein Zimmer im ersten Stock und steigen die geschwungenen Stufen mit der edlen weißen Marmorverzierung am Geländer hinunter, die in die riesige lichtdurchflutete Eingangshalle führen. Es ist seltsam, sich in diesem luxuriösen Anwesen aufzuhalten und zu wissen, dass es zur Hälfte mir gehört. So, wie mir von allem die Hälfte gehört. *Auch von dem Koks, das Jack vermutlich gleich kaufen wird.* Mein Mund wird beim Gedanken daran staubtrocken, und mein Magen zieht sich zu einem festen Knoten zusammen. Ich will mit Drogen nichts zu tun haben, das weiß Jack. Und trotzdem verlangt er von mir, beim Essen anwesend zu sein und so zu tun, als würde es mich nicht stören. Es wird viel zu oft unterschätzt, wie leicht man der Sucht verfallen kann und wie sehr Drogen einen Menschen verändern können. Ich bin dafür wohl das beste Beispiel. Während meiner Tablettenphase im Krankenhaus nach meinem Unfall wurde ich zu einer völlig anderen Person. Ich fühlte mich glücklich und sorglos unter ihrem Einfluss. Aber sobald die Wirkung nachließ, erwischten mich die zurückgedrängten Gefühle mit einer solchen Wucht, dass ich unter ihrer Last beinahe zusammengebrochen wäre. Die körperlichen Entzugserscheinungen kamen dazu und warfen meine Reha-Erfolge um Wochen zurück. Eine Mitschuld daran zu tragen, anderen Menschen das anzutun, was ich beim Entzug durchgemacht habe, will ich meinem Gewissen nicht aufbürden. *Und doch bist du jetzt hier, farblich abgestimmt auf deinen Bruder und kurz davor, die Höhle der Löwen zu betreten.*

Mit nagendem Gewissen lasse ich mich von Jack ins geräumige Esszimmer führen und versuche, mich durch die Eleganz meiner Umgebung abzulenken. Es ist feige, sich den eigenen Gefühlen nicht zu stellen, dessen bin ich mir bewusst. Ewig werde ich die Augen nicht vor der Realität verschließen können, und wenn es so weit ist, muss ich für mich entschieden haben, wie ich mit ihr umgehen soll.

Ich atme tief durch und richte den Blick geradeaus. In der Mitte des länglichen Raumes thront ein dunkler Esstisch aus schwerem Holz, um den sich zehn passende Stühle sammeln. An den Wänden hängen eindrucksvolle Landschaftsgemälde in kunstvollen Rahmen, die exotische Orte zeigen. Unsere Mutter Elaine war dafür zuständig, die Immobilien der Familie Hasting einzurichten, und ist an diese Aufgabe sehr liebevoll und mit Bedacht herangegangen. So zumindest hat Jack es mir erzählt. An unsere Eltern habe ich leider nach wie vor keine Erinnerung. Für jedes ihrer Kinder und sogar für meinen Cousin Brix hat unsere

Mutter in jedem Anwesen ein individuelles Zimmer eingerichtet, damit wir uns überall auf der Welt zu Hause fühlen. Egal, wie weit entfernt wir sind.

»Buenas tardes, caballeros«, begrüßt Jack die Mexikaner, die schon vor uns vom Butler hereingeführt worden sind.

Es sind drei Männer und eine Frau anwesend, die mit einem Glas Wein in der Hand vor einem der Gemälde stehen und es interessiert betrachten. Keine Ahnung, ob sie sich mit Kunst auskennen oder bloß darüber debattieren, wo auf der Welt diese Landschaft sein könnte. Jedenfalls wenden sie sich sofort uns zu, sobald wir den Raum betreten.

»Verzeihen Sie, dass wir Sie haben warten lassen. Meine Schwester brauchte noch etwas Zeit, um sich zurechtzumachen.« Jack geht auf unsere Gäste zu, mich weiterhin eingehakt.

»Frauen«, erwidert der bulligste der Männer abschätzig, und ich beiße mir angestrengt auf die Lippen, um mir meine Meinung zu seinem sexistischen Kommentar zu verkneifen. Ich schätze ihn auf Anfang sechzig und gehe davon aus, dass er der Kopf des Drogenkartells ist. Nach dem, was Caleb mir vorhin am Pool erzählt hat, sind neben dem Boss und seiner Frau auch die gemeinsamen beiden Söhne eingeladen worden. Alle vier haben tiefbraune, beinahe schwarze Augen und dunkles Haar. *Wie Geier, die darauf warten, sich aufs Aas zu stürzen.* Das Familienoberhaupt ist bereits leicht ergraut, und ich erkenne schwache Geheimratsecken, während die Haare seiner Söhne dicht und voll sind. Einer von ihnen trägt sie sehr kurz und akkurat getrimmt. Der andere hat sie wachsen lassen, sodass er sich immer wieder einzelne Strähnen hinter die Ohren schieben muss. Die Frau hat üppige Locken, die ihr, sorgsam frisiert und glänzend, auf die Schultern fallen.

»Guten Abend«, begrüße ich die Familie höflich und löse mich von Jack, um jedem die Hand zu reichen.

Der Boss stellt sich mir als Don Juan Herrero vor und lässt seinen Blick so eindeutig gierig über meinen Körper wandern, dass ich plötzlich extrem froh über das spießige Fehlen eines Ausschnitts bin. Angewidert wende ich mich seiner Frau zu, die mir freundlich die Hand reicht und so tut, als hätte sie diese Anzüglichkeit nicht bemerkt. Ihr Name ist Maria und ihr Lächeln ist so offen und ehrlich, dass ich sie sofort sympathisch finde. Die Söhne stellen sich als Eduardo und Carlos vor und sind zurückhaltender bei der Begutachtung meines Körpers als ihr Vater. Was aber leider nicht bedeutet, dass sie ganz darauf verzichten oder ich es nicht bemerken würde.

Nachdem die Fleischbeschau endlich überstanden ist, setzen wir uns an den Esstisch, lassen uns vom Butler Rotwein einschenken und stoßen miteinander an. Ich mag zwar keinen Rotwein, aber da muss ich heute Abend wohl durch. Ohne jeglichen Alkohol würde ich dieses Essen wohl kaum überstehen, also nehme ich, was ich kriegen kann.

»Es ist schön, Sie kennenzulernen, Violet. Erzählen Sie mir«, wendet sich Juan mir interessiert zu und starrt mich wieder ungeniert an. »Wo haben Sie die letzten Jahre verbracht?«

Ich stelle betont ruhig mein Glas ab und rattere die Geschichte herunter, die Jack mir zu erzählen aufgetragen hat. »Ich war in Texas«, beginne ich gespielt gelassen. »Es gab einen Vorfall, bei dem ich mein Gedächtnis verlor. Irrtümlicherweise wurde ich von der Polizei daraufhin für eine andere Frau gehalten und verbrachte die letzten Jahre unter ihrem Namen damit, meinen Collegeabschluss zu machen.«

»Was für ein Vorfall?«, will Carlos, der mit den längeren Haaren, wissen.

»Eine Gang erwischte mich während einer Gala in einem unbeobachteten Moment. Ich wurde entführt und schwer misshandelt. Meine Verletzungen führten letztlich zu einer Amnesie.«

»Was ist aus dieser Gang geworden?«, verlangt Juan zu erfahren und sieht eindringlich zu Jack.

»Nichts. Sie existiert nicht mehr« antwortet mein Bruder düster. »Wer sich mit einem Hasting anlegt, hat bereits verloren, bevor er seinen ersten Zug gemacht hat«, setzt er nach.

»Durch Zufall entdeckte mich einer von Jacks Kontaktmännern und informierte ihn, dass ich noch am Leben bin«, ergreife ich wieder das Wort und seufze theatralisch, als würde mich die Erinnerung daran immer noch aus der Bahn werfen. »Natürlich war es zuerst ein Schock zu erfahren, dass ich all die Jahre eine Lüge gelebt habe. Aber inzwischen erinnere ich mich an einiges aus meiner Vergangenheit und bin unendlich dankbar, wieder bei meinem Bruder sein zu dürfen. Ich dachte, ich sei allein auf der Welt, und nun habe ich meine Familie zurück. Das ist ein unbeschreiblicher Segen.«

Dieser Teil ist nicht einstudiert. Es berührt mich nach wie vor tief, nicht mehr allein auf der Welt zu sein. Okay, ich hatte Camy, die ich wie eine Schwester liebe. Aber eine echte, lebendige Familie zu haben, ist damit nicht zu vergleichen. In meinen dunkelsten Momenten habe ich mich nach einer vertrauten Person aus meiner Vergangenheit gesehnt. Nach einer Person, die mich wirklich kennt und eine Verbindung zu meinem früheren Ich darstellt. Nun habe ich diese endlich wiedergefunden.

»Auf die *familia*«, ruft Juan und erhebt sein Glas.

Erneut stoßen wir an und verfallen dann in Gespräche über die mexikanische Wirtschaft und die zerrüttete korrupte Regierung des Landes.

Als der Butler und das Hausmädchen dabei sind, die Vorspeisensalate aufzutragen, erscheint Caleb im Durchgang zum Esszimmer und huscht eilig auf den Platz neben meinem.

»Entschuldigen Sie die Verspätung, Juan. Aber ich hatte noch dringende geschäftliche Verpflichtungen«, erläutert er knapp und wirft einen langen Blick in die Runde.

Juan nickt wohlwollend und mustert flüchtig Calebs nasse Haare. Anscheinend musste er noch die Reste dieser *geschäftlichen Verpflichtung* beseitigen. Wobei ich mir nicht sicher bin, ob es Blut von einem Feind oder Schweiß einer lüsternen Frau war.

»Da Caleb nun auch da ist, lasst uns mit dem Essen beginnen«, verkündet Jack und greift zu seiner Gabel.

Das Dinner verläuft überraschend friedlich und angenehm. Ich unterhalte mich mit Maria über mein Kleid und das Geschäft, in dem ich es heute gekauft habe, und sie empfiehlt mir eine niedliche kleine Boutique am Rand von Hermosillo. Die Frau scheint nett zu sein, und ich frage mich, was sie dazu bewogen hat, sich einen Drogenbaron als Ehemann zu nehmen. Wurde sie dazu genötigt? War es aus Liebe oder stammt sie aus einer kriminellen Familie und ihre Verbindung diente einem Bündnis? Zu gern würde ich sie danach fragen, allerdings bin ich intelligent genug, um zu wissen, dass das eine schlechte Idee ist.

»Scotch?«, wendet sich Jack an seine männlichen Gäste, nachdem das Personal die letzten leeren Teller abgeräumt hat, und alle nicken zustimmend.

Wie aus dem Nichts erscheint eine Angestellte am Tisch und reicht den Männern bauchige Gläser mit dem wohl teuersten Scotch, den Jack auftreiben konnte. Wir Frauen hingegen werden erneut mit Rotwein abgespeist, was mich neidisch zu Calebs Drink blicken lässt. Er grinst überheblich und riecht betont genüsslich an seinem Scotch, sobald er es bemerkt. *Blödmann.*

»Kommen wir zum Geschäftlichen«, beschließt Juan ernst.

Darauf scheinen mein Bruder und Caleb gewartet zu haben. Zufrieden legt Caleb die Unterarme auf den Tisch und tauscht einen kurzen, aber bedeutsamen Blick mit Jack.

»Lassen Sie uns die Spielchen überspringen und direkt zum Wesentlichen kommen, Juan«, beginnt Caleb souverän. »Sie suchen nach Lagerflächen in den USA. Wir sind im Besitz von genügend frei stehenden und unauffälligen Immobilien, die für Ihre Zwecke ideal wären. Zudem sind wir auf der Suche nach Partnern, die unsere Klubs zuverlässig mit Stoff versorgen. Vorausgesetzt, die Konditionen stimmen.«

Carlos und Eduardo fixieren ihren Vater und warten auf seine Reaktion. Ebenso wie ich.

Ein Teil von mir wünscht sich, dass der Deal nicht zustande kommt. Immerhin geht es hierbei nicht um Süßigkeiten, sondern um Kokain. Ein anderer Teil von mir hingegen weiß mittlerweile, dass solche Geschäfte zu meiner Familie dazugehören. Und wenn ich mich nicht selbst ausschließen will, muss ich mich wohl oder übel damit arrangieren. Hin- und hergerissen leere ich den widerlich bitteren Rotwein und wende den Blick von Juan ab.

»Ihre Informanten haben durchaus recht mit der Annahme, dass ich vorhabe, in die USA zu expandieren, Caleb. Meine Ware ist zu fünfundneunzig Prozent rein und liegt damit weit über dem Durchschnitt, wie Sie wissen. Der US-amerikanische Markt scheint hungrig auf gute Qualität zu sein und wird mit Sicherheit den nötigen Preis dafür bezahlen. Das macht Ihr Land so interessant für mich«, erläutert Juan.

Das Lächeln, das er bei seinen Worten auf den Lippen trägt, macht mich stutzig. *Irgendetwas stimmt nicht.* Vorsichtshalber schaue ich mich nach unseren Sicherheitsmännern um und atme erleichtert aus, als ich zwei an der Tür zur Eingangshalle und zwei weitere an der Tür zur Küche entdecke. Ihre Waffen sitzen einsatzbereit an den Holstern um ihre Hüften und schenken mir Sicherheit. Auch wenn ich mir nicht wünsche, dass sie zum Einsatz kommen, ist es doch beruhigend zu wissen, dass sie da sind. Natürlich sind auch die Herreros nicht ohne Schutz gekommen. Ihre vier Bodyguards haben bei ihrem Erscheinen deutlich demonstriert, dass sie gut bewaffnet sind. Zwei von ihnen patrouillieren im Augenblick über das Außengelände des Anwesens, während die anderen zwei sich in der Eingangshalle aufhalten, wo sie für den Notfall in Hörweite sind.

»Was Ihre Informanten jedoch offenbar nicht wissen …«, fügt Juan nun gönnerhaft hinzu und zieht arrogant eine Braue in die Höhe, »… ist, dass ich anderweitige interessante Angebote erhalten habe.«

Schlagartig wird es still im Raum.

Jack jedoch lehnt sich völlig entspannt im Stuhl zurück und scheint dieses Schauspiel in vollen Zügen zu genießen. »Ich kenne die Einzelheiten Ihrer anderen Angebote, Juan«, erwidert er selbstsicher. »Und wir wissen beide, dass ich Ihnen die besten Konditionen biete. Die Klientel in meinen Klubs ist besserverdienend und bereit, mehr für Ihre Qualität zu bezahlen als andere. Außerdem sind die Standorte meiner Immobilien hervorragend gewählt. Wir würden durch eine Zusammenarbeit beide dazugewinnen.«

Die Stimmung ist zum Zerreißen angespannt. Keiner gibt einen Ton von sich, während Jack und Juan sich ein Blickduell liefern. Es ist wie bei Hunden. Wer zuerst wegsieht, gibt die dominante Alphaposition auf.

»Está bien«, beginnt Don Juan ruhig. »Sie sind gut informiert, aber leider nicht auf dem neuesten Stand.« Betont langsam stellt er sein Glas ab und bedenkt Jack mit einem eiskalten Lächeln, das mir eine Gänsehaut bereitet. »Ich erhielt gestern ein weiteres interessantes Angebot«, verkündet er und strahlt eine so überhebliche Ruhe aus, dass es mir die Luft abschnürt und ich irritiert zu Caleb schaue. Nur seine verkrampften Schultern und die aufgeblähten Nasenflügel verraten, dass auch er sich unwohl fühlt und nervös auf Juans Erläuterung wartet.

»Das Angebot kam von Ian Green. Und es übertrifft Ihres um Längen.«

3

Den Namen Green in Jacks Nähe zu erwähnen, ist ein absolutes Tabu. Dass die Green-Bombe heute Abend geplatzt ist, hat die Stimmung dementsprechend zum Mittelpunkt der Erde geschickt und eine extrem angespannte Atmosphäre geschaffen.

Mein Bruder versuchte nach Juans Enthüllung zwar, beherrscht zu wirken, aber jeder Idiot konnte ihm ansehen, dass er innerlich vor Wut explodierte. Seine Finger umklammerten sein Glas so fest, dass die Knöchel weiß hervortraten, und sein Kiefer mahlte unaufhörlich.

Maria war schließlich diejenige, die das Schweigen brach, indem sie einwarf, dass wir sicherlich Zeit bräuchten, das Angebot neu zu überdenken. Don Juan stimmte seiner Frau überraschenderweise zu, und wenig später verließen die Herreros unser Anwesen – ohne, dass wir mit ihnen einen Deal abgeschlossen haben. Seitdem verschanzen sich Jack und Caleb im Arbeitszimmer, wo sie vermutlich verschiedene Strategien entwerfen, wie weiter vorzugehen ist, während ich in der Küche auf der Arbeitsplatte sitze und geistesabwesend die Schüssel mit dem übrig gebliebenen Nachtisch in meinen Händen betrachte.

Immer wenn ich eine Küche betrete, muss ich an Ian denken. Als wir uns damals auf der Arbeitsplatte in Anthonys Haus liebten, hatte sich etwas in mir verändert. Es war, als würde sich ein Kreis schließen und damit meinem Herzen eine Antwort auf die Frage geben, ob ich ihn immer noch liebe.

Ich schließe die Augen und atme tief durch, um gegen das sehnsüchtige Brennen in meiner Brust anzukämpfen – und ohne es zu wollen, gleitet mein Geist ab. Er treibt an einen Ort, an dem ich mich vor einer Ewigkeit befand und der das Band zwischen Ian und mir unwiderruflich festigte.

Panisch renne ich ans andere Ende des spärlich beleuchteten Motelzimmers und reibe mir hilflos übers Gesicht. Ich hasse es, nichts tun zu können. Wäre ich ehrlich zu mir selbst, würde ich mir eingestehen, dass unsere Situation aussichtslos ist und wir es hier und jetzt beenden müssen. Aber das kann ich nicht. Will es nicht.

»Meinst du, sie haben uns gesehen?«, frage ich stockend.

»Nein. Andernfalls wären sie bereits hier und ich tot«, erklärt Ian hart.

Erschrocken schlage ich die Hände vor den Mund und hocke mich benommen auf die Bettkante. »Wie soll es mit uns weitergehen?«, wispere ich überfordert und schüttle verzweifelt den Kopf. »Wir können nicht einmal spazieren gehen, ohne Angst haben zu müssen, dass es mit einer Kugel in deinem Kopf endet.«

Ian zieht den vergilbten Vorhang vors Fenster und kommt langsam auf mich zu. Bedächtig setzt er sich dicht neben mich auf die Kante des ranzigen Motelbettes und legt sanft einen Finger unter mein Kinn. Dann hebt er meinen Kopf an und schenkt mir ein verhaltenes Lächeln.

»Es wird so weitergehen, wie wir es wollen, Color. Wir sind jung und reich. Uns liegt die Welt zu Füßen! Wir müssen nur endlich damit anfangen, uns zu nehmen, was wir wollen.«

»Du weißt, dass es nicht so einfach ist, Ian. Wenn meine Familie erfährt, dass wir …«, beginne ich, doch er unterbricht mich, indem er meinen Mund mit einem liebevollen Kuss verschließt.

Keine Ahnung, ob wir eine gemeinsame Zukunft haben. Das Einzige, das ich sicher weiß, ist, dass ich ihn will. Jetzt. Hier. Ganz.

Als hätte Ian meine Gedanken gehört, intensiviert sich sein Kuss. Wird fordernder und sinnlicher. Erkundend streift seine Hand unter meine Bluse, ertastet zunächst den Stoff meines BHs und reibt dann zärtlich über die nackte Haut an meinem Bauch. Wortlos lasse ich mich auf den Rücken fallen und ziehe ihn mit mir. Unsere Atmung wird schneller, die Kleidung weniger, und ehe ich begreife, dass es endlich so weit ist und ich gleich mein erstes Mal erleben werde, höre ich Plastik rascheln. Ich öffne die Augen und starre in einen Ozean voller Emotionen. Ian verbirgt nichts vor mir. Keinen Gedanken, kein Gefühl. Und genau wie er kann auch ich meine Empfindungen nicht länger für mich behalten.

»Ian, ich …«

»Scht«, unterbricht er mich wispernd und streicht sanft über die Innenseiten meiner nackten Beine. »Sag es nicht. Nicht jetzt. Sosehr ich mir auch wünsche, diese Worte endlich von dir zu hören, will ich mich später nicht fragen müssen, ob sie bloß deiner Lust entsprungen sind.«

Ich will ihm versichern, dass meine Liebe zu ihm nichts mit meinem Verlangen in diesem Moment zu tun hat. Dass ich dieses Gefühl schon länger mit mir herumtrage und es endlich aussprechen möchte. Stattdessen bleibe ich stumm und respektiere seinen Wunsch.

»Bist du dir sicher, dass du mir dieses Geschenk wirklich machen möchtest, Violet?«, fragt Ian ernst, und mein Herz sprudelt über vor Liebe zu diesem rücksichtsvollen Mann.

»Ja«, erwidere ich überzeugt und sehe ihm fest in die Augen.

Weitere Worte sind nicht nötig, um ihm zu beweisen, wie ernst es mir hiermit ist. Gleich werde ich Ian Green meine Unschuld schenken. Er wird mein Erster sein und damit ein Leben lang eine besondere Stellung innehaben. Das ist ihm ebenso bewusst wie mir.

Ian rutscht tiefer. Ich spüre ihn zwischen meinen Beinen, und ein nervöses Zittern durchfährt meinen Körper. Doch ich habe keine Angst vor dem, was gleich geschehen wird. Im Gegenteil. Ich bin es schließlich, die ungeduldig die Hände an seine Hüften legt und ihn enger an mich drückt.

Ian stöhnt leise auf und schließt die Augen, als müsse er sich konzentrieren, um nicht die Beherrschung zu verlieren.

Millimeter für Millimeter lässt er sich in mich gleiten. Immer wieder hält er inne und vergewissert sich, dass es mir gut geht und ich keine Schmerzen habe.

Zugegeben, das Gefühl, ausgefüllt zu werden, ist im ersten Augenblick befremdlich und unangenehm. Aber je weiter er in mich eindringt, umso mehr genieße ich es. Bis Ian eine ungestümere Bewegung macht und es mich plötzlich innerlich zerreißt. Ein brennender Schmerz schießt durch meinen Unterleib, und ich kann mir ein Wimmern nicht verkneifen.

»Soll ich aufhören?«, will er sofort wissen und streicht mir besorgt über die Wange.

Ich schüttle den Kopf und atme tief durch. Ian bewegt sich währenddessen nicht. Er wartet darauf, dass ich bereit bin, weiterzumachen oder es zu beenden.

Nach ein paar Sekunden ebbt der brennende Schmerz ab, und ich hebe vorsichtig mein Becken an, um zu prüfen, ob er wiederkommt.

»Color«, knurrt Ian durch zusammengebissene Zähne. »Wenn du nicht willst, dass ich über dich herfalle, solltest du das sein lassen.«

Euphorie erfüllt mich bei seinen Worten. Dass ich es schaffe, den sonst so kontrollierten Ian Green an seine Grenzen zu treiben, schenkt mir ein Gefühl der Macht. Es spielt mir die Kontrolle über eine Situation zu, in der ich mich eben noch unsicher gefühlt habe. Und das lässt mich mutiger werden. Herausfordernd hebe ich erneut das Becken an.

»Du hast es so gewollt«, flüstert Ian und macht seine Drohung wahr: Er fällt über mich her. Plündert mich aus und schenkt mir die unvergesslichste Nacht meines Lebens. Die kommenden Stunden sind erfüllt von Liebe, Vertrauen und bedingungsloser Hingabe.

Wir erschaffen eine gemeinsame Erinnerung, die niemand von uns je wird vergessen können.

Benommen schüttle ich den Kopf und öffne zögernd die Augen. Meine Wangen glühen, während sich die neue Erinnerung in das Puzzle meiner Vergangenheit einfügt und meine Gedanken rasen lässt. Mit Ian hatte ich nicht nur den besten Sex meines Lebens, sondern dazu noch den ersten. Aber wieso habe ich mich darauf eingelassen? Wieso bin ich meiner Erziehung und meiner Familie zum Trotz so weit gegangen? *Konnte die Liebe mich jede Furcht vergessen lassen?*

Um mich abzulenken, hüpfe ich kurzerhand von der Arbeitsplatte, stelle das restliche Schokosoufflé in den Kühlschrank und schnappe mir ein Handtuch von der Anrichte. Die Küchenhilfen sind noch immer mit Aufräumen beschäftigt und scheinen zum Glück nichts von meinem überfordernden Flashback bemerkt zu haben. In meinen ersten Wochen als wiederauferstandene Hasting wurden die Angestellten nervös, sobald ich ihnen helfen wollte oder auch nur den Raum betrat. Mit der Zeit haben sie sich allerdings an mich gewöhnt und scherzen inzwischen bei der Arbeit sogar mit mir. Diese einfachen, alltäglichen Dinge zu tun, hilft mir dabei, mich in der Scheinwelt des Geldes nicht zu verlieren. Es wäre leicht, mein altes Ich zurückzulassen und mich dem Luxus hinzugeben, der in Jacks Nähe allgegenwärtig erscheint. Aber so ein Mensch bin ich nicht – und will es auch nicht werden. Natürlich genieße ich es, morgens das Frühstück serviert zu bekommen, und der Pool ist auch großartig. Aber sich hin und wieder die Hände schmutzig zu machen und bei der Hausarbeit zu helfen, erdet mich. Und darauf möchte ich nicht verzichten, da ich Angst habe, mich andernfalls zu verlieren.

»Tequila?«, frage ich grinsend, nachdem der letzte Teller ordentlich im Schrank verstaut wurde.

Laurel, die uns als eine der wenigen Angestellten aus den USA nach Mexiko begleitet hat, nickt erschöpft und pustet sich eine verschwitzte Strähne aus der Stirn.

»Dann nichts wie los«, erwidere ich gut gelaunt.

Die große rothaarige Schönheit mit dem winzigen Leberfleck auf der linken Wange ist eine nette, aber schüchterne Frau. Sie lacht selten und besteht darauf, mich mit Miss Hasting anzusprechen. Ich mag sie, weil sie echt ist und mir nicht Honig ums Maul schmiert, wie es die anderen Angestellten tun. Dass sie Angst hat, etwas Falsches zu sagen, merke ich zwar, dennoch gibt sie mir das Gefühl, mich aufrichtig zu mögen, und das tut unwahrscheinlich gut.

Laurel läuft mit einem leichten Kichern vor mir aus der Küche – und bleibt abrupt stehen. Beinahe renne ich in sie hinein und schaue irritiert über ihre Schulter. In der Mitte der Eingangshalle, direkt unter dem riesigen Kronleuchter mit den funkelnden Kristallen, entdecke ich den Grund für ihr Verhalten: Jack. Mit vor der Brust verschränkten Armen und starrem Blick steht er vor uns.

»Gute Nacht, Laurel«, dirigiert er monoton, und ohne einen Blick zu mir zu riskieren, verkrümelt sie sich kurzerhand zurück in die Küche.

»Was ist denn los?«, frage ich ihn verblüfft. »Laurel und ich wollten gerade einen kleinen Absacker trinken.«

»Wir haben zu reden. Jetzt. Du kannst dich später mit den Angestellten betrinken.«

»Darf ich nicht mal mehr meine Freizeit selbst gestalten?«

Jack rollt wortlos mit den Augen und wendet sich ab.

Schnaubend folge ich ihm ins Arbeitszimmer und lasse mich in den braunen Ledersessel neben der Tür fallen. Der große rechteckige Raum ist vollgestopft mit Fachbüchern über Gesetze und Zölle und wurde vollkommen unpersönlich eingerichtet. Jack hat kein einziges Bild aufgehängt. Kein Foto. Nichts, das etwas über ihn aussagen könnte. Als hätte er Angst, zu viel von sich preiszugeben.

»Komm zur Sache, Jack. Ich hab noch etwas vor,« sage ich und werfe einen kurzen Blick zu Caleb, der wortlos an der Wand neben dem niedrigen Fenster lehnt, das auf den Grillplatz zeigt. Er mustert mich ausdruckslos, was mich leicht nervös macht. Sonst trägt er immer ein freches Grinsen oder ein schalkhaftes Lächeln im Gesicht.

Als hätte er alle Zeit der Welt, setzt Jack sich auf den monströsen Lederstuhl hinter seinen Schreibtisch und faltet die Hände wie zum Gebet. »Ian wusste sowohl von unserem Vorhaben, einen Deal mit den Herreros einzugehen«, beginnt mein Bruder emotionslos, »als auch von unseren Konditionen. Also stelle ich mir jetzt natürlich die Frage, wie er davon erfahren konnte.«

Ungläubig starre ich ihn an und konzentriere mich hartnäckig darauf, nicht aufzuspringen und ihm an die Gurgel zu gehen. »Du glaubst doch nicht ernsthaft, dass ich mit Ian in Kontakt stehe?«, stoße ich hervor.

»Es gibt einen Maulwurf in meinem Haus, und ich will wissen, wer es ist.«

»Jack!«, rufe ich aufgebracht. »Das kann nicht dein Ernst sein! Mal davon abgesehen, dass ich bis vor drei Stunden nicht wusste, wie die Mexikaner heißen, kenne ich keine Einzelheiten deines Angebots. Und zwar, weil du mir nach all den Monaten immer noch nicht vertraust!« Enttäuscht schüttle ich den Kopf und werfe Caleb erneut einen kurzen Blick zu. Er wirkt angespannt, aber ebenso wie Jack hat er sein Pokerface perfektioniert und lässt mich seine Gedanken nicht einmal erahnen. »Dass du mich bei Drogengeschäften außen vor lässt, ist eine Sache. Mit illegalem Scheiß will ich ohnehin nichts zu tun haben. Dass du mich aber auch in die anderen Geschäfte unserer Familie nicht einweihst, obwohl dieses Imperium genauso mein Erbe ist wie deins, lasse ich mir nicht mehr lange bieten. Außerdem ist es eine Frechheit, dass du mir mein Geld vorenthältst und ich somit von dir abhängig bin! Und dass du jetzt auch noch die Dreistigkeit besitzt, mir zu unterstellen, ich würde Informationen an unsere Konkurrenz weitergeben …« Ich stoße einen Seufzer aus und stehe langsam auf. »Das ist einfach nur enttäuschend, Jack. Schließlich war nicht ich diejenige, die versucht hat, den anderen umzubringen.«

Jack springt so ruckartig auf, dass ich erschrocken zusammenzucke.

»Die Greens sind nicht unsere gottverdammte Konkurrenz!«, brüllt er. »Sie sind unsere Feinde, Violet! Begreif endlich, dass diese Leute für den Tod unserer Eltern verantwortlich sind.« Erschöpft reibt sich mein Bruder über die Augen und lässt sich kraftlos zurück auf seinen Stuhl sinken. »Wie oft muss ich dir noch erklären, dass ich nie vorhatte, dich zu töten? Ich wollte dir eine Lektion erteilen, und das ist aus dem Ruder gelaufen, weil ich die Ausführung anderen überließ. Ich dachte, du seist tot, Vi. Andernfalls hätte ich dich nie dort zurückgelassen.«

Verunsichert nage ich am Daumen und sehe überall hin, nur nicht zu Jack. So oft habe ich mir die Frage gestellt, was geschehen wäre, wenn ich nicht als Erstes Ian, sondern Jack begegnet wäre. Wenn er mir seine Sicht der Ereignisse erzählt hätte, bevor ich mich erneut in Ian hätte verlieben können und Anthony mir Aufschluss über meine Vergangenheit geben konnte. Wäre das Verhältnis zu meinem Bruder heute ein anderes? Diese Frage scheint unmöglich zu beantworten. Zumindest nicht, bis ich mich endlich an die Nacht erinnern kann, in der ich beinahe gestorben wäre.

»Solange du mir nicht vertraust, kann ich dir auch nicht vertrauen, Jack«, erkläre ich schließlich traurig und stoße einen Ton aus, der irgendwo zwischen Seufzen und Stöhnen liegt. »Du beteuerst immer wieder, dass wir die

Vergangenheit hinter uns lassen, aber womit genau beweist du mir das? Du lässt mich irgendwo in Mexiko hinter hohen Mauern versauern und versuchst mich mit Shoppen abzulenken, als wäre ich irgendein dummes Gör. Und jetzt unterstellst du mir sogar Verrat.«

»Du hast das falsch verstanden, Violet. Jack wollte dir nichts unterstellen«, mischt Caleb sich plötzlich ein, was mich irritiert den Blick heben lässt. »Er wollte von dir lediglich wissen, ob dir bei den Angestellten etwas Merkwürdiges aufgefallen ist.«

Unschlüssig sehe ich zwischen Caleb und Jack hin und her. Versucht Caleb bloß mich zu beruhigen oder wollte Jack mir tatsächlich nichts vorwerfen? Unsicher lasse ich mich zurück in den Sessel fallen und kaue auf meinem Fingernagel herum.

»Du hast recht, Violet«, verkündet Jack unvermittelt.

»Womit genau?«

Ein feines Schmunzeln zieht sich über seine Lippen, und ich wüsste zu gern, was gerade in seinem Kopf vor sich geht. »Ich rede ständig davon, dass wir eine Familie sind, aber ich binde dich zu wenig ein. Es wird Zeit, dass du dir einen Überblick über unsere Geschäfte verschaffst.«

»Okay«, erwidere ich gedehnt und überschlage angespannt die Beine. »Leg los.«

»Was willst du wissen?«

»Alles«, erwidere ich, ohne nachzudenken.

»Das würde zu lange dauern. Beschränken wir uns fürs Erste aufs Wesentliche«, entgegnet mein Bruder, und ich nicke. »Wie du weißt, besitzen wir Immobilien, Klubs,

Bars und Bordelle überall in den USA sowie in einem Teil von Kanada. Unsere Branche ist hart umkämpft und erfordert häufig, dass man sein Gewissen abschalten muss, um an der Spitze zu bleiben.«

Automatisch frage ich mich, wie man es schafft, sein Gewissen zu ignorieren, ohne irgendwann daran zu zerbrechen. Mir fällt es schon schwer, damit zurechtzukommen, eine Hasting zu sein. Wenn ich mir vorstelle, auch noch Dinge zu tun, die ich mit meinen moralischen Werten nicht vereinbaren könnte … *Nein. Ich könnte das niemals.*

»Ich hatte schon länger die Absicht, das Drogengeschäft in unseren Klubs um Kokain zu erweitern. Bisher haben wir Abkommen, die uns hohe Prozente an jedem Gramm Marihuana sichern, das dort verkauft wird«, erläutert Jack weiter.

»Wieso bislang nur Marihuana?«, will ich wissen.

»Unser Vater war der Meinung, dass Drogen eine Grenze sei, die nicht überschritten werden soll. Er hatte kein Problem mit illegaler Prostitution, Glücksspiel oder Geldwäsche, aber dort war sein Limit, als sei der Rest weniger schlimm«, erklärt Jack und schnaubt abfällig. »Nach seinem Tod führte ich den Marihuanaverkauf ein. Fürs Kokain fehlte mir bislang aber der richtige Lieferant. Durch die Ambitionen der Herreros liegt dieser neue Geschäftszweig nun direkt vor mir, und ich habe vor, zuzugreifen, bevor ein anderer es tut. Die Geschäfte, in die ich dich integrieren möchte, Violet, laufen allerdings zum größten Teil legal.«

»Definiere ›zum größten Teil legal‹«, sage ich.

Jack zögert und sieht mich für einen winzigen Moment unschlüssig an, als würde er mit sich darum ringen, ob und was er mir anvertrauen kann. Doch dann verändert sich seine Haltung. Er wirkt betont locker, und ein Funkeln tritt in seine grünen Augen, das ich nicht zuordnen kann.

»Violet, es wird Zeit, dass du den Tatsachen ins Auge siehst. Unsere Familie hat schon immer ihr Geld mit halbseidenen Geschäften verdient und sich dabei die Finger schmutzig gemacht. Seit dem Tod unserer Eltern habe ich das nur etwas optimiert. Zum Beispiel besaßen unsere Eltern eine Reihe gut laufender Bordelle. Ich konnte die Kosten minimieren und den Umsatz steigern, da ich dort nun einige Mädchen arbeiten lasse, die das nicht unbedingt freiwillig tun«, erläutert er so beiläufig, als würde er lediglich über das Wetter sprechen. »Ein paar arbeiten so ihre Schulden bei uns ab. Andere versuchen, damit die Fehler ihrer Familien wiedergutzumachen.«

»Was für Fehler können es rechtfertigen, unschuldige Mädchen gegen ihren Willen zu verkaufen?«, erwidere ich fassungslos und kralle mich mit den Nägeln in die Sessellehnen, um mich davon abzuhalten, aufzuspringen.

»Verrat. Untreue. Diebstahl«, zählt er auf. »Du weißt doch, wie wichtig mir Loyalität ist. Da du dich nicht in die illegalen Unternehmungen einbringen möchtest, was deine freie Entscheidung ist«, setzt er nach, bevor ich etwas erwidern kann, »wirst du dich um den legalen Teil kümmern. Dafür ist es notwendig, dass du die Priorität jedes einzelnen Standortes einschätzen kannst.« Ruckartig zieht Jack die unterste Schublade seines Schreibtisches auf und legt einen dicken Stapel mit Akten auf den Tisch. »Ich bin momentan damit beschäftigt, die am wenigsten profitablen Standorte zu überprüfen. Wir müssen uns darüber Gedanken machen, ob wir sie halten oder abstoßen wollen.« Auffordernd schiebt er die Akten über den Tisch in meine Richtung und lässt mich dabei keine Sekunde aus den Augen. »Diese Aufgabe wirst ab jetzt du für uns übernehmen«, verkündet er lächelnd.

»Aber ich ...« Ich spüre, wie mein Herz einen Schlag aussetzt.

»Du wolltest eingebunden werden, Violet. Hier ist deine Chance. Greif zu oder beschwer dich nie wieder.«

Das ist nur ein verdammter Test, denke ich und unterdrücke einen bissigen Kommentar. Ganz klar versucht Jack herauszufinden, wie ernst es mir damit ist, mich einzubringen und ein Teil der Familie zu sein. Er will wissen, ob mehr hinter meinen Worten steckt als heiße Luft und wie ich mit seinen Aufgaben umgehe. Aber diese Herausforderung nehme ich gern an. Auch wenn der bittere Geschmack auf meiner Zunge mich davon abhalten will.

Betont gelassen erhebe ich mich vom Sessel und trete auf den Schreibtisch zu. Dann greife ich nach dem dicken Aktenstapel und klemme ihn mir selbstbewusst unter den Arm.

»Ich bin dabei.«

4

Gluckernde Geräusche begleiten den Kaffeevollautomaten, während sich meine Tasse füllt. Der Duft von Koffein verteilt sich schleichend in der Wohnung und lässt meinen Geist sanft wach werden. Es gibt keine bessere Methode, um in den Tag zu starten. Vorsichtig puste ich in die Tasse und genieße, wie sich das warme Porzellan zwischen meinen Fingern anfühlt. Genieße, wie es sich anfühlt, hier zu sein. Vertraut, sicher und frei. Diese Wohnung ist meine Zuflucht vor den vielen ungeklärten Fragen und der Hektik des Alltags. Sie ist mein Zuhause.

Es klingelt, und ich will zur Wohnungstür gehen, um zu öffnen, aber überall liegen Dinge auf dem Boden herum, die eben definitiv noch nicht dort lagen. Die Schubläden in der Küche und dem Wohnzimmer sind herausgerissen und deren Inhalte überall verstreut. Mit undefinierbarem Gefühl im Magen stelle ich den Kaffeebecher auf die Kücheninsel und steige über die Sachen hinweg.

Ich habe die Tür noch nicht ganz geöffnet, da drängt David sich bereits herein, packt mich grob an der Kehle und wirft mich brutal gegen die Wand im Flur. Ich kämpfe verzweifelt darum, in seinem harten Griff nach Luft zu schnappen, und flehe heiser um mein Leben. Doch er ignoriert mich, zerrt mir wortlos das Höschen vom Leib und presst sich besitzergreifend an mich.

Unerwartet verändert sich die Szene. Meine Augen sind geschlossen, und ich kann problemlos atmen, jedoch schmerzt nun jeder Zentimeter meines Körpers, als wäre ich überfahren worden. Jemand reißt meinen Kopf hoch und lässt ihn mit Wucht zurück auf den kalten, rauen Boden knallen, sodass das Schwarz hinter meinen Lidern sich zu drehen beginnt. Plötzlich nehme ich Davids beinahe hysterisches Lachen wahr und erschaudere.

»Niemand wird dich retten, Chica«, ruft er, und ich reiße schlagartig die Augen auf.

Mit einem spitzen Schrei werde ich mitten in der Nacht wach. Mein Top ist durchgeschwitzt, und mein Puls rast, als wäre ich unendlich viele Treppenstufen hochgerannt. Panisch sehe ich mich um und atme gegen die Angst in meinem Inneren an. Sie ist so präsent, als wäre das eben kein Albtraum gewesen, sondern die schreckliche Realität. Nur das Licht des Mondes, der durchs Fenster hereinscheint, erhellt den Raum. Er lässt mich schwach meine Umgebung erkennen und meinen Verstand langsam begreifen, dass ich nicht in Gefahr bin. Barockmöbel, ein riesiges Bett mit hohen geschnitzten Balken und ein großer

Spiegel an der Tür zum Bad. Ich bin in meinem Zimmer in Mexiko.

Ohne Vorwarnung fliegt meine Zimmertür auf, und ich gebe vor Schreck einen spitzen Schrei von mir. Ruckartig setze ich mich im Bett auf und starre auf einen halb nackten Caleb, der mit einer Pistole in der Hand nur wenige Meter von mir entfernt steht. Er lässt hastig seinen Blick über mich gleiten, als suche er nach Verletzungen oder Wunden.

»Was ist passiert? Geht's dir gut?«

Erschöpft reibe ich mir übers Gesicht und schüttle den Kopf, um die Erinnerungen an den Albtraum loszuwerden.

»Es ist nichts«, beruhige ich ihn schließlich und versuche mich an einem trägen Lächeln. »War bloß ein schlechter Traum.«

Erleichtert lässt Caleb die angespannten Schultern fallen, steckt die Pistole hinten in seine Boxershorts und kommt auf mich zu. Seine Haare sind noch verwuschelter als üblich, und er trägt nichts weiter am Körper als diese enge graue Boxershorts, die seine Proportionen eindeutig betont. Anscheinend habe ich ihn durch mein dummes Gekreische aus dem Schlaf gerissen. Und er ist sofort hergekommen, um mich zu beschützen, schwirrt mir durch den Kopf, wodurch mein Herz einen verräterischen Sprung macht. Einen Sprung, den es in seiner Anwesenheit nicht geben dürfte, da mein Herz bisher nur Ian vorbehalten war.

Caleb setzt sich zu mir aufs Bett und streicht mir eine verirrte Strähne aus der Stirn. Dabei gleitet sein Blick über mein Gesicht und bleibt an meinen Lippen hängen.

»Erzähl mir davon«, fordert er sanft und reibt mit dem Daumen zärtlich über meine Wange.

»Ich war in Rosehill. In meiner Wohnung«, wispere ich und starre auf meine Hände.

»Vermisst du es sehr? Dein Leben dort, meine ich.«

»Mir fehlt vieles«, erwidere ich leise. »Meine Wohnung. Meine beste Freundin Camy. Mein Job. Aber am meisten fehlt mir die Freiheit. Das Gefühl, tun und lassen zu können, was ich möchte, und mein Leben selbst zu bestimmen.«

»Du hast nichts selbst bestimmt, Prinzessin«, flüstert Caleb, und sein mitfühlender Unterton entgeht mir nicht.

Es klingt, als ob auch er nicht Herr seines Lebens wäre. Als könne er mich verstehen, und das ist ungemein tröstend.

»Ian hat das College für dich ausgesucht. Er hat den Ort bestimmt, an dem du nach deinem Abschluss gewohnt hast, und auch bei deinem Job hatte er die Finger im Spiel.«

Es tut weh, die Wahrheit so schonungslos vorgehalten zu bekommen. Denn Caleb hat recht. Ian hat mir die Möglichkeit der Wahl genommen und mich dabei gekonnt im Glauben gelassen, ich wäre für meine Zukunft selbst verantwortlich. Wenn er mich so einfach belügen und steuern konnte, wer sagt mir, dass an Jacks Vorwürfen nichts dran ist? Wer kann mir versichern, dass ich nicht bloß Ians Schachfigur im Krieg gegen die Hastings war? Oder hat er all das nur getan, um mich zu beschützen, so, wie Anthony es behauptet? Mein geschundenes Herz will sich daran klammern, dass es Letzteres ist. Dass er all das nur tat, weil er mich liebt. Doch in meinem Kopf höre ich Jacks eindringliche Stimme, die mir immer wieder sagt, dass Ian mich nur belogen und ausgenutzt hat. Wer hat recht? Mein Herz oder mein Verstand?

»Woran denkst du?«

Gedankenverloren sehe ich zu Caleb auf. Dass er Jacks rechte Hand ist, verdränge ich inzwischen immer öfter. Ob es daran liegt, dass er so erfrischend normal wirkt, oder daran, dass ich die Gefahren meines neuen Lebens bewusst ausblende, um mich nicht ständig so verflucht einsam fühlen zu müssen, kann ich nicht beurteilen. Was ich allerdings beurteilen kann, ist die Tatsache, dass er mir mit der Zeit immer wichtiger geworden ist.

»Danke, dass du gekommen bist«, sage ich zaghaft und greife nach seiner Hand.

Caleb versteift sich für einen Moment, hat seine Emotionen aber schnell wieder im Griff und reibt mit dem Daumen tröstend über meine Hand.

»Ich werde dich immer beschützen, Prinzessin. Versprochen.«

»Weil es dein Job ist.«

»Nein.«

Mehr sagt er nicht. Und mehr ist auch nicht nötig.

Unsere Blicke verkeilen sich ineinander. Es fühlt sich an, als wären wir uns beide bewusst, dass solche friedlichen Augenblicke bloß gestohlene Zeit sind. Momente, die vergehen, an die wir uns aber klammern müssen, wenn wir den Alltag überstehen wollen, ohne unter der Last zusammenzubrechen.

Irgendwann räuspert sich Caleb, schüttelt den Kopf und lässt zögernd meine Hand los.

Unschlüssig verfolge ich mit dem Blick, wie er zur Tür geht, und muss mich ermahnen, den blöden Mund zu halten. Ich will ihn stoppen und bitten, bei mir zu bleiben, bis ich eingeschlafen bin. Aber ich kann nicht. Es würde zu deutlich zeigen, dass ich schwach bin. Und Schwäche darf ich mir nicht erlauben. Egal, vor wem.

»Schlaf gut, Violet«, flüstert er rau, ohne mich anzusehen, und greift nach der Türklinke.

Dann tritt er hinaus, schließt die Tür hinter sich, und erneut bin ich mit der Einsamkeit in meinem Inneren allein.

5

Ich kann nicht aufhören an die Frauen zu denken, die ihren Körper verkaufen müssen, um angebliche Fehler wiedergutzumachen. Irgendwann in dieser Nacht erreiche ich einen Punkt, an dem ich mich frage, ob ich es überstehen könnte, gegen Geld mit fremden Männern zu schlafen. Die Antwort finde ich schnell: Nein, das könnte ich nicht. Zumindest nicht, ohne dass dabei meine Seele und mein Geist zerbrechen.

Um mich abzulenken, lege ich die Akten auf mein Bett, die Jack mir gegeben hat, und gehe sie durch. Hauptsächlich sind die Ordner mit Jahresbilanzen, Steuererklärungen und monatlichen Abrechnungen gefüllt. Probleme entdecke ich rasch. Eine Bar in Florida gibt viel zu viel Geld für ihre Einkäufe aus und hat enorm hohe Abschriften. Ein Klub in Charleston bezahlt eine so horrend hohe Miete, dass ich mir eine Notiz darüber mache, zu prüfen, ob der Kauf des Gebäudes langfristig lukrativer wäre. Immer wieder stoße ich natürlich auch auf Namen von Angestellten und frage mich mit nagendem Gewissen, ob diese Personen freiwillig für meine Familie arbeiten. Wird die Frau dazu genötigt? Will der Mann tatsächlich hinter der Bar stehen? Habe ich die Macht, irgendetwas zu tun, um ihnen zu helfen? Mit den vielen zermürbenden Fragen im Hinterkopf erscheint es mir zunehmend unmöglich, mich durch die Akten abzulenken. An Schlaf ist allerdings ebenfalls nicht mehr zu denken, da der verwirrende Albtraum noch zu präsent ist. Was für eine furchtbare Nacht.

Kurz entschlossen klappe ich die Aktenordner zu und stehe auf. Es ist zwar noch extrem früh, aber ich brauche jetzt dringend einen Kaffee, um den Kopf frei zu bekommen.

Gerade als ich mir etwas zum Anziehen aus dem randvollen Kleiderschrank nehmen möchte, höre ich aufgeregtes Getrampel und hektische Worte aus dem Erdgeschoss. Ohne darüber nachzudenken, sprinte ich aus meinem Zimmer und eile zur Treppe. Doch sobald ich sehe, was dort unten los ist und wer den Krach verursacht, erstarre ich auf dem Treppenabsatz. Mein Körper weigert sich, der Szene näher zu kommen, doch mein Verstand saugt sich daran fest und registriert jedes Detail.

Vor dem Arbeitszimmer steht Jack und fährt sich ruppig durchs wirre Haar. Er wirkt so außer sich, dass ich bei seinem Anblick ängstlich schlucke und mich still frage, wieso ich meinen neugierigen Hintern nicht in meinem Zimmer gelassen habe.

»Wie konnte das passieren?«, brüllt er.

Caleb hetzt plötzlich dicht an mir vorbei die Treppe hinunter, ohne mich zu beachten. Er hat sich mittlerweile eine Hose und ein Shirt übergezogen und scheint hellwach zu sein. Sein Blick liegt fest auf den zwei Männern, die vor Jack stehen. Ihre Gesichter sind mir nicht bekannt, aber sie wirken wie zwei seiner Wachhunde. Schwarzer Anzug, keine Krawatte und aggressives Auftreten. Allerdings erscheinen selbst sie im Augenblick unsicher und verwirrt.

»Wo ist er?«, verlangt Caleb zu wissen und drängt sich zwischen die Männertraube.

»Wir haben ihn im Wagen gelassen, um Sie erst mal zu informieren, Sir«, antwortet einer der Wachhunde, der im Vergleich zu seinem Kollegen winzig wirkt.

»Verdammte Idioten!«, ruft Jack aufgebracht und reibt sich angespannt über den Nacken. »Bringt ihn ins Esszimmer und legt ihn auf den Tisch«, dirigiert er, ehe er sich an Caleb wendet: »Weck Doktor Albers auf. Sag ihm, er soll so schnell wie möglich herkommen.«

Nickend wendet Caleb sich ab und läuft ins Arbeitszimmer. Vermutlich, um Jacks Privatarzt anzurufen, der während unseres Mexikoaufenthalts bloß ein Haus weiter lebt. Mein Bruder reist nirgends ohne ihn hin, als würde er ständig mit Situationen wie dieser rechnen.

Die zwei Wachleute eilen unterdessen aus dem Haus und kommen nur kurze Zeit darauf mit einem Mann zurück, den sie stützen müssen, damit er nicht umfällt, und dessen Hemd blutdurchtränkt ist.

Schockiert presse ich mir eine Hand auf den Mund

und halte mich mit der anderen am Geländer fest. *Shit! Wieso bin ich nicht einfach in meinem Zimmer geblieben?*

Ich muss ein Geräusch von mir gegeben haben, ohne es zu merken, denn Jacks Blick fliegt plötzlich zu mir. Erst wirkt es, als würde er jeden Moment ausflippen, weil ich die Szene beobachtet habe. Doch dann atmet er tief durch und winkt mich zu sich.

»Kennst du dich mit Erster Hilfe aus?«

»Ich hab einen Kurs am College belegt«, antworte ich irritiert und steige zögernd die Treppe hinunter.

Sobald ich unten angekommen bin, packt mich Jack rabiat an der Hand und zieht mich mit sich ins Esszimmer.

Die Wachhunde legen den verwundeten Mann auf den Tisch und schieben eilig die Stühle an die Wand, um Platz zu schaffen.

Dass Jack meine Hand losgelassen hat, merke ich erst, als er mich tadelnd ansieht und »Worauf wartest du?« blafft.

Wie ferngesteuert trete ich zu dem Verletzten und mustere ihn. Er ist jung. Vielleicht Anfang zwanzig. Seine Kleidung verrät, dass er zu den Wachmännern gehört, und das viele Blut auf seinem weißen Hemd lässt nichts Gutes erahnen.

»Ich brauche was zum Reinigen, nasse Tücher«, weise ich Jacks Männer an und wundere mich innerlich über meine unerwartete Konzentration. »Verbandszeug und etwas zum Nähen auch.«

Die Wachhunde und Jack eilen aus dem Raum, als wären sie froh, von hier verschwinden zu können und etwas zu tun zu haben. Ich beachte sie nicht weiter, stattdessen atme ich tief durch, um all meinen Mut zu sammeln, und knöpfe das blutdurchtränkte Hemd auf. Darunter verbirgt sich ein tiefer Messerschnitt. Die Wunde hat gerade Ränder, ist so tief wie lang und hört verdammt noch mal nicht auf zu bluten! Ich presse meine bloßen Hände auf den Schnitt und murmle dem Mann zu, dass er durchhalten soll und der Arzt schon unterwegs sei. Doch er reagiert nicht, und ich schätze, dass er durch den enormen Blutverlust inzwischen ohnmächtig geworden ist.

Obwohl ich damit hätte rechnen müssen, erschrecke ich mich, als Doktor Albers sich plötzlich dicht neben mich drängt. Er ist Mitte fünfzig, schlaksig, mit hellgrauen Haaren und im Grunde gar kein Doktor mehr. Seine Zulassung verlor er, als er es wagte, einen Luftröhrenschnitt durchzuführen, obwohl er angetrunken war. Dass es eine Notsituation war und die Frau andernfalls gestorben wäre, hat die Ärztekammer nicht interessiert. So zumindest hat er es mir mal bei einer von Jacks Dinnerpartys erzählt.

»Wie sieht's aus?«, wendet sich Dr. Albers an mich.

»Eine tiefe Schnittwunde. Er hat enorm viel Blut verloren«, rattere ich das Wenige, das ich weiß, herunter. »Ich habe versucht, die Blutung durch Druck zu stoppen, komme aber nicht dagegen an. Es strömt einfach immer wieder nach.«

Der Doktor stellt seinen Arztkoffer auf den Tisch und zieht ein paar Latexhandschuhe hervor, die er sich routiniert überstreift. In diesem Moment kommen die Wachhunde auch endlich mit den Utensilien zurück, die ich sie habe holen lassen, und stellen alles neben dem Koffer ab.

Doktor Albers nickt mir zu und reicht mir ein Paar seiner Handschuhe.

Mit Blick auf meine blutüberströmten Hände zucke ich mit den Schultern und schüttle den Kopf. »Macht jetzt auch keinen Unterschied mehr.«

»Für das Infektionsrisiko des Patienten schon.«

Beschämt greife ich mir ein feuchtes Handtuch, schrubbe das Blut notdürftig von der Haut und ziehe die Handschuhe über.

»Ich fürchte, ich kann nicht viel für ihn tun, Jack«, sagt Dr. Albers über die Schulter zu meinem Bruder. Dass Jack wieder eingetreten ist, habe ich in der Hektik gar nicht bemerkt. Er hält sich im Hintergrund, hat die Arme vor der Brust verschränkt, und in seinen Augen glitzert eine so deutliche Wut, dass ich eilig den Blick von ihm abwende. »Es sieht aus, als hätten sie die Milz getroffen. Zudem ist der Blutverlust, wie Violet schon anmerkte, enorm hoch. Da ich hier weder eine Bluttransfusion durchführen kann, noch die Möglichkeit habe, zu operieren, sehe ich wenig Hoffnung für ihn.«

»Ich will auf der Stelle wissen, wie das passiert ist!«, brüllt Jack in Richtung seiner Wachleute.

»Sie wussten, dass wir kommen würden, Boss«, verkündet der Kleinere von beiden und tritt nervös einen Schritt vor. »Kurz vor der amerikanischen Grenze wurden wir überrascht. Es waren vier bewaffnete Männer. Sie standen vor einem schwarzen SUV. Ich wollte umkehren und abhauen, aber Carl ist aus dem Wagen gesprungen und mit gezogener Waffe auf sie zugerannt«, setzt er stockend nach.

»Einer von denen hat ihm das Messer in die Seite gerammt. Igor ...«, erläutert er und deutet mit dem Kinn auf den anderen Wachhund im Raum, »hat das Feuer eröffnet, damit ich rausrennen und Carl holen konnte. Danach sind wir sofort umgedreht und hergekommen.«

»Sie haben nicht mal versucht, uns zu verfolgen, Boss«, ergänzt Igor mit starkem russischem Akzent.

»Das war eine gottverdammte Botschaft«, knurrt Caleb und schlägt mit der Faust hart gegen die Wand, sodass das Landschaftsgemälde darüber bedrohlich wackelt. Ich habe gar nicht mitbekommen, dass er mittlerweile ebenfalls das Esszimmer betreten hat. Dass ich weder Jacks noch Calebs Eintreten bemerkt habe, sagt viel über die Unruhe in mir aus. Diese Situation erschlägt mich beinahe. Es ist zu viel. Erst der Albtraum, jetzt der verwundete Wachmann. Mein Leben besteht aus aufeinanderfolgenden Katastrophen, und ich weiß nicht, wie lange ich das alles noch ertrage, ohne die Hoffnung auf ein ruhiges und glückliches Leben zu verlieren.

»Die Mistkerle wollen uns damit sagen, dass sie uns einen Schritt voraus sind«, erklärt Jack mit offenem Hass in der Stimme.

»Wer?«, wispere ich, obwohl ich mir nicht sicher bin, dass ich die Antwort hören will.

»Green. Wenn Carl stirbt, ist Ian Green dafür verantwortlich.«

Zwei Stunden später hat sich Jacks düstere Prophezeiung erfüllt. Doktor Albers hat alles versucht, aber er konnte dem jungen Kerl nicht helfen. Der Blutverlust war einfach zu groß, und seine Möglichkeiten, ihm in unserem Anwesen zu helfen, sind begrenzt.

Carl hat nur noch einmal das Bewusstsein wiedererlangt. Er bat Caleb und Jack zu sich und flüsterte ihnen kaum hörbar etwas zu, das beinahe mein Herz zerriss. Seine Worte waren leise, aber eindringlich. »Kümmert euch um meine kleine Schwester.«

Sein trüber Blick war fest auf die Männer gerichtet. Es kostete ihn all seine verbliebene Kraft, doch er hielt durch, bis sie es ihm versprachen. Dann schloss Carl die Augen, und nur einen Moment später ist sein Kopf schlaff zur Seite gefallen, und er war tot.

Seitdem sind nur wenige Minuten vergangen. Minuten, in denen jeder von uns stumm seinen Gedanken nachhing und versuchte, das Geschehene zu verarbeiten. Aber wie soll man so etwas verarbeiten können? Wie soll ich diese grausamen Bilder jemals aus meinen Gedanken verbannen?

Sowohl Caleb als auch mein Bruder haben Tränen in den Augen, während sie schweigend auf den Leichnam blicken. Der Tod löst immer Schmerz aus. Doch ein unnötiger Tod wie dieser geht noch darüber hinaus. Obwohl ich Carl nicht kannte, brennt der nagende Schmerz über seinen Verlust in meiner Seele und lässt mich immer wieder leise wimmern.

Jack schickt mich schließlich zu Bett. Er und Caleb werden die Leiche auf dem Grundstück beerdigen. Dass er mich nicht dabeihaben will, ist mir mehr als recht. Zu sehen, wie dieser junge Mann starb, war beinahe zu viel für mich. Wenn ich jetzt auch noch mit ansehen müsste, wie er in sein Grab getragen wird, würde ich nie wieder ein Auge zumachen können. Das Ganze fühlt sich an wie ein Horrorfilm, in dem ich eine Hauptrolle spiele, ohne mich je darum beworben zu haben. Ich will so ein Leben nicht. Will nicht von Drogengeschäften, Mord und Tod umgeben sein. Aber ob ich es will oder nicht, dies ist jetzt mein Leben, und ich werde einen Weg finden müssen, um damit umzugehen.

6

Zahlen, Daten und Fakten. Wenn man von den Seiten übers Geldwaschen und den bildhaften Kundenbewertungen zu den Prostituierten absieht, die mir in den Akten begegnen, ist diese neue Aufgabe meiner früheren Arbeit bei Coop & Fleur gar nicht so unähnlich. Jack erwartet, dass ich ihm auf Grundlage der Akten Problemlösungen und Ansätze zur Gewinnoptimierung vorlege. Gesagt, getan. Den gesamten Tag habe ich konzentriert am Pool verbracht, mit dem Gesicht über den Unterlagen und dem Textmarker in der Hand. Der Bleistift, mit dem ich mir zwischendurch Notizen gemacht habe, steckt inzwischen in meinem unordentlichen hohen Dutt, und das luftige hellbraune Trägerkleid mit dem Rundausschnitt klebt durchgeschwitzt auf meiner Haut. Vermutlich sehe ich aus wie eine Vogelscheuche, aber das ist mir egal. Die Arbeit hat sich mehr als gelohnt und meine gesamte Aufmerksamkeit erfordert. Ich wurde stundenlang von der brütenden Hitze, meiner überwachten

Umgebung und den Geschehnissen der letzten Nacht abgelenkt. Dass Ians Mannschaft oder gar er selbst dafür verantwortlich sein soll, dass Jacks Wachmann Carl starb, kann und will ich nicht glauben. Ian ist kein Heiliger, das ist mir bewusst. Aber ein Hinterhalt und ein kaltblütiger Mord? Nein, das traue ich ihm nicht zu. Selbst David hat er damals nicht getötet, sondern lediglich ins Exil verbannt. Man mag über Ian Green sagen, was man will, aber er hat ein starkes Gerechtigkeitsempfinden und würde keinen grundlosen Mord begehen. Egal, wie groß sein Rachedurst ist.

Ich atme tief durch, klemme den Textmarker zwischen meine Beine und reibe mir träge übers Gesicht. Inzwischen ist es früher Abend, und in meinem Kopf ist nichts als Matsch, der aus Zahlen und gesichtslosen Namen besteht.

»Wann hast du das letzte Mal etwas gegessen?«

Irritiert hebe ich den Blick und blinzle heftig gegen die Müdigkeit meiner Augen an.

»Hab keinen Hunger«, erwidere ich nach einem Moment und schnappe mir dankbar das Bier, das Caleb mir entgegenhält. Das Sandwich in seiner anderen Hand ignoriere ich. Mein Magen ist ein einziger fester Knoten, und allein beim Gedanken an Essen wird mir schlecht.

Caleb seufzt tief und wirkt ebenso erschöpft wie ich. Die Nacht muss ihn viel Kraft gekostet haben, immerhin kannte er Carl seit Jahren, wie er mir später erzählt hat. Seine Leiche entsorgen zu müssen, stelle ich mir unerträglich belastend vor.

»Wie geht's dir?«, frage ich vorsichtig und spiele mit dem Etikett an meiner Flasche, um meine Finger zu beschäftigen.

Caleb zuckt mit den Schultern und deutet fragend auf den großen Terrassentisch aus dunklem Holz neben dem Grillplatz. »Lust zu pokern?«

Im ersten Moment will ich Nein sagen, mich verabschieden und in mein Zimmer gehen, um mich vor der Realität zu verschließen. So, wie ich es den gesamten Tag bereits getan habe. Doch nachdem ich Calebs glasige Augen und die tiefen dunklen Ringe darunter registriere, klappe ich die Akten zu und nicke betont aufmunternd. *Er braucht das, Vi. Und ebenso wie Caleb in den letzten Wochen für dich da war, wirst du jetzt für ihn da sein. Das ist das Mindeste, was du für ihn tun kannst.*

Ich erinnere mich oft an unsere erste Unterhaltung vor knapp drei Monaten. Wir waren erst wenige Stunden zuvor mit Jacks Privatjet aus New York nach Philadelphia geflogen, und die Angst vor der Zukunft hatte mich fest in ihren Klauen gehabt. Der Flug war wortlos und bedrückend verlaufen. Niemand hatte mit mir gesprochen, und ich habe im Gegenzug alle stur ignoriert. Nicht einmal Jack hat offen mit mir geredet, seit er mich von Ian fortgezerrt hatte. Ich konnte seine Blicke vom anderen Ende der Maschine zwar auf mir spüren wie Nadelstiche, doch gesagt hatte er nichts. Als wir in Philadelphia ankamen, verschanzte sich mein Bruder sofort in seinem Büro und ließ mich mit der zermürbenden Ungewissheit über meine Zukunft allein. Wenige Stunden später tauchten unser Onkel Anthony und seine Frau Aria auf, um »das Wunder der lebenden Violet« mit eigenen Augen zu sehen. Jack hatte sie informiert, noch bevor wir in den Flieger gestiegen waren. Allerdings wich mir mein großer Bruder während des Besuchs kaum eine Sekunde von der Seite, was es mir unmöglich machte, offen mit ihnen zu sprechen. Ich wollte sie so vieles fragen und mich bei ihnen ausheulen, doch vor Jack mussten wir so tun, als würden wir uns zum ersten Mal seit Jahren wiedersehen.

Später am Abend stand ich in Begleitung eines Bodyguards auf dem Balkon des dortigen Hasting-Anwesens abseits der Stadt und überlegte, wie es wohl mit mir weitergehen würde. Jack hatte mich nach dem Abend auf der Dachterrasse des Section 4, bei dem ich mich für ihn und gegen Ian entschieden hatte, zwar vertrauensvoll und herzlich aufgenommen, aber dennoch hatte er eine gewisse Distanz gewahrt. Es fühlte sich an, als habe er einen Plan, über den er mich nicht in Kenntnis setzen wollte, und das machte mich nervös. Im Grunde fühlt es sich noch heute so an, als würde er etwas vor mir verbergen.

Wie aus dem Nichts hatte sich Caleb plötzlich neben mich gestellt. Ich hatte bis dahin lediglich gewusst, dass er Jacks rechte Hand ist, und auch bei ihm sagte mir mein Instinkt, dass ich ihm nicht von Anfang an bedingungslos vertrauen sollte. Egal, wie sympathisch seine Fassade war und wie freundlich sein Lächeln wirkte. Caleb hatte damals mitfühlend seine Hand auf meine Schulter gelegt und sie zaghaft gedrückt. Diese Geste hatte mich so unvorbereitet getroffen, dass ich hart gegen die Tränen ankämpfen musste.

»Auch wenn du's jetzt noch nicht siehst, aber dein Bruder liebt dich und hat dich vermisst«, beschwor er mich leise.

Schnaubend kramte ich in den Taschen meines Mantels nach den Zigaretten, die ich einem der Wachmänner abgeluchst hatte, und bot Caleb eine an. Daraufhin standen wir einige Minuten schweigend nebeneinander, sahen in den wolkenverhangenen, dunklen Himmel und gaben keinen Laut von uns, bis auf das regelmäßige leise Ausstoßen des Rauchs.

»Er liebt dich«, wiederholte Caleb irgendwann sanft und legte mir einen Finger unters Kinn, um meinen Kopf anzuheben.

Beschämt durch die Tränen, die in meinen Augen glitzerten, und den angestauten Frust über mein verpfuschtes Leben schlug ich seine Hand weg und trat einen Schritt zurück. Calebs Mundwinkel zuckten verräterisch, als hätte ihm meine Reaktion gefallen, was mich kurz aus dem Konzept brachte.

»Ich habe keine Ahnung, was du alles durchgemacht hast, Violet. Aber Jack wollte nie etwas Schlechtes für dich. Er ist dein großer Bruder, und sein einziges Ziel war und ist es, dich zu beschützen.«

»Jack hat mich beinahe getötet.«

Zu meiner Überraschung nickte Caleb, als könnte er meine Gefühle nachempfinden. »Menschen machen Fehler. Vor allem, wenn es um die geht, die ihnen wichtig sind. Sie gehen zu weit. Sehen nicht, was sie für einen Schaden anrichten, weil sie bloß das Ergebnis im Auge behalten. In Jacks Fall war es, dich von den Greens fernzuhalten, weil er in ihnen eine Gefahr für dich sah und noch heute sieht. Und hat nicht jeder eine zweite Chance verdient?«

In aller Ruhe wandte er sich zum Gehen. Bevor er die Schwelle ins Innere jedoch übertrat, sah er mich noch einmal an und schenkte mir ein winziges tröstendes Lächeln, das sich tief in mein Herz bohrte. »Noch mal: Er liebt dich, Violet.«

Nachdem Caleb gegangen war, dachte ich lange über seine Worte nach und traute mich, Jack zu sagen, dass ich Zeit alleine mit Anthony und Aria bräuchte, um sie kennenzulernen.

Die Reaktion meines Bruders war genau das, was ich brauchte, um Vertrauen zu ihm aufzubauen, nach allem Schlechten, das ich bisher über ihn gehört hatte. Er freute sich darüber, dass ich Interesse an unserer Familie zeigte, und räumte mir Zeit allein mit meinem Onkel und meiner Tante ein. Ich habe es also Caleb zu verdanken, dass ich den ersten Schritt auf meinen Bruder zuging. Erst durch seine Worte in jener Nacht gab ich Jack eine reelle Chance.

Nun zieht Caleb ein Kartenspiel aus der hinteren Tasche seiner Jeansshorts und grinst mich spitzbübisch an.

»Bereite dich auf eine vernichtend hohe Niederlage vor.«

Schnaubend folge ich dem Angeber zum Tisch, stelle das Bier ab und lasse mich auf den Stuhl am Kopfende fallen.

»Um was willst du spielen, du Pokergenie?«

Caleb zögert eine Sekunde lang, und sein Blick huscht unauffällig zu mir. Dann beginnt er konzentriert die Karten zu mischen und schiebt mir bedächtig die erste zu.

»Um einen Wunsch«, entscheidet er leise, den Blick fest auf die Karten geheftet.

»Was für einen Wunsch? Ich meine, eine Million Dollar oder ein Ferrari wären dann doch übertrieben, oder?«, feixe ich.

»Es muss etwas Realistisches sein«, erläutert er überraschend ernst und schiebt mir die nächste Karte zu. »Kein rosafarbenes Einhorn.«

»Als ob ich mir so einen Quatsch wünschen würde«, erwidere ich augenrollend und greife mir meine fünf Karten.

Caleb legt den restlichen Stapel neben sich und zieht seine Karten an den Rand des Tischs. Er nimmt sie nicht in die Hand. Lediglich die Ecken hebt er nacheinander an, womit er mich an einen Profizocker aus Las Vegas erinnert.

Stirnrunzelnd schüttle ich den Kopf und sortiere mein Blatt. Zwei Damen, eine Kreuz Acht, ein Herzkönig und eine Pik Sieben. *Kein schlechter Anfang.*

Ich spüre, dass Caleb mich beim Nachdenken beobachtet, und gebe mir Mühe, ein Pokerface aufzusetzen. Gespielt entspannt lege ich die Kreuz Acht und die Pik Sieben umgedreht auf den Tisch und klopfe mit zwei Fingern auf die Tischkante.

Caleb zieht eine Karte aus seinem Stapel und legt sie zu meinen zweien. Dann verteilt er die neuen Karten und hebt erneut bloß die Ecke an. Sein Gesicht zeigt keinerlei Regung, während er sie betrachtet. Er könnte genauso gut mit offenen Augen schlafen.

Ich trinke einen großen Schluck vom Bier, ehe ich die Karten in die Hand nehme. Mit Mühe unterdrücke ich ein Grinsen, während ich die Herzdame zu den anderen sortiere und den Kreuzkönig nach außen stecke. *Full house.* Caleb nickt mir auffordernd zu, aber ich schüttle den Kopf.

»Du zuerst.«

Er zuckt lässig mit den Schultern und deckt nacheinander seine Karten auf, wobei er meine Reaktion genau beobachtet.

»Drei Achten. Nicht schlecht«, sage ich anerkennend und seufze gespielt frustriert.

Calebs Mundwinkel zuckt verräterisch, als er zu seinem Bier greift und mir erneut auffordernd zunickt. »Na los, Prinzessin, mach mich fertig. Meine Niederlage hinauszuzögern hat keinen Sinn.«

Fluchend lege ich meine Karten offen auf den Tisch und funkele Caleb schmollend an. »Woher wusstest du, dass ich gewinne?«, frage ich und schiebe ihm die Karten zu.

Gekonnt vermischt Caleb sie mit den anderen und beginnt damit, erneut auszuteilen. »Was wünschst du dir?«, fragt er statt einer Antwort.

»Ich hebe mir den Wunsch auf«, entscheide ich und nicke, um meine Aussage zu unterstreichen.

»Wünsche sind nur eine begrenzte Zeit haltbar.«

»Ich hab noch nie von einer Fee gehört, die sagt, dass man sich in den nächsten vierundzwanzig Stunden etwas wünschen muss, damit das Angebot nicht verfällt«, entgegne ich und kann mir ein winziges Lächeln nicht verkneifen.

»Und ich habe dich noch nie mit einer Fee sprechen sehen.«

Ich zwinkere frech und greife nach meinen neuen Karten. »Du weißt eben nicht alles über mein Leben, Caleb.«

Er nickt beinahe bedächtig und wirft mir einen flüchtigen undeutbaren Blick zu.

Ich atme scharf ein und nehme einen Schluck vom Bier, um mich aufs Spiel zu konzentrieren statt auf Calebs eigenartiges Verhalten. Vermutlich steckt ihm die Sache mit Carl noch tiefer in den Knochen, als ich dachte.

Gespannt werfe ich einen Blick auf mein Blatt und stelle frustriert das Bier zur Seite. Ein Kreuzass, eine Pik Neun, ein Herzbube, eine Karo Sieben und eine Kreuzdame. *Verdammt*. Während Caleb absolut entspannt wirkt, sortiere ich drei Karten aus und behalte lediglich das Ass und die Dame.

Mein Gegner sortiert erneut bloß eine einzige Karte aus und wartet, bis ich mit zwei Fingern auf den Tisch geklopft habe, ehe er neu austeilt. Immerhin habe ich jetzt ein Pärchen aus zwei Damen, ansonsten ist bei mir allerdings nichts zu holen.

»Dieses Mal fängst du an, Prinzessin«, fordert Caleb und stützt locker die Ellenbogen auf dem Tisch ab.

»Was soll's.« Grummelnd decke ich mein Blatt auf und schnappe mir mein Bier. »Ein Paar.«

Er grinst breit und deckt seine Karten auf. »Royal Flush«, verkündet er und starrt mich siegessicher an.

»Du hast geschummelt!«, werfe ich ihm vor. »Niemand schafft einen Royal Flush, indem er nur eine einzige Karte tauscht!«

»Bist du etwa eine schlechte Verliererin?«, feixt er gönnerhaft und beugt sich zu mir vor.

»Was wünschst du dir?«, erwidere ich widerwillig, denn ja, ich gebe es zu: Ich bin eine grottenschlechte Verliererin.

»Schließ deine Augen, Prinzessin.« Auf einmal ist Calebs Stimme nur noch ein leises Wispern.

»Dein Wunsch ist, dass ich die Augen schließe?«, hake ich irritiert nach, und er nickt bedächtig.

»Das, und dass du stillhältst, bis ich etwas sage.«

Irgendwo zwischen Neugier und Skepsis gefangen lehne ich mich zurück und erfülle Caleb seinen Wunsch.

Plötzlich höre ich seinen Stuhl über den Steinboden schrammen und zwinge mich, mich nicht zu bewegen und auch nicht nachzusehen, was zum Teufel er da treibt.

Auf einmal spüre ich seine Hand auf meiner Wange und zucke reflexartig zusammen. Die Hand stoppt, bewegt sich nicht weiter und wartet, bis ich tief durchgeatmet und mich beruhigt habe, ehe sie erneut sanft über meine erhitzte Haut gleitet. Ein Finger streicht vorsichtig meine Lippen entlang, und mein Herz gerät hektisch ins Stolpern. Ich öffne den Mund und will etwas sagen. Im letzten Moment besinne ich mich aber darauf, dass Wettschulden Ehrenschulden sind, und schlucke die Frage, was er damit bezweckt, herunter.

Die Hand verschwindet von meiner Wange und taucht in meinem Nacken wieder auf. Caleb zieht mich ein Stückchen zu sich heran, und plötzlich kann ich seinen warmen Atem auf der Nasenspitze spüren.

»Prinzessin«, haucht er sehnsüchtig. »Halt mich auf, Violet. Oder halt weiter still und gesteh dir ein, dass es das ist, was du willst.«

Mit geschlossenen Augen schüttle ich den Kopf. Keine Ahnung, was mich daran hindert, die Augen aufzuschlagen.

Wieso ich mich darauf einlasse, still zu bleiben und ihn gewähren zu lassen, obwohl ich ahne, was er vorhat, und weiß, dass es in Problemen enden wird.

Caleb atmet zischend ein, als würde meine Reaktion auch ihn überraschen, und ich spüre, wie seine Hand in meinem Nacken angespannt zittert. »Du musst mir sagen, dass es okay ist. Ich muss es hören.«

»Tu es, Caleb«, wispere ich aus einem Impuls heraus, während mein Verstand einfach aussetzt, und im nächsten Augenblick treffen seine Lippen auf meine.

Ich rühre mich nicht, als Caleb zärtlich meine Lippen erforscht. Auch nicht, als er seine andere Hand auf meinem Knie ablegt und mit dem Daumen winzige Kreise über meine nackte Haut zieht. Erst als seine Zunge neckend meine Unterlippe entlangstreicht, erwache ich zum Leben und erwidere den Kuss.

Caleb seufzt, als würde ihm ein tonnenschwerer Stein vom Herzen fallen, und schiebt seine Zunge besitzergreifend in meinen Mund.

Wir beginnen einen langsamen, bedächtigen Kennenlerntanz, der sinnlich und vorsichtig ist und trotzdem deutlich macht, dass wir uns dazu entschlossen haben, eine Grenze zu überschreiten. Unser Kuss dauert gefühlt den ganzen Abend und ist doch viel zu schnell vorbei.

Ehe ich es richtig bemerke, zieht Caleb sich von mir zurück. Seine Hände verschwinden von meinem Körper, und seine Lippen lassen meine pochend, geschwollen und gierig nach mehr zurück. Doch es gibt kein »Mehr«.

Als ich verwirrt die Augen öffne, bin ich allein auf der

weitläufigen Terrasse und blicke in die untergehende Sonne, die langsam der dunklen Nacht ihren Platz überlässt. *Was zur Hölle hatte das zu bedeuten?*

Unwillkürlich bekomme ich ein schlechtes Gewissen und denke an Ian. Wir sind kein Paar mehr und werden uns sehr wahrscheinlich nie wieder sehen. Dennoch fühlt es sich an, als hätte ich ihn soeben betrogen.

»Verdammter Mist«, fluche ich leise und starre wütend die Karten auf dem Tisch an, die so harmlos wirken und dennoch die Schuld an meinem inneren Kampf tragen.

7

Das Leben kann ein fieses Miststück sein. Es treibt dich in Richtungen, von denen du weißt, dass du sie besser nicht einschlagen solltest. Und dennoch beweist es dir im gleichen Atemzug, dass genau diese Richtung dich an einen Ort führen wird, der dich besser fühlen lässt. Aber ist dies das Chaos wert, das daraufhin folgt?

Nachdenklich starre ich in die Dunkelheit, die den Garten einhüllt, und schlucke den letzten Tropfen Bier herunter. Nun habe ich keine Ausrede mehr, um hier zu sitzen. Das Bier ist leer, und es ist bereits so spät, dass ich ins Bett gehen sollte. Aber ich will nicht ins Bett. *Noch nicht.* Meine Gedanken fahren Achterbahn, und bevor ich nicht mit Caleb gesprochen habe, brauche ich an Schlaf nicht zu denken.

Kurz entschlossen springe ich auf und renne durch die Terrassentür ins Haus. Ein Wachhund, der an der Treppe lehnt und gerade auf seinem Handy herumtippt, hebt erschrocken den Blick und steckt das Teil schnell in seine Hosentasche.

»Alles in Ordnung, Miss?«, fragt er alarmiert und wirft einen Blick in den Garten.

Ich rolle genervt mit den Augen und deute auf eine der Kameras, die an der Außenwand des Anwesens angebracht wurde und in Richtung des Gartens zeigt.

»Wenn etwas nicht in Ordnung wäre, hätte es dir der Typ an den Monitoren schon längst mitgeteilt.«

Er reibt sich verlegen den Nacken und legt den Kopf schief.

Immerhin streitet er nicht ab, dass ich beobachtet werde.

»Hast du Caleb gesehen?«

Der Typ nickt und deutet mit der Hand flüchtig zur Haustür. »Er ist vor ein paar Minuten abgehauen. Wollte wohl nach Hermosillo.« Ein dreckiges Grinsen tritt in sein Gesicht, und mir dreht sich augenblicklich der Magen um. »Caleb will mal wieder die Sau rauslassen.«

»Wie bitte?« Meine Stimme hat einen schrillen Tonfall angenommen, und dafür ernte ich einen extrem verwirrten Blick. »Morgen stehen viele wichtige Dinge auf dem Plan, und er geht feiern?«, versuche ich meine Reaktion zu erklären und trete mir innerlich in den Hintern. *Ganz toll, Vi. Zum Glück ist das hier ein dummes Exemplar, ansonsten hätte er gemerkt, dass irgendwas nicht stimmt.*

Der Wachmann schüttelt grummelnd den Kopf und zieht erneut sein Handy aus der Hosentasche, als hätte er das Interesse an mir verloren, da nun sicher ist, dass keine Gefahr droht.

Wütend presse ich die Lippen aufeinander und stapfe die Treppen hoch. Ich bin in diesem Anwesen eingesperrt und muss mit den tausend Fragen im Kopf klarkommen, während Caleb einfach abhauen und seine Freiheit genießen kann? *Das ist so unfair!*

Am nächsten Morgen fühle ich mich, als hätte mich ein Lastwagen überrollt. Trotzdem quäle ich mich aus dem Bett, trinke einen Kaffee und begebe mich dann wieder an die Aktenlektüre, damit ich Jack möglichst bald Ergebnisse liefern kann. Ich habe es mir heute ausnahmsweise im Wohnzimmer gemütlich gemacht, da es draußen bereits am Morgen extrem heiß ist. Es ist einer dieser Tage, wo sich sogar die Luft in den Lungen anfühlt, als würde sie vor Hitze glühen. Daher habe ich meine Haare erneut zu einem unordentlichen Dutt hochgebunden und mir bloß ein leichtes weißes Top und eine kurze grüne Shorts angezogen.

»Miss Hasting?«

Erschrocken sehe ich von den Unterlagen auf dem Couchtisch auf und reibe mir über die Augen.

Laurel steht so dicht vor mir, dass ich die blassen Sommersprossen auf ihren Wangen erkennen kann. Die wilden roten Locken stehen in alle Richtungen ab, während sie mir unbedarft lächelnd eine braune Papiertüte entgegenhält und geduldig auf eine Reaktion wartet.

Ruckartig reiße ich sie ihr aus den Fingern und sehe mich hektisch um. »Hast du alles bekommen?«

Laurel nickt und streckt mir ein dünnes Bündel mit Geldscheinen entgegen.

Irritiert runzle ich die Stirn und deute mit dem Kinn fragend auf ihre Hand.

»Das Wechselgeld.«

Lächelnd drücke ich ihre Finger um das Bündel zusammen und schüttle entschieden den Kopf. »Behalt es. Für deine Mühe.«

Erst zögert sie, doch dann steckt sie mit dankbarem Blick das Geld in ihre Hosentasche und verlässt den Raum.

Sobald ich allein bin, krame ich fieberhaft in der Tüte und atme erleichtert aus, weil Laurel tatsächlich alles bekommen hat, was auf meiner Liste stand. *Und mehr.*

»Was ist da drin?«, ertönt plötzlich Calebs Stimme.

Überrascht knülle ich die Tüte zusammen und springe auf. »Das geht dich nichts an«, erwidere ich scharf und unterdrücke den Drang, ihn auf gestern anzusprechen.

Dass er einfach abgehauen ist, ohne mir sein Verhalten zu erklären, nagt mehr an mir, als es sollte. *Es war nur ein blöder Kuss. Verdammt, komm drüber weg, Vi!*

Caleb verschränkt die Arme vor der breiten Brust und hebt betont langsam eine Braue.

Schnaubend will ich mich an ihm vorbeidrängeln, um zur Treppe zu gelangen und mich in meinem Zimmer zu verschanzen. Aber so weit komme ich nicht. Er packt mich hart am Oberarm und hält mich zurück.

»Was ist da drin?«, fragt er erneut, und in seinem Ton schwingt nun eindeutig Misstrauen.

»Das geht dich einen Dreck an!«, speie ich ihm entgegen. Ich versuche, mich loszureißen, aber Calebs Griff ist zu fest, als dass ich eine Chance gegen ihn hätte.

»Ich frage dich das nur noch ein einziges Mal, Violet«, droht er nun gefährlich ruhig. »Was ist in der Tüte?«

Wütend knalle ich ihm die blöde Tüte gegen die Brust, was ihn so sehr überrumpelt, dass er seinen Griff lockert und ich mich endlich befreien kann.

Dass Caleb mich so anfährt und mir dermaßen misstraut, verletzt mich. Klar, er ist die rechte Hand meines Bruders. Trotzdem hatte ich angefangen, ihn als Freund zu sehen. Vor allem nach dem, was gestern zwischen uns passiert ist. Ich dachte, ich hätte einen Vertrauten gefunden. *Tja, das war wohl ein gigantischer Fehler, Vi. Wie immer hast du ein super Händchen bei Männern.*

Mit zögerndem Blick öffnet Caleb die Tüte und runzelt verwundert die Stirn. Entschlossen wühlt er sich durch die Tampons, den noch original eingeschweißten Epilierer und die Hautcremes, ehe er mir die Tüte wortlos zurückgibt und dabei peinlich berührt wirkt.

»Geht dir einer dabei ab, wenn du deine Dominanz anderen gegenüber zur Schau stellen kannst?«, frage ich verletzt und drücke Laurels Einkäufe an meine Brust.

»Prinzessin, ich wollte nicht …«, beginnt er kleinlaut, aber ich schüttle abwehrend den Kopf und dränge mich an ihm vorbei zur Treppe.

»Komm schon! Du hast dich so eigenartig verhalten, da musste ich nachsehen«, ruft er mir entschuldigend nach.

»Sorry, dass ich nicht will, dass jeder weiß, welche Tamponmarke ich benutze!«, entgegne ich und seufze niedergeschlagen. »Ich dachte, zwischen uns hätte sich etwas verändert, Caleb. Aber anscheinend habe ich mich geirrt.

Ich bin für dich nach wie vor nicht mehr als die kleine Schwester deines Bosses, die beaufsichtigt werden muss, und du bist der Angestellte, der mich bei Laune halten und gleichzeitig überwachen soll, damit ich keinen Mist baue.« Unendlich enttäuscht wende ich mich ab, gehe die Treppe hoch und knalle meine Zimmertür hinter mir zu.

Sobald ich den Schlüssel im Schloss gedreht habe, atme ich tief ein, schütte den Inhalt der Tüte auf meinem Kingsizebett aus und öffne die Tamponschachtel. Mit kurzem Blick zur Tür ziehe ich das darin versteckte Einweghandy aus dem Karton und renne ins Badezimmer, wo ich mich vor die riesige Badewanne knie und nach der Flasche mit dem Rasierschaum greife. Eilig schraube ich den Sprühaufsatz ab und schiebe das Handy in den ausgewaschenen Hohlraum. Dann verschließe ich die Flasche und stelle sie zurück auf ihren Platz zwischen den anderen Kosmetikartikeln, wo sie nicht auffällt. *Hoffe ich zumindest.*

Als wir vor zwei Monaten in Mexiko ankamen, ging ich mit den Wachhunden in diese kleine Drogerie im Stadtkern von Hermosillo, um mich mit dem Nötigsten einzudecken. Beim Bezahlen entdeckte ich einen Aufsteller mit Wegwerfhandys hinter dem Tresen und wartete auf einen unbeobachteten Moment, um dem Ladenbesitzer deutlich zu machen, dass er mir eines von den Teilen diskret verkaufen soll. Seitdem rufe ich regelmäßig bei ihm an und gebe meine Einkaufsliste durch. Wie vereinbart versteckt er dann immer ein neues Handy für mich zwischen den Einkäufen. Einer der Angestellten holt daraufhin meine Bestellung in der Drogerie ab, ohne auch nur zu ahnen, dass mir dadurch die Möglichkeit geschenkt wird, mit Camy zu sprechen und so mein verwundetes, einsames Herz zu trösten. Der Ladenbesitzer wird für sein Schweigen natürlich gut bezahlt. Zwar nicht mit meinem eigenen Geld, aber das ist Nebensache. Er rechnet Posten ab, die ich nie erhalte, und bekommt so unbemerkt sein Geld von Jack.

Das dumpfe Klopfen an meiner Schlafzimmertür lässt mich augenblicklich aufspringen und hektisch aus dem Bad sprinten. Eilig räume ich die verstreuten Drogerieartikel von meinem Bett zurück in die Tüte und stelle sie auf den Nachttisch. Dann atme ich tief durch und versuche mein verräterisch klopfendes Herz zu beruhigen, ehe ich »Wer ist da?« rufe.

»Ich bin's.«

Calebs Stimme klingt entschuldigend, und etwas in mir will nachgeben und ihm verzeihen, dass er mir nicht vertraut hat. Allerdings kann ich nicht vergessen, dass er gestern so abrupt abgehauen ist, um sich zu amüsieren.

»Willst du meine Unterwäsche durchwühlen? Vielleicht verstecke ich ja einen Sprengsatz zwischen meinen Höschen«, rufe ich also unversöhnlich.

»Lass mich die Entschuldigung nicht durchs Haus schreien. Wäre nicht gut für meinen Ruf«, klingt es dumpf durch die schwere Holztür.

Einen Moment lang starre ich die geschlossene Tür an und nage unschlüssig am Daumen. Ja, ich bin verletzt, aber was würde es über mich aussagen, wenn ich Caleb nicht einmal die Chance auf eine Entschuldigung einräumen würde? Seufzend gebe ich mir einen Ruck und trete zur Tür.

Ich drehe den Schlüssel im Schloss herum und lasse Caleb an mir vorbei ins Zimmer treten.

Er wirkt auf eine niedliche Art unbeholfen, wie er da mit den Händen in den Taschen steht und mich unsicher anblickt. Wie ein trauriger Welpe, der um ein Leckerli bettelt.

Betont langsam schließe ich die Tür, schlendere an ihm vorbei und setze mich abwartend auf die Bettkante.

»Es tut mir leid«, flüstert Caleb kleinlaut.

»Was hast du gesagt? Ich konnte dich nicht verstehen.«

Verlegen fährt er sich durchs verwuschelte Haar und kniet sich dicht vor mich auf den Boden. Zaghaft greift er mir unters Kinn und reibt sanft mit dem Daumen über meine Unterlippe. Seine braunen Augen funkeln wie flüssiger Bernstein und verursachen ein so intensives Gefühl in meinem Magen, dass ich angestrengt schlucke.

»Es tut mir unendlich leid, Violet«, wiederholt er ernst. »Ich bin nicht gut darin, Menschen zu vertrauen. Das bringt mein Job mit sich. Aber dir will ich vertrauen. Gibst du mir bitte noch eine Chance, um dir das zu beweisen?«

Zögerlich greife ich nach der Hand, mit der er mein Kinn festhält, und verschränke seine Finger vorsichtig mit meinen. Das zu tun ist wie ein Impuls, dem ich mich nicht verwehren kann. Als würde mich ein Magnet zu ihm ziehen und damit zwei gegensätzliche Pole vereinen wollen.

Ich nicke bedächtig und nage nervös an der kribbelnden Unterlippe, auf der eben noch sein Finger sanfte Kreise zog.

Calebs Blick springt ruckartig zu meinem Mund, ehe er gequält die Augen schließt. Dann murmelt er einen Fluch und blickt mich wieder an. In einer fließenden Bewegung legt er mir eine Hand in den Nacken, dirigiert unsere verschlungenen Finger auf meinen Schoß und zieht mich näher zu sich.

Ich weiß, was er als Nächstes tun will, und es wäre das Vernünftigste, ihn davon abzuhalten und erst einmal über gestern zu sprechen. Doch anstatt vernünftig zu sein, lehne ich mich so weit vor, dass sich unsere Nasenspitzen berühren, und sehe ihm tief in die Augen. Mein Inneres sehnt sich danach, das zu spüren, was er mich gestern Abend hat spüren lassen, und will nicht, dass er sich länger zurückhält.

»Dafür komme ich in die Hölle«, wispert Caleb.

»Nur dafür?«, scherze ich nervös.

Im nächsten Moment treffen Calebs Lippen unendlich sanft auf meine, bewegen sich zögernd und beinahe ängstlich.

Aber das ist mir nicht genug. Fordernd dränge ich mich dichter an ihn, fahre mit der Zunge verlangend über seine Lippen und beiße spielerisch in die untere.

Er stößt ein lustvolles Brummen aus, und eine Sekunde später liegt er über mir. Unsere Zungen beginnen einen wilden Tanz, der meine Mitte pochen lässt und meine Gedanken chaotisch durcheinanderwirbelt. Irgendwann verschwindet sein Mund von meinem, und ich will protestieren, aber da spüre ich, wie seine Zunge langsam über meinen Hals fährt. Ich stöhne und bäume mich ihm entgegen, dränge mich dichter an Calebs Körper und genieße seine Berührungen. Die ersten Berührungen seit Monaten.

»Was willst du, Prinzessin?«, flüstert er in mein Ohr, sodass sein Atem mir eine Gänsehaut beschert.

»Dich«, antworte ich zitternd und kann gleichzeitig nicht fassen, dass ich das gesagt habe.

Als hätte man mir einen Eimer kaltes Wasser über den Kopf gekippt, klart mein Verstand plötzlich auf, und ich versteife mich panisch.

Caleb muss meinen Sinneswandel gespürt haben, denn er lässt von mir ab und setzt sich auf.

»Caleb, ich …«, beginne ich kleinlaut, doch er schüttelt entschieden den Kopf und weicht meinem Blick aus.

»Ich hätte dich nicht überrumpeln dürfen, Prinzessin. Das Gleiche gilt für gestern Abend. Es war nicht fair von mir, die Wettschulden so einzufordern. Ich war … keine Ahnung … durcheinander wegen Carls Tod und völlig neben der Spur. Ich hätte mit dir darüber sprechen sollen. Stattdessen wollte ich mich ablenken, und daher habe ich das getan, was ich seit dem ersten Augenblick tun wollte, in dem ich dich gesehen habe.«

Seine Offenheit berührt mich so sehr, dass mir Tränen in die Augen steigen. Plötzlich wünsche ich mir, Calebs Vergangenheit zu ergründen und zu erfahren, wie er zu dem Mann geworden ist, der er heute ist. Wie ein lebenslustiger Mann mit offensichtlich gutem Herzen in dieses kriminelle Umfeld geraten konnte. Aber dieses Verlangen wird von einer großen Wolke überschattet, die jeden noch so winzigen Sonnenstrahl aus meinem Leben fernhält. Ian. Der Gedanke an ihn weckt eine Sehnsucht, die ich seit Wochen mit aller Kraft zu verdrängen versuche.

»Bitte, Caleb, lenk mich ab und lass mich vergessen«, entfährt es mir unbedacht, und ich rutsche erneut dichter an ihn heran.

Abrupt springt er auf und starrt mich verletzt an. »Ich bin kein verdammter Lückenbüßer«, bringt er zwischen zusammengebissenen Zähnen hervor. »Zweite Wahl zu sein steht mir nicht. Ich bin entweder derjenige, den du willst, oder ich verschwinde. Ich mag meine Fehler haben, aber deshalb bin ich nicht weniger wert als er.«

Entschieden schüttle ich den Kopf und greife nach seinen Händen. Caleb zuckt zurück, aber ich lasse ihn nicht entkommen und streiche zärtlich über seine Handrücken.

»So war das nicht gemeint.«

»Ich kenne dich besser, als du glaubst, Vi. Und ich kenne deine Vergangenheit. Du hast gerade an Ian Green gedacht.« Caleb nimmt wieder neben mir Platz.

»Du bist keine zweite Wahl, Caleb«, übergehe ich seine Vermutung und schließe beschwörend die Augen.

»Und du bist nicht wie die anderen Weiber, die ich flachlege«, braust er auf. Jetzt bin ich es, die verletzt zusammenzuckt. »Du bedeutest mir etwas«, setzt er überraschend zärtlich nach.

Ich öffne die Augen, sehe ihn an und entdecke eine Aufrichtigkeit in seinem Blick, die mein Herz aufwühlt und mich von innen wärmt wie das Feuer eines Kamins in einer kalten Nacht.

»Mit dir gibt es nur zwei Möglichkeiten für mich: alles oder nichts. Und das Gleiche erwarte ich von dir. Wenn du das hier …«, sagt er und blickt auf unsere verschlungenen

Hände, »... wirklich willst, dann musst du Ian Green vergessen. Für euch gibt es keine Zukunft, Violet. Für uns schon. Gib mir die Chance, dich glücklich zu machen.«

»Ich bin so einsam, Caleb«, gestehe ich und zwinge mich, den Blick nicht von ihm abzuwenden. »Ich will glücklich werden und ihn vergessen. Aber ich schaffe es nicht. Hilf mir dabei. Bitte.«

Calebs Lippen prallen regelrecht brutal auf meine. Doch ehe ich reagieren kann, löst er sich auch schon wieder von mir. Ich sehe ihn an und erkenne, wie sich sein Blick verdunkelt und wie ein Glitzern sich ins Dunkle mischt, das mich augenblicklich gefangen nimmt.

»Wenn du dich für mich entscheidest, dann werde ich keine Kompromisse eingehen. Ich will dich ganz und gar, Violet. Ich will, dass ich der einzige Gedanke in deinem Kopf bin und der einzige Mann, den du begehrst. Du sollst meinen Namen stöhnen, wenn du zum Höhepunkt kommst«, raunt er heiser. »Und so wird es kommen, Prinzessin. Ich werde deine Welt auf den Kopf stellen, bis du nur noch daran denken kannst, wann ich dich das nächste Mal berühre. Bis du ihn vergessen hast und dein Herz mir gehört.«

Caleb verzehrt sich schon länger nach mir, das wird mir jetzt klar. Er hat einen Plan gefasst, wie er mich erobern möchte, und er hat alle Zeit der Welt, um ihn in die Tat umzusetzen – denn er ist hier. Bei mir. Und er wird es bleiben.

»Am liebsten würde ich dir direkt die Kleider vom Leib reißen und dir zeigen, wie sehr ich dich will, Prinzessin«, fährt er fort und bringt meine Mitte damit zum Pochen. »Aber unser erstes Mal soll etwas Besonderes werden. Etwas, das du nie vergessen wirst. Außerdem kommt dein Bruder bald nach Hause, und wir sollten vermutlich erst mal mit ihm über uns beide reden.«

»Sag ihm fürs Erste bitte gar nichts, Caleb. Lass uns sehen, wo es hinführt, bevor wir den Sturm heraufbeschwören.«

»Ich kenne Jack, Vi«, entgegnet Caleb. »Natürlich wäre es ihm lieber, wenn du gar keinen Mann hättest, aber er ist nicht so dumm, völlig auszublenden, dass du eine gewisse Wirkung auf Männer hast. Außerdem wäre er garantiert froh, wenn ich endlich etwas Festes hätte und ihm die dummen Weiber am Frühstückstisch ersparen würde.«

Getroffen zucke ich zusammen und senke verletzt den Blick.

»Hey.« Caleb rückt dichter an mich heran. »So war das nicht gemeint. Ehrlich. Du bist etwas Besonderes.«

»Klar. Weil ich die Schwester deines Bosses bin«, erwidere ich bitter.

»Fuck, Vi. Tu das jetzt nicht. Mach das, was zwischen uns passiert ist, nicht klein. Ich hab dich nicht geküsst, weil du Jack Hastings Schwester bist, sondern obwohl du es bist«, widerspricht er mir eindringlich.

Verwirrt sehe ich ihn an. Seine Stirn liegt in tiefen Falten, und sein Mund bildet eine harte Linie.

»Nenn mich Dealer, Verbrecher oder Schläger. Das alles stimmt. Aber nenn mich niemals einen Lügner, denn das war ich dir gegenüber nie und werde es auch niemals sein.

Ich bin aufrichtig und ... verdammt noch mal ...« Jetzt verziehen sich seine Lippen zu einem liebevollen Lächeln. »Ich bin siebenundzwanzig und war von einer Frau noch nie so gefesselt wie von dir.«

»Und wie geht es jetzt weiter?«, frage ich verunsichert.

Caleb streicht mir zärtlich über die Wange, ehe er aufsteht und mich frech angrinst.

»Jetzt werde ich um dich kämpfen, Prinzessin.«

8

Es gibt Worte, die sich in den Verstand einbrennen und die man niemals vergisst. Solche Worte ausgerechnet aus Calebs Mund zu hören, hätte ich mir bis vor Kurzem nicht vorstellen können. Aber so ist es. Caleb Denver hat sich in meinem Kopf eingenistet und es sich dort gemütlich gemacht.

Der restliche Tag rast an mir vorbei, ohne dass ich irgendetwas um mich herum wahrnehme. Ich habe mich wieder den Unterlagen gewidmet, um mich von dem Gefühlschaos in meinem Herzen abzulenken. Und für einige Zeit gelingt mir das.

Gegen Abend habe ich endlich die Akten durchgearbeitet und präzise Vorschläge zusammengestellt, wie wir Kosten senken und die Gewinne steigern können, ohne allzu viele Standorte aufgeben zu müssen. Stolz klappe ich den letzten Ordner zu und staple ihn ordentlich auf den anderen. Ein Blick zur Uhr verrät mir, dass es erst um sieben ist.

»Violet!«, erklingt plötzlich Jacks Stimme laut aus seinem Arbeitszimmer.

Ich schnappe mir die Unterlagen vom Couchtisch und gehe zu ihm – auch wenn es mir tierisch gegen den Strich geht, dass er mich so herrisch zu sich zitiert.

Mein großer Bruder sitzt hinter seinem mächtigen Eichenholzschreibtisch, und seinem Lächeln nach zu urteilen hat er extrem gute Laune, was mich irritiert. Caleb ist ebenfalls anwesend. Er steht hinter Jack am Fenster und bedenkt mich mit einem so lustvollen Blick, dass ich auf der Stelle rot anlaufe. Um das zu kaschieren, tue ich, als müsste ich husten, und reibe mir anschließend unauffällig übers Gesicht.

»Ich bin mit der Analyse fertig. Wenn du Zeit hast …«, beginne ich geschäftig, aber Jack unterbricht mich, indem er schwungvoll aufsteht und in die Hände klatscht.

»Vergiss das für heute. Wir gehen aus und stoßen an.«

»Okay«, erwidere ich gedehnt und lege die Akten auf seinem Schreibtisch ab. »Und worauf stoßen wir an?«

»Auf unseren Deal mit den Herreros«, verkündet mein Bruder mit vor Stolz funkelnden Augen.

Überrascht ziehe ich die Luft ein. Ich kann mir nicht erklären, wie der Deal doch noch zustande kommen konnte, und wenn ich ehrlich bin, habe ich Angst, danach zu fragen. *Was mag das für Ian bedeuten? Hat es womöglich wieder einen Zwischenfall gegeben? Wurde er verletzt oder sogar … Und was bedeutet das für unsere Familie? Wir steigen jetzt offiziell ins Kokainbusiness ein, und ich habe nichts getan, um das zu verhindern. Wie kann ich tatenlos dabei zusehen, wie Jack mich immer tiefer in den Strudel der Kriminalität hinabreißt?*

»Also konntest du Don Juan umstimmen?«, bringe ich schließlich heiser hervor.

»Anscheinend gab es gestern Probleme in vier von Ians Klubs. Das FBI hat Ermittlungen aufgenommen, was für Don Juan ein zu großes Risiko bedeutet. Somit sind die Greens aus dem Rennen, und wir übernehmen ab jetzt«, erklärt Jack freudestrahlend.

»Das wart ihr!«, rufe ich aufgebracht und sehe zwischen Caleb und Jack hin und her. »Gibt es keinen Ehrenkodex unter Verbrechern? Irgendwas wie: *Die Polizei ist unser gemeinsamer Feind*?«

»Die Greens sind unsere Feinde, Prinzessin. Wie oft sollen wir dir das noch sagen? Wenn wir ihnen schaden können, tun wir das mit Vergnügen. Sie würden nicht anders handeln. Überleg mal, was sie Carl angetan haben«, wirft Caleb ein, und ich zucke getroffen zusammen.

Noch immer kann ich nicht glauben, dass Ian den Mord an einem unschuldigen Bodyguard in Auftrag gegeben haben soll. Ebenso wie sein Vater den Mord an deinen Eltern in Auftrag gab, Vi. Sieh endlich ein, dass Ian ein gefährlicher Mann ist, und hör auf, ihm nachzutrauern, wiederhole ich in Gedanken, was Jack mir wieder und wieder eingebläut hat.

»Morgen früh wartet der Privatjet auf uns, Schwesterchen. Wir sind fürs Erste fertig in Mexiko«, verkündet Jack fröhlich und schlendert an mir vorbei zur Tür. »Schmeiß dich in Schale und sei in einer Stunde bereit. Ich habe einen Tisch im edelsten Klub von Hermosillo reserviert.« Mit diesen Worten verlässt er zufrieden das Arbeitszimmer.

Verwirrt nage ich am Daumen und starre meinem Bruder nach. Es sind gute Nachrichten, dass ich endlich wieder aus diesem Anwesen herauskomme, aber die Sorge verdrängt die Freude. *Wie es Ian nach dem geplatzten Deal wohl geht*?

»Prinzessin?«

Ertappt reiße ich den Kopf hoch und beiße mir dabei fast auf den Daumen. Caleb steht dicht vor mir, und ich sehe ihm nur zu deutlich an, wie gern er mich berühren würde.

»Worüber machst du dir Sorgen?«, will er wissen.

Mein Zögern lässt sein Lächeln schlagartig verblassen. Es ist, als könne er in meinen Gedanken lesen und wisse, dass sie sich um Ian drehen.

»Sie werden sich rächen«, erfinde ich daher schnell, um abzulenken. »Niemand würde einen Verrat an die Cops durchgehen lassen, ohne sich dafür zu revanchieren. Schon gar nicht die Greens.«

»Du wurdest aus diesem Deal komplett rausgehalten«, beruhigt er mich. »Dich erwarten höchstens finanzielle Einbußen, und für diesen Fall hat Jack dich abgesichert. Was die Greens auch gegen uns planen, du wirst darunter nicht leiden.«

»Aber du«, entgegne ich, überraschend emotional.

»Machen Sie sich etwa ernsthafte Sorgen um einen einfachen Mitarbeiter wie mich, Miss Hasting?«, witzelt Caleb mit funkelnden Augen, die beweisen, dass ihn meine Worte weit mehr berühren, als er mich wissen lassen will.

Ich nicke stockend und strecke ihm anschließend die Zunge heraus, um die aufgeladene Stimmung ein wenig zu lockern.

»Ich geh mich umziehen.« Ich will mich abwenden, doch Caleb hält mich zurück.

»Zieh nicht zu viel an«, raunt er leise und streicht mit einem Finger durch den schmalen Spalt zwischen meinen Brüsten.

Mein Hals wird trocken, und mein Herz klopft wild. Ehe ich mich völlig vergesse, wende ich mich ab, stürme aus dem Arbeitszimmer und hetze die Stufen zur ersten Etage hinauf. Calebs kehliges Lachen ignoriere ich.

Señor Cielo erinnert mich an einen hyperaktiven Hobbit auf Speed. Wir sind aus der Limousine noch nicht ganz ausgestiegen, da drängt sich der rundliche Klubmanager bereits in unser Sichtfeld und stellt sich lauthals vor.

»Herzlich willkommen im El Pecado«, quietscht er übertrieben freundlich und deutet überschwänglich auf seinen Klub.

Ohne Vorwarnung wird er von einem unserer Wachhunde am Kragen gepackt, zur Seite gedrängt und hart mit dem dicken Bauch gegen die Motorhaube der Limousine gedrückt.

Während ich eingeschüchtert zu Jack schaue, der seelenruhig die Wagentür hinter uns schließt, wird Señor Cielo unsanft abgetastet. Für die Männer an meiner Seite ist das anscheinend ein alltägliches Schauspiel, da sie völlig uninteressiert daran wirken und geradewegs auf den

Klubeingang zusteuern. Mich hingegen verstört das Bild des kleinen dicken Mannes auf der Motorhaube des Wagens nachhaltig.

Ich atme tief durch, um mir die Lust aufs Feiern nicht verderben zu lassen, und wende meinen Blick die Straße entlang. Das El Pecado liegt im Stadtkern von Hermosillo. Überall entdecke ich Bars, Geschäfte und Hochhäuser, in denen das Licht noch brennt, obwohl es bereits spät am Abend ist. Die Stadt wirkt lebendig, pulsierend, aber auch gefährlich. Menschen eilen an mir vorbei und verschwinden schnurstracks in dunkle Gassen und Hauseingänge. Was sie dort treiben, will ich mir gar nicht erst vorstellen. Dass wir von vier Bodyguards umringt sind, beruhigt mich daher heute ausnahmsweise. Ich hasse die Überwachung zwar, aber jetzt gerade schenkt sie mir ein Gefühl der Sicherheit, das ich in dieser Gegend nicht missen möchte.

Offenbar ist Señor Cielo sauber. Noch bevor wir den Eingang des rostroten Backsteinhauses mit der schwarzen Metalltür erreicht haben, ist er wieder an unserer Seite und redet auf Jack ein, als würde es um sein Leben gehen.

Kopfschüttelnd folge ich ihnen und mustere unauffällig Caleb, der nah vor mir läuft und dem Klubmanager zuhört. Er trägt eine dunkle Denim-Jeans, braune Lederschuhe, ein weißes Poloshirt und sieht zum Anbeißen heiß in diesem Outfit aus. Seine Haare sind ausnahmsweise nicht wild verwuschelt, sondern nach hinten gekämmt, wodurch sie wesentlich länger wirken. Meine Finger kribbeln und wollen sich darin vergraben, ihn an mich ziehen und – *Schluss jetzt Vi! Bleib fokussiert!*

Wir betreten den Klub. Sobald wir an den Türstehern vorbei sind, ziehen wir die volle Aufmerksamkeit der Anwesenden auf uns, was mich besorgt zu Caleb sehen lässt.

»Don Juan regiert Hermosillo wie ein inoffizieller Bürgermeister. Dass wir seine neuen Geschäftspartner sind, hat sich anscheinend schon herumgesprochen«, erklärt er mir leise und drückt besänftigend meinen Oberarm.

Allerdings beruhigt mich diese Erklärung nicht. Auf dem gesamten Weg durch den Klub angestarrt zu werden, verursacht einen unangenehmen Druck in meiner Brust. Und dass der nervige Klubmanager immer noch schwanzwedelnd hinter uns herrennt, macht es nicht besser.

»Por favor, la mejor mesa de la casa«, verkündet Señor Cielo hochtrabend und schnippst laut mit den Fingern.

Der beste Tisch des Hauses. Schleimer.

Während ich mich neben Caleb auf die sichelförmige braune Ledercouch setze, zu der wir geleitet wurden, wird Jack bereits von drei halb nackten Tänzerinnen umringt. Und das, bevor er überhaupt gegenüber von uns Platz nehmen kann.

Angewidert wende ich den Blick ab und streiche meinen Rock glatt. Ich habe mich überraschend schnell für diesen kurzen schwarzen Lederrock entschieden. Dazu trage ich eine weiße kurzärmlige Bluse mit tiefem Rundausschnitt, der mein Rabentattoo hervorblitzen lässt. Gekrönt wird das Outfit von wunderschönen weißen Lack-Peeptoes und einem engen schwarzen Samtband mit tropfenförmigem Diamantanhänger um den Hals. Dieses Outfit wäre für Eliza East viel zu gewagt. Aber Violet ist anders. Offener, wagemutiger und reifer. Immerhin werde ich nächste Woche vierundzwanzig, da sollte ich endlich meinen eigenen Style entdecken.

»Champagner«, ruft der Klubmanager einem jungen Kellner zu, der an unserem Tisch vorbeiläuft.

»Para mí un Cosmopolitan, por favor!«, rufe ich ihm auf Spanisch hinterher. Während der letzten Wochen in Mexiko ist mir bewusst geworden, dass mein früheres Ich nicht nur Französisch, sondern auch Spanisch gelernt haben muss. Beide Sprachen spreche ich fließend, und ich bin gespannt darauf, herauszufinden, welche ich noch beherrsche.

»¡Por supuesto!«, entgegnet Señor Cielo gehetzt und folgt dem Kellner, als wäre er auf der Flucht.

»Merkwürdiger Typ«, murmele ich kopfschüttelnd.

»Der Kerl ist ein Geier«, raunt Caleb mir mit gedämpfter Stimme zu. »Er hängt sich an denjenigen, der gerade die größte Macht hat. Uns würde er sofort rausschmeißen, sollte ein anderer das Ruder in Hermosillo übernehmen.«

»Was für ein rückgratloser Feigling«, stelle ich fest und sehe erneut zu Jack.

Inzwischen drängen sich die drei Tänzerinnen beinahe auf seinen Schoß. Da es mich anwidert, wie Jacks Hände über die Körper der Frauen gleiten, wende ich den Blick ab und sehe mich im El Pecado um. Unser Tisch steht im hinteren VIP-Bereich auf einer erhöhten Plattform, wodurch man den gesamten Klub mühelos überblicken kann. Vermutlich freuen sich die Wachleute über diese Tatsache enorm, da es ihnen die Arbeit erleichtert. Hinter dem roten Samtband, das uns Privatsphäre garantiert, liegt die überfüllte Tanzfläche, über der eine klassische Diskokugel schwebt, in der sich das bunte Licht der Scheinwerfer bricht. Es wirkt fast etwas altmodisch, aber hey, offenbar sind die Achtziger in Hermosillo wieder angesagt. Der Klub ist nicht ansatzweise so edel und modern wie das V's, obwohl Jack sagte, es sei der beste Klub von Hermosillo. Um die Tanzfläche zieht sich der Barbereich. Hinter den Tresen schwitzen die Angestellten und haben sichtlich Mühe, alle Bestellungen abzuarbeiten.

Als der Kellner zurückkommt und den Cosmo vor mich auf den orangefarbenen niedrigen Tisch stellt, sehe ich mich in unserem VIP-Bereich um, der erstaunlich leer ist. Bis auf ein paar laut grölende Männer, die ebenfalls von leicht bekleideten Tänzerinnen umgarnt werden, sind wir allein. Die Gruppe am anderen Ende des Plateaus wirkt wie ein verdammt teurer Junggesellenabschied, was mich unwillkürlich zum Lächeln bringt. Es tut gut, etwas so Normales zu betrachten und dadurch all das Gerede über Mord, Drogen und Verbrechen beiseitezudrängen.

Ich sehe erneut Caleb an und frage mich, wo das mit uns hinführen wird. Seine unerschütterliche Loyalität für meinen Bruder erscheint mir wie ein Damoklesschwert, das über uns schwebt. Sollte Jack Caleb einen Auftrag erteilen, der sich nicht mit meinem Gewissen vereinbaren ließe, würde er dann ablehnen? Nein, sicher würde er sich für Jack entscheiden – *und somit gegen mich*. Seufzend greife ich nach meinem Glas und warte, bis der Kellner den Champagner für meine Begleiter eingeschenkt hat, ehe ich mit ihnen anstoße und einen großen Schluck trinke.

»Woran denkst du, Prinzessin?«, raunt mir Caleb ins Ohr, damit ich ihn trotz der lauten Musik verstehen kann.

Ich werfe ihm einen langen intensiven Blick zu und beiße mir auf die Unterlippe. »An dich«, antworte ich schließlich ehrlich.

»Habe ich in deinen Gedanken etwas an, oder laufe ich rum wie Adam im Paradies?«

»Bist du etwa religiös?«, erwidere ich schmunzelnd.

»Ja. Mein Dad ist Pastor.«

»Wirklich?«

Caleb nickt ernst, und seine Hand zuckt, als wollte er sie auf meine legen. Im letzten Moment schüttelt er jedoch den Kopf und zieht sie zurück, ohne mich zu berühren.

»Erzähl mir mehr über dich«, verlange ich. »Wo kommst du her?«

Einige Sekunden sagt Caleb nichts und starrt stattdessen angespannt zu Jack, als fürchte er, belauscht zu werden. Doch mein Bruder hat offensichtlich völlig vergessen, dass wir beide auch noch da sind, und konzentriert sich vollkommen auf die Frauen um sich herum.

»Nebraska«, antwortet Caleb schließlich. »Wir hatten eine Farm. Sie war nicht besonders groß, aber sie reichte für uns vollkommen aus. Neben seiner Arbeit für die Kirche kümmerte sich Dad mit meiner Hilfe um die Felder. Wir säten aus, ernteten, bauten Vogelscheuchen«, erinnert er sich mit wehmütigem Lächeln. »Wir hatten auch Vieh. Darum kümmerte sich meistens meine Mutter.«

Neugierig lausche ich seinen Worten und versuche, sie mit dem Mann in Verbindung zu bringen, der vor mir sitzt.

Wie konnte aus einem Pastorensohn, der auf einer Farm in Nebraska aufwuchs, die rechte Hand eines mächtigen Clananführers werden?

»Ihr hattet?«, hake ich sanft nach. »Was ist passiert?«

Caleb schüttelt den Kopf, als würde er aus einem Traum erwachen, und setzt sein perfektes Pokerface auf, ehe er mir den Blick erneut zuwendet. »Jetzt bist du dran. Erzähl mir etwas über dich.«

Mir ist klar, dass er von sich ablenken will, dennoch lasse ich mich darauf ein. Wenn er noch nicht bereit ist, mir von seiner Vergangenheit zu erzählen, muss ich das fürs Erste akzeptieren.

»Was willst du wissen?«

»Alles«, antwortet er zärtlich, und erneut zuckt seine Hand verräterisch.

Innerlich fechte ich einen stummen Kampf aus. Ja, ich möchte nachgeben. Möchte Caleb näher kennenlernen, ihn berühren und uns eine reelle Chance einräumen. Doch ist es das wert? Hieße das nicht auch, dass ich Ian endgültig hinter mir lasse? Und bin ich dafür schon bereit?

»Einen Tequila für deine Gedanken?«, scherzt Caleb.

»Ich will tanzen«, weiche ich aus und springe auf.

Genießerisch lehnt er sich auf dem Sofa zurück und greift nach seinem Champagnerglas. Mit einem Nicken verweist er auf den freien Platz neben unserem Tisch, ehe er zwei Finger in den Mund steckt und einen gellenden Pfiff von sich gibt. Sofort kommt Señor Cielo angerannt, wie ein Hund, wenn er hört, wie Futter in den Napf gegeben wird.

»Miss Hasting möchte tanzen«, verkündet Caleb und klingt dabei, als habe die Queen ihm soeben eine Audienz zugesagt. »Drehen Sie die Musik in unserem Bereich lauter und fahren Sie die Trennwände hoch. Wir wollen ungestört sein.«

Überrascht beobachte ich den Klubmanager, der eine winzige Fernbedienung aus seiner Hosentasche zieht und mit seinen Wurstfingern auf einen der Knöpfe drückt. Plötzlich erklingt ein elektrisches Surren, und eine getönte Glasfront schiebt sich aus dem Boden empor. Sie bildet eine Wand um unseren Sitzbereich und schirmt uns damit vom restlichen Klub ab.

»Jetzt können wir mit der Party loslegen!«, ruft Jack ausgelassen, und ich kann nicht anders, als zu lachen. Es ist großartig, meinen sonst so stocksteifen Bruder ungezwungen zu erleben. Zumindest, bis eine der Tänzerinnen damit beginnt, seinen Gürtel zu öffnen, und sich lasziv vor ihm auf den Boden sinken lässt. Vorfreudig lässt Jack den Kopf nach hinten auf die Couchlehne fallen und schließt die Augen.

»Jack?!«, rufe ich ihm angewidert zu.

Er lacht laut und stöhnt dann auf, als die Frau ihren Kopf in seinen Schoß senkt. »Heute Abend sind wir mal ganz wir selbst, Vi«, verkündet er zwischen zwei wohligen Seufzern.

Die Tänzerin bewegt ihren Kopf lasziv auf und ab, während eine weitere an Jacks Hals leckt und die dritte ihm das Hemd aufknöpft.

»Da steht wohl jemand aufs Zusehen.«

Ertappt wende ich den Kopf ab und starre in Calebs funkelnde Augen. Er steht direkt hinter mir und betrachtet mich so intensiv, dass meine Gedanken auf stumm schalten.

»Tanz für mich, Schönheit«, verlangt er liebevoll und fordernd zugleich und streicht mir sanft über die Wange.

Mein Blick saugt sich an seinen bernsteinbraunen Augen fest, während ich langsam die Hüften kreisen lasse und mich immer tiefer in der Musik verliere.

9

Meine Hände folgen einem unbestimmten Weg über meinen Bauch hinweg, meine Hüften entlang und tiefer. Ich drücke den Rücken durch, strecke den Hintern heraus und streiche mit den Fingern über meine nackten Beine. Plötzlich wird der Beat schneller. Ich lasse mich vom Rhythmus mitreißen und richte mich wieder auf. Mit geschlossenen Lidern wiege ich mich zum Takt, werfe meine Haare hin und her und lege den Kopf in den Nacken. Meine Hüften bewegen sich wie in Trance. Kreisen schneller und ruckartiger. Erneut gehen meine Hände auf Wanderschaft. Ich lege sie an meinen Hals und lasse sie über meine Brüste hinweg zu meinem Bauch gleiten.

Keine Ahnung, wie lange ich in diesem Rausch gefangen bin, bis ich schließlich die Augen öffne und schwer atmend zu Caleb blicke.

Breitbeinig sitzt er auf der Couch. Mittlerweile ist er von Champagner auf Whiskey umgestiegen. Er hält sein Glas so krampfhaft fest, dass seine Fingerknöchel weiß hervortreten, und starrt mich mit unleugbarer Lust in den Augen an. In seinem Schritt entdecke ich eine deutliche Beule. Unweigerlich kommt der Wunsch in mir auf, mit ihm allein zu sein. Sein intensiver Blick verrät mir, dass er genau das Gleiche denkt. Während wir in den Augen des anderen versinken, verschwimmt die Umgebung, und nur noch Caleb und ich existieren, als befänden wir uns in einer isolierten Traumblase.

In diesem Augenblick wird mir klar, dass der freche, aber gefährliche Sunnyboy mir sehr viel mehr bedeutet, als ich mir bisher eingestehen wollte. Nicht nur, dass er mich tief berührt, er beginnt sich auch Stück für Stück in mein verwundetes Herz zu schleichen und dort die Risse zu flicken, die Ian hinterlassen hat.

Abrupt wendet Caleb den Blick ab und zerstört damit unseren magischen Moment.

Vor den Kopf gestoßen schwanke ich einige Schritte zurück. Ein lautes Stöhnen erklingt hinter mir, und mir wird wieder bewusst, wo ich bin und wer sich in meiner Nähe befindet. Zögernd wende ich mich meinem Bruder zu, der mit zufriedenem Grinsen seinen Reißverschluss schließt und die Rothaarige mit einer Handbewegung verscheucht wie ein lästiges Insekt.

»Das war mehr als überfällig«, erklärt er verlegen grinsend und greift nach seinem Champagnerglas. Er leert es in einem Zug, ehe sein Blick auf Caleb fällt. Jack deutet auf die geöffnete Whiskeyflasche und das leere Glas auf dem Tisch vor ihm.

Caleb reagiert unverzüglich und schenkt seinem Boss ein. Nickend ergreift mein Bruder das Glas und lehnt sich entspannt zurück. Sein Blick liegt nach wie vor auf Caleb, fliegt aber für einen winzigen Moment zu mir. Peinlich berührt wird mir klar, dass ich noch immer stocksteif vor den beiden stehe und vermutlich total dämlich wirke.

»Gönn dir auch etwas Spaß, mein Freund«, bietet Jack Caleb an und schlägt der Tänzerin neben sich kräftig auf den Hintern.

Kichernd tippelt sie um den Tisch herum, setzt sich neben Caleb und schmiegt sich eng an ihn. Ohne Umschweife landet ihre manikürte Hand an seinem Schritt und gleitet anzüglich auf und ab.

Ich bete, dass er sie von sich schiebt. Dass er sie abweist und deutlich »Nein« sagt.

Doch nichts davon passiert. Im Gegenteil. Die schwarzhaarige Schönheit, die bis vor wenigen Minuten noch am Hals meines Bruders hing, schnurrt Caleb etwas ins Ohr, woraufhin er breit grinst und ihr betont langsam mit dem Finger über die Taille fährt. Mein Blick brennt sich förmlich in ihm fest, und dennoch ignoriert er mich. Er tut so, als wäre ich nicht anwesend und müsste dabei zusehen, wie er mich in einem Wimpernschlag durch eine billige Stripperin ersetzt.

»Was habe ich verpasst?«, wendet sich mein Bruder gut gelaunt an mich.

»Anscheinend nichts«, murmele ich bitter.

Innerlich beiße ich mir für meine Dummheit in den Hintern. *Wie konnte ich glauben, dass Caleb heute Morgen ehrlich zu mir war? Wieso habe ich mich von ihm einlullen und mir einreden lassen, dass er sich wünscht, ich würde nur ihm gehören? Dass er mir dabei helfen will, glücklich zu werden, und dass ich ihm mehr bedeute? Alles Bullshit!*

»Ich misch mich unters Volk«, rufe ich laut über die Musik hinweg und schlüpfe durch den schmalen Spalt in den Trennwänden, um den VIP-Bereich zu verlassen. Natürlich verfolgen mich sofort zwei Bodyguards. Was auch sonst.

Rabiat drängle ich mich zur nächstgelegenen Bar, stemme mich mit den Armen darauf ab und schwinge meinen Hintern auf den klebrigen Tresen.

»Eine Runde Tequila auf die Hastings!«, brülle ich und ernte ohrenbetäubenden Beifall von den Feiernden um mich herum.

Keine Ahnung, was mich reitet, mich aufzuführen wie ein verwöhntes Gör, aber in diesem Moment tut es mir einfach gut.

Auf einmal spüre ich wieder dieses verräterische Kribbeln im Nacken, das ich früher als Eliza bereits am College und später auch in Rosehill oft gefühlt habe. Wieder scheint es mir, als würde ich beobachtet werden. Früher dachte ich, ich sei paranoid, doch mittlerweile weiß ich, dass mein Instinkt mir damals keinen Streich gespielt hat. Gespielt gleichgültig lasse ich meinen Blick über die tanzende Menschenmenge hinweg wandern, bis zum VIP-Bereich.

Caleb und Jack haben mittlerweile die Trennwände wieder herunterfahren lassen. Sie stehen auf der obersten Stufe und könnten nicht unterschiedlicher wirken.

Während Jack mein Schauspiel zu genießen scheint und mir sogar lächelnd zuprostet, sieht Caleb aus, als würde ihn das Ganze nicht ansatzweise tangieren. Dafür ist er zu abgelenkt, denn an seiner Seite klebt noch immer die schwarzhaarige Schönheit. Sie drängt sich dicht an ihn, während er eine Hand auf ihrem Hintern liegen hat.

Verdammt seien du und deine Lügen, Caleb Denver!

»Ich muss mal für kleine Mädchen«, säusele ich kichernd und hüpfe vom Tresen, wobei ich eine leere Tequilaflasche und ein Glas umwerfe.

Jack, der sich inzwischen zu mir gesellt hat, lacht ausgelassen und bestellt eine neue Flasche. Die letzte Stunde haben wir feiernd und trinkend an der Bar verbracht. Während mein Bruder so ziemlich jede Frau auf der Tanzfläche angeflirtet hat, habe ich ein erstaunlich gutes Gespräch mit dem Barkeeper geführt und nebenbei viel über die Herreros erfahren. Anscheinend arbeitet Señor Cielo seit drei Jahren für Don Juan, dessen Söhne Stammgäste im El Pecado sind und für den meisten Umsatz sorgen. So konservativ sie sich bei Tage und in Gegenwart ihres Vaters verhalten, so zügellos sind sie bei Nacht.

Jacks Wachhunde machen mir den Weg zu den Toiletten frei und lassen mich überraschenderweise eintreten, ohne den Raum vorher zu inspizieren. Entweder glauben sie an die Sicherheit im Klub, oder ich habe mir endlich ihr Vertrauen erschlichen. Wie leicht manche Menschen zu manipulieren sind, ist erschreckend. Regelmäßige Geschenke und Freundlichkeit reichen oftmals aus.

Die Damentoilette besteht aus einem kleinen Raum mit zwei Waschbecken und vier Toilettenkabinen, von denen drei unbesetzt sind. In der vierten höre ich eine Frau angestrengt würgen. Das war wohl ein Drink zu viel.

»Alles in Ordnung?«, rufe ich durch die geschlossene Kabinentür und bekomme ein erschöpftes »Ja, geht gleich wieder« zur Antwort.

Da es der Frau so weit gut zu gehen scheint, blicke ich mich weiter um. An der rechten Seite entdecke ich einen Notausgang, der auf den Hinterhof des Klubs führt, und wundere mich erneut über die Wachleute. Normalerweise würde einer von ihnen draußen vor dem Notausgang Position beziehen, um sicherzustellen, dass niemand reinplatzt und mich entführt – *oder dass ich abhaue.*

Schulterzuckend trete ich vors Waschbecken und werfe einen Blick in den Spiegel. Der Abend ist nicht unbemerkt an mir vorbeigegangen. Meine Mascara ist verwischt, der Lippenstift kaum noch zu erkennen. Doch als ich mich nachschminken möchte, fällt mir auf, dass ich meine Handtasche nicht dabeihabe. *Mist.* Eilig reiße ich die Toilettentür auf und klimpere die Wachhunde zuckersüß an.

»Könnte mir einer von euch bitte meine Handtasche holen? Sie müsste noch im Wagen liegen«, frage ich und gebe mir Mühe, niedlich und unbeholfen zu wirken. »Ich möchte mich nachschminken.«

Einer der Bodyguards grunzt und macht sich wortlos auf den Weg. Mit einem Lächeln schließe ich die Tür wieder hinter mir und trete zurück ans Waschbecken. Um Zeit totzuschlagen, wasche ich mir extrem gründlich die Hände und lehne mich an die Wand neben dem Handföhn. Die Frau in der Kabine muss eingeschlafen sein, denn ich höre sie nicht länger würgen, sondern leise schnarchen, was mich unwillkürlich an Camy denken lässt. Ich habe sie für ihre Sägegeräusche damals im Wohnheim, als wir uns ein Zimmer geteilt haben, verteufelt. Momentan würde ich Freudensprünge machen, wenn sie mich mit ihrem Schnarchen wach halten könnte.

Plötzlich registriere ich aus dem Augenwinkel, dass sich der Griff der Notausgangstür bewegt. Jemand rüttelt von außen an der Tür, und sofort überfällt mich Panik. Ehe ich nach den Wachhunden brüllen kann, öffnet sich die Tür einen winzigen Spaltbreit. Ein blonder Lockenkopf mit strahlend blauen Augen erscheint in der Lücke, und ich halte schockiert den Atem an.

»Chris?«, wispere ich ungläubig.

Die Tür öffnet sich weiter, und sein athletischer Körper mit dem unverwechselbaren Tribal-Tattoo auf dem rechten Arm kommt zum Vorschein.

Ohne nachzudenken, renne ich auf Ians Cousin zu und werfe mich in seine Arme. Chris fängt mich überrumpelt auf und stößt einen Seufzer aus. Seine kräftigen Arme umschließen mich, als wollten sie mich nie wieder loslassen, und zum ersten Mal seit Monaten lässt dieses kalte Gefühl der Einsamkeit in meinem Inneren nach.

»Wie geht's dir?«, will Chris wissen und rückt von mir ab. Sein Blick gleitet über mich, er hebt eine Braue und grinst verschmitzt. »Du siehst verboten gut aus, Color.«

»Chris, du musst sofort verschwinden!«, übergehe ich das Kompliment und zerre an seinem Arm, damit er seinen Hintern wieder zum Notausgang bewegt. »Wenn dich jemand von Jacks Leuten entdeckt, bist du so gut wie tot.«

Chris grinst sein typisches freches Grinsen, das ich so sehr an ihm mag, und macht eine wegwerfende Geste. »Mich bekommt man nicht so einfach tot.«

»Was machst du hier?«

»Dich nach Hause holen, wo du hingehörst«, verkündet er entschlossen und packt meine Hand.

Chris versucht, mich mit sich nach draußen zu ziehen. Durch die geöffnete Tür erkenne ich einen unscheinbaren blauen Wagen, der hinter dem Klub geparkt wurde. Daneben steht ein bulliger Typ und behält die Gegend im Auge.

Entschieden stemme ich mich gegen Chris und reiße mich abrupt von ihm los.

»Ich verstehe das nicht. Woher wusstest du, wo ich bin?«, frage ich.

Chris wirft mir einen eindringlichen Blick zu und greift erneut nach meiner Hand, doch ich trete einen Schritt zurück, sodass er mich nicht erreichen kann.

»Ich hab einen Tipp bekommen«, gesteht er knapp.

»Der Maulwurf«, flüstere ich verstehend. »Du hast Kontakt zu Jacks engstem Kreis. Wer ist es, Chris? Von wem bekommt ihr die Infos?«

»Vi, wir haben nur ein winziges Zeitfenster. Für Fragen ist später noch genug Zeit«, beschwört er mich. »Hierherzukommen war ein extremes Risiko. Du glaubst nicht, wie schwierig es ist, in Hermosillo nicht entdeckt zu werden.«

Sofort muss ich an den im Garten hinter dem Anwesen verscharrten Carl denken, und mir wird übel.

»Das an der Grenze warst du, oder? Deinetwegen ist Carl tot!«, werfe ich Chris vor, und als der ertappt den Blick abwendet, schüttle ich enttäuscht den Kopf.

»Ich hatte keine Wahl«, versucht er sich zu rechtfertigen und fährt sich ruppig durch die blonden Locken. »Der Informant sagte uns erst, dass Jacks Leute auf dem Weg sind, als wir bereits kurz vor der Grenze waren. Es gab nur die Optionen, unsere Anwesenheit wie einen geplanten Hinterhalt wirken zu lassen oder meine Einreise nach Mexiko preiszugeben. Dass dabei jemand verletzt wird, hab ich nicht gewollt. Es ist aus dem Ruder gelaufen, als dieser Typ mit gezogener Waffe aus dem Wagen gesprungen ist wie der Terminator.«

Erneut schüttle ich den Kopf und trete einen weiteren großen Schritt zurück. »Wieso schickt Ian dich erst jetzt?«, will ich wissen.

Chris seufzt tief und fährt sich erneut angespannt durchs Haar. »Ian schickt mich nicht. Wenn er wüsste, dass ich hier bin, würde er mich vermutlich vierteilen«, erwidert er zerknirscht.

»Du bist auf eigene Faust gekommen? Dann hat er also mit mir abgeschlossen. Ich bin ihm egal«, erwidere ich ungläubig und taumle rückwärts gegen das Waschbecken.

»Du verstehst das falsch«, beschwört Chris mich. »Ian liebt dich nach wie vor mehr, als gut für ihn ist. Aber er …«

»Er, was?«, unterbreche ich ihn grob. »Hat Ian ein zu schlechtes Gewissen, weil er mir verschwiegen hat, dass sein Vater meine Eltern hat ermorden lassen? Oder ist es eher, weil er mir die Wahl genommen hat, selbst zu entscheiden, wie ich mit meinem Bruder und seinen Taten umgehe?« Ich lache bitter und schüttle den Kopf. »Oder ist es, weil er bei unserem ersten Treffen genau wusste, wer ich bin, und sich absichtlich an mich rangemacht hat, um meiner Familie zu schaden?«, setze ich nach.

Bei diesen Worten atmet Chris scharf ein und blickt schuldbewusst zu Boden.

Krampfhaft beiße ich die Zähne zusammen, um nicht laut zu schluchzen. *Das ist der Beweis, den ich gebraucht habe, aber ums Verrecken nicht hören wollte.* Jack hat mir zwar oft genug gesagt, dass es so ablief, aber ich habe mich bis heute hartnäckig geweigert, zu glauben, dass alles, was zwischen Ian und mir geschehen ist, bloß ein abgekartetes Spiel war.

»Du musst es nicht noch aussprechen. Ich verstehe es auch so. Verschwinde, Chris«, flüstere ich kraftlos. »Bitte.«

»Das kann nicht dein Ernst sein, Vi. Willst du mir etwa sagen, dass du hier in Mexiko glücklich bist? Dass dein Bruder dich gut behandelt?«

Ich denke einen Augenblick über seine Frage nach. »Nein und ja. Ich wünschte, ich hätte mehr Freiheiten. Ich will mich endlich wieder bewegen können, ohne von Jacks Leuten verfolgt und beobachtet zu werden. Nicht mal ein eigenes Handy erlaubt er mir«, erkläre ich mit traurigem Lächeln. »Aber Jack ist mein Bruder, und er behandelt mich gut, Chris. Er hat nie gewollt, dass ich sterbe. Er wollte mir bloß die Augen öffnen, was Ian angeht. Und was soll ich sagen? Er hatte recht mit deinem Cousin. Ian hat mich von Anfang an ausgenutzt und angelogen. Meine Gefühle waren ihm immer völlig egal.«

»Denk das nicht, Color!«, fleht Chris und kommt auf mich zu. »Ja, als Ian und du euch kennengelernt habt, hat er vielleicht ein doppeltes Spiel gespielt. Aber dann hat er sich wirklich in dich verliebt, glaub mir. Ians Liebe zu dir ist aufrichtig. Keiner von uns hat erwartet, dass jemand aus der Hasting-Familie so herzensgut und liebenswert sein könnte, wie du es bist.«

Wie gern würde ich ihm glauben. Wie gern würde ich verdrängen, dass meine große Liebe mich nur ausgenutzt hat, und die Möglichkeit ergreifen, mit Chris abzuhauen, in mein altes Leben zurückzukehren und endlich Camy wiederzusehen. Aber ich kann nicht. Ian hat mich zu tief verletzt, und auch wenn mir dieser arrogante Mistkerl immer noch viel zu viel bedeutet, kann ich ihm nicht mehr vertrauen.

Als es laut an der Tür klopft, wende ich mich Chris zu und flüstere kaum hörbar: »Du musst gehen.«

Erst wirkt es, als wäre er wild entschlossen, mich mit Gewalt dazu zu bringen, mit ihm zu kommen. Doch dann sacken Chris' Schultern ab, und ehe ich mich von ihm verabschieden kann, ist er verschwunden, und der Notausgang schließt sich hinter ihm.

Im nächsten Moment fliegt die Toilettentür auf, und die Wachhunde stürmen den Raum. Mit hektischem Blick durchsuchen sie die Kabinen, finden allerdings niemanden, bis auf die junge Frau, die über der Kloschüssel eingeschlafen ist.

Ich setze meine gut gelaunte Maske auf und schnappe mir die Handtasche, die beim Durchsuchen auf dem Boden gelandet ist.

»Danke für meinen Schminkkram, Jungs«, sage ich gespielt fröhlich und zücke den Lippenstift.

Durch den Spiegel gleitet mein Blick zum Notausgang, und mein Herz verkrampft sich vor Schmerz. *Ich habe das gute Verhältnis zu meinem Bruder und fünf Jahre meines Lebens für nichts als Lügen weggeworfen.*

Seufzend richte ich mein Augen-Make-up, schminke mir die Lippen nach und werfe den Lippenstift zurück in meine Tasche. Den Reißverschluss ziehe ich wesentlich heftiger zu als nötig, denn in mir brodelt es wie in einem Vulkan kurz vor dem Ausbruch.

So leid es mir auch für Chris tut, dass er zwischen die Fronten geraten ist, aber er ist und bleibt Ian Greens Cousin und ist somit ein Feind.

Eine unbändige Wut durchströmt meinen Körper. Sie ist glühend heiß, mächtig und unmöglich zu verdrängen. Um die Wut irgendwie abzubauen, steuere ich geradewegs auf die Tanzfläche zu.

10

Während meiner Zeit am College war ich fest davon überzeugt, dass Professoren nur deshalb Seminare am frühen Morgen ansetzen, weil sie ein furchtbar langweiliges Leben führen. Ihre einzige Freude besteht darin, ihre Studenten zu quälen, was sie mit Genuss auskosten, so dachte ich. Am Sonntagmorgen mit meinem Bruder im Arbeitszimmer zu sitzen und Zahlen durchzugehen, gibt mir ein ganz ähnliches Gefühl. Der einzige Unterschied ist, dass es hier wesentlich besseren Kaffee gibt als am College.

»Jack«, jammere ich und reibe mir fahrig übers Gesicht. »Können wir das nicht später durchgehen? Bitte.«

Mein großer Bruder schüttelt grinsend den Kopf und nippt an seinem Kaffee.

Seufzend starre ich zu den Aspirintabletten, die Laurel mir neben den dreifachen Espresso gelegt hat, und überlege, ob sie gegen den hämmernden Schmerz in meinen Schläfen wirklich noch etwas ausrichten können.

»Wie kannst du so unverschämt wach und ausgeruht sein?«, jammere ich weiter und lege das Kinn müde auf der Tischkante ab. »Du hast gestern viel mehr getrunken als ich. Außerdem bin ich im Training.«

Jacks Augen funkeln spitzbübisch, als er die oberste Schublade seines Schreibtisches aufzieht und einen winzigen Plastikbeutel sowie einen zerknitterten Geldschein herausholt.

»Jack!«, rufe ich empört und hebe ruckartig den Kopf vom Tisch, wodurch es in meinem Schädel noch schmerzhafter zu pochen beginnt. *Nie. Wieder. Tequila.*

»Das Zeug ist ganz neu auf dem Markt«, erklärt er und schiebt den Beutel über den Tisch zu mir. »Nicht ganz legal, aber tausendmal effektiver gegen einen Kater als deine niedlichen Aspirin. Du solltest es probieren.«

Verunsichert mustere ich das Tütchen mit dem feinen weißlichen Pulver. Das erklärt, wie Jack den Kater so schnell überwinden konnte, aber nicht, wieso er immer noch dermaßen gut gelaunt ist.

Als ich keine Anstalten mache, mich an dem Stoff zu bedienen, rollt mein Bruder mit den Augen und klappt die Akte mit den Zahlen zum Bordell in Philadelphia betont schwungvoll zu.

»Spuck's aus, Violet, was willst du von mir wissen?«

»Wieso bist du so gut gelaunt?«

Als Antwort zieht Jack eine Braue hoch, während sein Mundwinkel amüsiert zuckt. »Ich dachte, das wäre offensichtlich.«

Ich schüttle den Kopf und schnappe mir meinen Espresso. Genießend nehme ich einen großen Schluck und schnurre zufrieden wie eine Katze, die hinterm Ohr gekrault wird. *Nichts wird mir jemals so gut tun wie Koffein.*

Jack beugt sich über den Tisch und greift nach meiner linken Hand. »Gestern Nacht hatte ich zum ersten Mal seit Jahren das Gefühl, dass wir uns wieder näherkommen«, gesteht er mir. »Ich bin kein gefühlsduseliger Typ, Violet. Das kann ich mir in unserer Branche nicht erlauben. Aber dich wieder bei mir zu haben, tut mir gut.«

Berührt von seiner Offenheit blinzle ich die aufsteigenden Tränen weg, die seine Worte heraufbeschworen haben. Ich will diesen Moment nicht durch Tränen verderben, egal, ob sie von Freude oder Trauer zeugen.

»Vi? Ist alles in Ordnung?«

Ich schüttle den Kopf, nicke dann aber schnell, um Jack nicht zu verunsichern. »Es ist nur ... zu viel«, gestehe ich ihm. »Vor nicht allzu langer Zeit dachte ich noch, ich sei allein auf der Welt. Da war zwar immer dieses Gefühl, als würde etwas mit meinem Leben nicht stimmen, aber ich konnte nicht genau benennen, was es war. Zuerst habe ich versucht, die Fragen zu verdrängen, aber sie quälten mich immer mehr, und irgendwann kam ich nicht mehr gegen sie an. Als ich anfing nachzuforschen, wurde es noch verwirrender. Dass die Easts nicht meine Eltern sind, habe ich schnell herausgefunden. Aber wer war ich? Zu wem gehörte ich? Diese Frage hat mich zerfressen, Jack. Und jetzt sitzen wir hier. Zusammen. Die Fragen sind geklärt, und ich habe einen Onkel, eine Tante, einen Cousin und einen Bruder. Es ist ... überwältigend.«

»Wir standen uns einmal sehr nah, Vi. Wir waren früher mehr Freunde als Geschwister. Aber dann wurden unsere Eltern ermordet, und ich musste die Geschäfte übernehmen. Ich hatte Angst, dass die Greens dich mir ebenfalls wegnehmen könnten.« Jack schaut mir offen ins Gesicht. In seinen grünen Augen erkenne ich so viel Schmerz und gleichzeitig auch eine tiefe Vertrautheit. »Ich sah keinen anderen Weg als den, dich einzuschüchtern, um dir klarzumachen, dass du dich von Ian Green lösen musst. Dass du so schwer verletzt wirst und darüber hinaus auch noch dein Gedächtnis verlierst, war nie mein Plan.«

Ich drücke fest seine Hand und lächle ihn aufmunternd an. »Jetzt bin ich hier, Jack. Bei dir und in Sicherheit.«

»Hast du dir eigentlich schon Gedanken darüber gemacht, was du mit deinen Anteilen an unseren Geschäften anfangen willst?«, fragt er unvermittelt.

»Ein wenig«, sage ich und versuche, mir die Verwunderung über seinen abrupten Themenwechsel nicht anmerken zu lassen. »Ich habe mir die Zahlen und unsere verschiedenen Geschäftszweige genau angeschaut. Wenn es nach mir ginge, sollte niemand unfreiwillig für uns arbeiten. Ich würde denjenigen ihre Schulden gern erlassen und sie in die Freiheit schicken. Außerdem halte ich nichts vom Einstieg ins Kokaingeschäft. Mit Drogen ist nicht zu spaßen, Jack. Sie sind gefährlich und können Leben zerstören. Wenn du mir freie Hand lassen würdest, würde ich versuchen, einen Weg zu finden, wie wir unsere Geschäfte legal und dennoch profitabel führen können. Ich habe schon einige Ideen. Wenn du möchtest, kann ich dir gern …«

Ich breche mitten im Satz ab, als ich Jacks abschätzigen Blick realisiere. Dass er mit meiner Antwort mehr als unzufrieden ist, erscheint offensichtlich. Vermutlich hat er gehofft, ich würde einfach jede seiner Entscheidungen abnicken. Aber Jack soll wissen, wie ich zu alldem stehe. Immerhin wollten wir ehrlich zueinander sein, um wirklich wieder Vertrauen aufbauen zu können. Und wenn ihn meine Meinung nicht interessiert, dann soll er mich nicht fragen.

Mein Bruder mustert mich lang und intensiv. Dann zieht er langsam seine Hand zurück, sodass mein Blick erneut auf dem kleinen Tütchen auf dem Tisch hängen bleibt.

»Was ist da eigentlich genau drin?«, frage ich ihn.

»Es ist eine konzentrierte Mischung aus verschreibungspflichtigen Schmerzmitteln, reinem Koffein und einem winzigen Anteil an Amphetaminen«, erläutert Jack und wechselt ohne Mühe in den Geschäftsmodus. »Du solltest es ausprobieren, Vi. So schlimm, wie du glaubst, sind die meisten Drogen nicht. Man sollte sie nur nicht aus den falschen Gründen nehmen.«

Ich kann nicht leugnen, dass das weiße Pulver eine gewisse Faszination für mich ausstrahlt, wenngleich ich Drogen schon immer kategorisch abgelehnt habe.

Auf einmal höre ich schnelle Schritte im Flur, und meine Aufmerksamkeit löst sich vom Tütchen. Eine helle Frauenstimme kichert, ehe die Haustür geöffnet und wieder geschlossen wird.

Innerlich bete ich, dass die Frau aus Jacks Schlafzimmer kam, aber mein Verstand weiß es besser und lässt mein Herz in böser Vorahnung schmerzhaft verkrampfen.

Als kurz darauf Caleb ins Arbeitszimmer kommt und sich durch die noch feuchten Haare fährt, bricht etwas in mir auf. Zuneigung und Wut tragen einen Kampf in meinem Inneren aus und lassen meine Kopfschmerzen auf ein schier unerträgliches Level ansteigen.

»Guten Morgen, Leute«, ruft Caleb grinsend. Laurel erscheint in der Tür und serviert ihm eine Tasse Kaffee, die er dankbar entgegennimmt. Dann lässt er sich entspannt in den Stuhl neben mich fallen. »Was für eine Nacht, nicht wahr?«, beginnt er aufgekratzt, stockt aber, als er das Tütchen auf dem Tisch entdeckt. Bedächtig gleitet sein Blick zwischen Jack und mir hin und her, als würde er überlegen, was hier vor sich geht.

»Die Nacht war ohne Zweifel großartig«, erwidert Jack leichthin, ohne auf das Tütchen einzugehen, und greift ebenfalls nach seiner Kaffeetasse. »Die Rothaarige konnte Dinge mit ihrem Mund anstellen, das hab ich noch nie erlebt«, verkündet er und wirft mir gleich darauf einen entschuldigenden Blick zu. »Sorry, Schwesterchen.«

Ich mache eine wegwerfende Handbewegung. Auf Jack bin ich nicht wütend. Immerhin ist er ein freier Mann. Caleb hingegen hat mir Versprechungen gemacht, die er nie vorhatte, einzuhalten. Er hat mich gegen irgendeine Bitch ausgetauscht und besitzt jetzt die Frechheit, neben mir zu sitzen und so zu tun, als sei nichts passiert.

»Du bist mir keine Rechenschaft schuldig, Jack. Schließlich bist du Single. So wie wir alle …«, sage ich betont gleichgültig und werfe Caleb einen langen Blick zu.

»Was zur Hölle soll das werden, Prinzessin?«, flüstert er

mir zu, sobald Jack aufgestanden ist und sich an das Fenster hinter seinem Schreibtisch gestellt hat.

Schulterzuckend greife ich nach den Aspirin und lasse die Tabletten auf meiner Handfläche hin und her rollen wie Murmeln.

»Meinst du, du könntest mir die Nummer von Carlos Herrero besorgen, Jack? Ich glaube, er hat ein Auge auf mich geworfen, und schlecht sieht er nicht aus«, wende ich mich an meinen Bruder und werfe den Kopf in den Nacken, um die Aspirin hinunterzuschlucken.

»Das kann nicht dein Ernst sein«, ruft Caleb und sieht Hilfe suchend zu Jack, der sich wieder zu uns umgedreht hat.

Mein Bruder zuckt jedoch nur mit den Schultern, als würde ihn das Ganze nichts angehen. »Violet wünscht sich ständig, dass ich sie nicht wie ein kleines Mädchen behandle«, erläutert er ruhig und stellt seine Tasse auf dem Tisch ab. »Also werde ich sie ihre eigenen Entscheidungen treffen lassen. Wenn sie meint, sich mit diesem Typen treffen zu wollen, frage ich Juan nach der Nummer seines Sohns.«

Ich werfe Jack ein überraschtes und dankbares Lächeln zu und versuche die skeptische Stimme in meinem Kopf zum Verstummen zu bringen. Allerdings ist sie extrem hartnäckig und verdammt laut: *Du machst einen Fehler, Violet. Glaubst du ernsthaft, dass dein Bruder seine Einstellung innerhalb von nur einer Nacht geändert hat? So dumm bist du nicht. Willst du dieses Risiko wirklich eingehen, ohne seine Gründe für den Sinneswandel zu kennen, nur um Caleb eifersüchtig zu machen?*

»Tu das nicht, Prinzessin. Bitte. Diese Typen sind extrem gefährlich. Was ist, wenn du diesen Carlos nach dem ersten Date nicht wiedersehen möchtest? Das würde sein Ego empfindlich ankratzen. Die Herreros haben schon andere Leute wegen bedeutend weniger umgelegt«, bedrängt Caleb mich, doch Jack schnaubt bloß und verdreht die Augen.

»Jetzt dramatisier doch nicht gleich alles«, sagt er. »Ein Abendessen wird nicht gleich zu einem Antrag führen.«

Diese Aussage scheint Caleb nicht im Mindesten zu beruhigen. »Ich kann nicht fassen, dass du deine kleine Schwester den Geiern zum Fraß vorwerfen willst!«, ruft er und springt wutschnaubend auf. »Oder sind dir deine Geschäfte wichtiger als deine Familie?«

»Und ich kann nicht fassen, dass gerade du es wagst, hier den Moralapostel zu spielen, Caleb! Du machst doch auch, was du willst, und kümmerst dich nicht darum, wie es anderen dabei geht«, erwidere ich bitter.

Ich muss ihn nicht ansehen, um zu wissen, dass er zusammenzuckt, als hätte ich ihn geschlagen.

In dem Moment klemmt sich Jack die Akten unter den Arm, verstaut die Drogen in seiner Hosentasche und wirft Caleb einen tadelnden Blick zu. »Ich werde hochgehen und nachsehen, ob die Angestellten mit dem Packen fertig sind. Für euren Kleinkrieg habe ich heute keinen Kopf«, verkündet er. Dann sieht Jack zu mir. »Denk bitte daran, dass wir in einer Stunde zum Flughafen aufbrechen. Es geht endlich nach Hause, Schwesterchen.«

Ich nicke, schließe erschöpft die Augen und lehne den Kopf an die Rückenlehne des Stuhls. *Es geht nach Hause.*

Endlich. Die Tür fällt hinter meinem großen Bruder ins Schloss, und ich atme durch.

»Prinzessin, wir sollten …«, beginnt Caleb kleinlaut, aber ich unterbreche ihn mit einem abfälligen Schnauben.

»Geh und such dir eine andere Dumme, Caleb.«

»Verdammt, Violet!« Er greift nach meinem Arm. »Bitte sag mir, dass du dich nicht aus Rache an Carlos ranmachen willst, weil ich mit dieser unbedeutenden Kleinen geschlafen habe?«

Keine Ahnung, wie ich reagieren sollte. Mein Herz ist bereits ein Trümmerfeld, das nicht noch weiter zerstört werden kann. Dennoch schmerzt es gerade so sehr, als würde Caleb darauf einschlagen.

»Prinzessin, bitte. Es tut mir leid«, wispert er und bringt mich damit so weit, ihn anzusehen.

Seine Lippen sind geschwollen und seine Wangen noch gerötet vom Adrenalin der Nacht. In seinen braunen Augen entdecke ich zwar Reue, doch wer sagt mir, dass er diese nicht nur vorspielt. *Manipulativer Mistkerl!* Ich atme scharf ein und lasse der unbändigen Wut in mir freien Lauf.

»Wie kannst du es wagen, jetzt vor mir zu sitzen und dich zu entschuldigen, wo du eben noch stolz hier reinspaziert bist und geprahlt hast, wie toll doch deine Nacht war?«, fauche ich. »Bist du wirklich so verkommen, Caleb? Macht es dir auf verschrobene Art Spaß, mich zu verletzen und mit meinen Gefühlen zu spielen?«

Ruckartig lässt er meinen Arm los. »Als du gestern nur für mich getanzt und mich auf diese besondere Weise angesehen hast, bin ich wirklich in Versuchung geraten, auf mein Verhältnis zu Jack zu scheißen, dich an mich zu ziehen und zu küssen«, versucht er sich zu erklären.

»Stattdessen hast du die nächstbeste Tänzerin abgeschleppt«, entgegne ich kalt und stehe langsam auf.

»Sie hat mir doch überhaupt nichts bedeutet, Prinzessin«, beteuert Caleb außer sich. »Es war bloß Sex. Ich musste mich zwingen, dich zu ignorieren, damit ich vor Jack nichts tue oder sage, was wir beide hinterher vielleicht bereut hätten. Und ich musste dem Bild von Jack Hastings bestem Mitarbeiter gerecht werden. Dazu gehören nun mal auch Frauen.«

»Damit ich das jetzt richtig verstehe: Du hast mit dieser Frau geschlafen, weil dir an meinem Wohl gelegen war?« Ungläubig schüttle ich den Kopf.

»Du hast mich doch beschworen, ich soll Jack nichts von uns erzählen. Hätte ich die Tänzerin abgewiesen, hätte er sofort gewusst, dass irgendetwas nicht stimmt. Außerdem war mir nicht klar, dass du so tiefe Gefühle für mich hast und mein Handeln dir so wehtut. Sonst hätte ich mich anders verhalten. Das schwöre ich, bei allem, was mir heilig ist.«

»Bilde dir nichts ein, Caleb. Ich habe keine Gefühle für dich. Ich stehe nur nicht sonderlich darauf, ausgetauscht zu werden«, lüge ich und wende mich zur Tür.

Auf einmal höre ich ihn hinter mir lachen, weigere mich aber standhaft, diesen Mistkerl eines Blickes zu würdigen.

»Mach dir nichts vor. Du hast sehr wohl Gefühle für mich. Und jetzt, da ich das sicher weiß, werde ich nicht locker lassen«, verspricht er selbstsicher. »Du bist die Einzige, die ich will. Allerdings hätte ich nie gedacht, eine reelle Chance bei dir zu haben, weil ich davon ausgegangen bin, dass du noch zu sehr an Ian Green hängst. Aber jetzt habe ich Blut geleckt und werde nicht eher aufgeben, bis du voll und ganz mir gehörst, Violet Hasting.«

11

Sechs Tage später …

In den vergangenen fünf Jahren ist mein Geburtstag stets mit Trauer verbunden gewesen. Natürlich habe ich nicht meinen wirklichen Geburtstag gefeiert, sondern den von Eliza East. Ich wachte auf, realisierte, welcher Tag war, und unterdrückte stumme Tränen um die Familie, an die ich keinerlei Erinnerung hatte. Am Nachmittag fuhren Camy und ich dann von Chearfield nach Rosehill, wo ihre Eltern mit einem selbst gebackenen Kuchen auf uns warteten. Die Owsons gaben sich extrem viel Mühe, mich nichts vermissen zu lassen und mich abzulenken. Doch das dunkle Loch in meinem Inneren, das die Selbstzweifel nährte und Fragen über meine Herkunft stellte, verstummte trotz allem nie völlig.

Heute feiere ich an einem anderen Tag – meinem wahren Geburtstag –, und mein Leben hat sich völlig geändert. Es tut nicht mehr so weh wie früher. Zwar vermisse ich Camy und Gloria gerade heute mehr denn je, aber ich weiß zumindest, dass es ihnen gut geht und sie in Sicherheit sind. Außerdem werde ich einen Teil meiner Familie an meiner Seite haben. Und das ist weit mehr, als ich mir noch vor einem halben Jahr auch nur hätte vorstellen können.

Jack hat zu meinem Geburtstag eine große Feier organisiert, zu der seine wichtigsten Geschäftspartner kommen werden. Damit will er mich der Welt offiziell als »lebendig« präsentieren. Dass die Feier in unserem Anwesen in New York stattfindet und somit an dem Ort, an dem ich aufwuchs, verleiht dem Ganzen eine sehr persönliche Note. Dennoch habe ich überhaupt keine Lust auf das Tamtam. Ich tue es nur Jack zuliebe, der mir mit dem teuren Fest eine Freude machen möchte. Manchmal frage ich mich, ob er mich wirklich so gut kennt, wie er behauptet. Er müsste eigentlich wissen, dass ich nicht auf so einen großen Aufwand stehe, sondern es lieber ruhig und gemütlich mag.

Gerade ziehe ich den Reißverschluss des petrolfarbenen schulterfreien Kleides unter der Achsel zu, als meine Zimmertür plötzlich geöffnet wird und ich erschrocken zurücktaumele.

Es dauert einen Moment, bis ich realisiere, dass mein Onkel vor mir steht. Er lacht gelöst und tritt einen Schritt zur Seite, um auch seine Frau Aria hereinzulassen.

»Anthony!«, rufe ich voller Freude und stürme auf meinen Patenonkel zu.

Meine wunderschöne Tante räuspert sich gespielt beleidigt und zieht tadelnd eine ihrer perfekt gezupften Brauen in die Höhe.

Sofort lasse ich Anthony los und steuere mit offenen Armen auf sie zu. Ehe Aria etwas sagen kann, habe ich sie bereits fest an mich gezogen und inhaliere ihren unverwechselbar blumigen Duft. Orchideen und Rosen.

»Wie geht es euch?«, frage ich, nachdem ich mich von ihr gelöst habe, und trete einen Schritt zurück, um beide zu betrachten.

»Jetzt, wo ich dich gesund und gut gelaunt vor mir sehe, geht es mir hervorragend, Kleines«, antwortet Anthony.

»Happy Birthday, Violet«, ergänzt Aria gefühlvoll, und ich könnte schwören, dass ihre Augen verräterisch glänzen.

Es ist unbeschreiblich schön, so viel bedingungslose Liebe zu spüren. Allerdings überfordert mich diese Situation auch, da ich es nicht gewohnt bin. Ein nervöses Kribbeln jagt mir über die Haut, und meine Wangen beginnen zu glühen. Unsicher nage ich am Daumen, was den beiden natürlich nicht entgeht. Behutsam streicht Aria mir über die Wange und ergreift dann tadelnd meine Finger.

»Es tut uns leid, falls wir dich überrumpelt haben, Kleines. Wir konnten es nur nicht abwarten, dich endlich wiederzusehen«, erklärt Anthony entschuldigend. »Außerdem wollten wir ungestört sein, wenn wir dir das hier geben«, ergänzt er und eilt in den Flur zurück.

Vorfreudig tipple ich von einem Fuß auf den anderen, als Anthony mit zwei Paketen zurückkommt und sie mir breit lächelnd entgegenhält. Die Päckchen sind mit buntem Geschenkpapier umwickelt und mit kunstvollen Schleifen verziert, die im Licht der durchs Fenster schimmernden untergehenden Sonne glitzern.

Ohne zu zögern, nehme ich die Geschenke entgegen und eile zu meinem Bett. Dort lege ich sie ab, setze mich und ziehe an der ersten Schleife. Ungeduldig reiße ich das Papier auf und öffne den Deckel des roten Kartons. Was mich darunter erwartet, ist ein in Seidenpapier eingewickeltes Paar schwarzer Louboutins mit typischer roter Sohle und silbernen Nieten am Absatz, die den Schuhen einen verruchten Sex-Appeal verleihen.

»Ich liebe sie!«, rufe ich aufgeregt und werfe meinem Onkel und meiner Tante ein dankbares Lächeln zu.

Aria stupst ihren Mann vielsagend in die Seite und grinst selbstzufrieden, als hätte sie gerade eine Wette gewonnen.

»Und du meintest, die Nieten wären zu viel«, sagt sie schmunzelnd, und ich muss leise lachen.

Die zwei haben ein so inniges, liebevolles und offenes Verhältnis zueinander, wie ich es mir für mich und meinen zukünftigen Partner nur wünschen kann. Womit sowohl Ian als auch Caleb aus dem Rennen sind, denke ich bitter.

»Na los«, drängt Aria und wedelt mit den Händen in der Luft. »Öffne das andere, Kleines.«

Das lasse ich mir nicht zweimal sagen. Neugierig entferne ich die kunstvolle Schleife und reiße das wunderschöne Geschenkpapier auf, unter dem ein unscheinbarer brauner Karton zum Vorschein kommt. Ich hebe den Deckel an – und mir bleibt schlagartig die Luft weg.

»Deine Sachen waren noch bei uns, als Jack dich zu sich geholt hat«, erklärt Anthony betont leise, als fürchte er, wir könnten belauscht werden. »Wir dachten uns, du hättest sie bestimmt gern zurück.«

Ich nicke ergriffen und unterdrücke die aufsteigenden Tränen, die drohen, mein Make-up zu ruinieren. Es ist eine Schande, dass ich die wenigen Habseligkeiten, die aus Eliza Easts Leben übrig sind, nicht in meinem Zimmer werde aufstellen können. Jack würde sie irgendwann zwangsläufig entdecken, und dann wäre ich in Erklärungsnot. Ihm anzuvertrauen, dass Anthony und Aria mir die Sachen gebracht haben, würde zu viele Fragen aufwerfen.

Stück für Stück nehme ich alles aus dem Karton: die zerknickten Fotos, mein Traumtagebuch und den silberfarbenen Schal. Dann ertasten meine Fingerspitzen das Holz der Spieluhr, und mir wird schlagartig schwarz vor Augen. Doch ebenso schnell, wie es gekommen ist, löst sich das Schwarz wieder auf. Es wirkt wie ein durchscheinender Vorhang vor meinem geistigen Auge, der immer dünner wird, bis ich mich schließlich nicht mehr in meinem Zimmer in New York befinde, sondern weit entfernt bin …

Ich wollte schon immer nach San Francisco, aber Mom und Dad haben für diese Stadt nichts übrig. Wenn sie wüssten, dass ich nun hier bin statt mit Aria in Long Beach, würden sie komplett durchdrehen.

»Wie viel Zeit haben wir noch?«, frage ich und hake mich lächelnd bei Ian unter.

Es ist extrem befreiend, mich mit ihm in der Öffentlichkeit zeigen zu können, ohne Angst davor haben zu müssen, eine Pistole an den Kopf gehalten zu bekommen. In San Francisco machen weder die Hastings noch die Greens

Geschäfte. Das Risiko ist also mehr als überschaubar, was uns eine winzige Verschnaufpause von der Realität gewährt.

»Etwa eine Stunde, dann müssen wir los. Es sei denn, wir verlagern das Essen doch in unser Hotelbett«, raunt er verführerisch und kneift mir dreist in den Po.

»Mr. Green, Sie wollen doch wohl nicht frech werden?«

Ian lacht so entspannt, wie ich ihn schon lange nicht mehr erlebt habe, und zieht mich tiefer ins Gedränge. Der Antiquitätenmarkt ist riesig. Wenn wir in einer Stunde im Eight AM an der Fisherman's Warf sein wollen, bleibt nicht annähernd genug Zeit, um sich alles anzusehen.

»Suchen wir etwas Bestimmtes?«, fragt Ian und bleibt vor einem kleinen Stand stehen, hinter dem eine ältere Dame mit einem auffälligen roten Sonnenhut sitzt.

Lächelnd unterhält sie sich mit einem kleinen Mädchen, das niedlich geflochtene Zöpfe hat und unzählige bunte Armbänder trägt. Ich kann nicht anders, als die beiden verzückt zu betrachten. Ian folgt meinem Blick und küsst mich zärtlich auf den Scheitel.

»Willst du eigentlich mal Kinder?«

Überfordert wende ich mich den verschiedenen Kästchen zu, die die Dame anbietet, und erwidere schulterzuckend: »Irgendwann, ja.«

Ich spüre sein sanftes Lächeln im Nacken und entspanne mich. Ian würde mich nie drängen. Vor allem, da wir keine Ahnung haben, wie lange das mit uns noch weitergehen kann. Unsere gemeinsame Zeit wird irgendwann nicht mehr als eine schöne Erinnerung an meine rebellische Phase sein. Und sosehr ich mir eine Zukunft mit dem Mann, den ich liebe, wünsche, so ehrlich bin ich zu mir selbst. Die Greens und die Hastings sind wie die Capulets und Montagues der Gegenwart. Und genauso wie bei Romeo und Julia würde es in einem Blutbad enden, wenn wir uns der Illusion hingeben, unsere Liebe könnte von Dauer sein.

Plötzlich ertönt eine Melodie, die mein Herz erwärmt. Suchend sehe ich mich um und entdecke eine wunderschöne Spieluhr am Rand des Stands. Sie ist eingebettet in ein kleines Holzkästchen, in das kunstvolle Blumenranken geschnitzt wurden. Ich trete näher heran und streiche vorsichtig über das warme Holz. Während ich der sanften Melodie lausche, tauchen Erinnerungen an meine Kindheit auf. Meine Mom hat mir dieses Lied früher immer zum Einschlafen vorgesungen.

Plötzlich tritt Ian hinter mich und umschließt mich liebevoll mit beiden Armen.

»Gefällt sie dir?«, flüstert er in mein Haar, und ich nicke stumm. »Dann gehört sie dir.«

»Ian, das kann ich nicht …«

»Sieh es als Souvenir unserer ersten gemeinsamen Reise an«, unterbricht er mich, und ehe ich noch etwas sagen kann, hält er der alten Dame ein Bündel mit Geldscheinen entgegen.

Ruckartig werde ich zurück in die Realität geworfen, wo ich schwer atmend die Lider öffne und mich mit den Armen auf dem Bett abstütze, um nicht zu hyperventilieren. Aria kniet vor mir, streicht mir behutsam übers Bein und murmelt beruhigende Worte. Allerdings kommt mein

Verstand nicht zur Ruhe. Es fühlt sich an, als wäre ich noch immer dort. An Ians Seite. Glücklich, verliebt und frei.

Hilfe suchend blicke ich zu Anthony. Mein Patenonkel steht mit verschränkten Armen und zusammengepressten Lippen neben der Tür. Er wirkt mehr als angespannt, was mich nur noch unruhiger werden lässt.

»Violet?«, fragt Aria besorgt.

Verwirrt reibe ich mir übers Gesicht und atme tief durch. »Bloß ein Flashback«, antworte ich. »Aus San Francisco.«

»Ich kenne diese Geschichte«, wirft Anthony nachdenklich ein und streicht sich übers Kinn. »Du hast deinen Eltern erzählt, du wärst mit deiner Tante auf einem Spa-Wochenende. Als sie mich anriefen, um zu fragen, wann ihr wiederkommt, habe ich für dich gelogen. Ich hatte mir sofort gedacht, dass du heimlich mit Ian unterwegs bist«, erläutert er, und ich sehe ihn dankbar an.

Auch wenn vieles in meinem Leben unklar ist und in der Schwebe hängt, kann ich mich immer auf die Loyalität und Liebe meines Onkels und meiner Tante verlassen.

»Was fühlst du, wenn du an den Trip zurückdenkst?«, fragt Aria.

»Schwer zu beschreiben. Erinnerungen, die mit Ian zu tun haben, schmecken inzwischen nur noch bitter«, gestehe ich ihnen.

Anthony wirkt aufgewühlt und betroffen von meiner Antwort, was mich stutzig werden lässt. Ich sehe zu Aria, die sich langsam erhebt und ihr Kleid glattstreicht.

»Was verheimlicht ihr mir?«, will ich wissen, doch Anthony schüttelt den Kopf und winkt seine Frau zu sich.

Aria zögert, greift dann aber nach seiner Hand und stellt sich dicht neben ihn, als würden sie sich gegenseitig Halt geben wollen.

»Verdammt!«, rufe ich und springe auf. »Keine Geheimnisse. So war es abgemacht.«

Anthony seufzt tief und sieht zu Aria, doch die zuckt mit den Schultern und erwidert leise: »Sie hat recht, Darling.«

»Von mir aus. Aber setz dich wieder hin, Violet«, wendet sich mein Onkel an mich.

Grummelnd lasse ich mich erneut aufs Bett sinken und zupfe mein Kleid glatt, um wenigstens ein bisschen so zu wirken, als hätte ich die Situation unter Kontrolle.

Anthony dreht sich widerwillig zur Tür, um sie zu schließen. Danach kommt er bedächtig auf mich zu und setzt sich neben mich aufs Bett. Sein Blick wirkt entschuldigend, was mich noch nervöser werden lässt.

»Nachdem du mir erzählt hast, dass Ians Vater den Mord an Ashwin und Elaine befohlen hat, habe ich recherchiert«, gesteht er und räuspert sich, als müsse er einen Kloß im Hals loswerden. »Ich habe mir Ians Kreditkartenabrechnungen angesehen. Außerdem habe ich mich in seinen Terminkalender gehackt. Dadurch konnte ich ihm heimlich nach Aurora folgen und habe ihn dort in seinem Hotel abgefangen. Er hatte dort geschäftlich zu tun.«

»Was ich von Vornherein für Schwachsinn gehalten habe«, wirft Aria schnaubend ein und lehnt sich mit dem Rücken gegen die Tür.

»Ja, Darling, das ist mir nach wie vor bewusst. Dennoch wollte ich ihn zur Rede stellen. Ich wollte von ihm persönlich hören, wieso er uns verschwiegen hat, dass sein Vater den Mord in Auftrag gegeben hatte.«

Keine Ahnung, ob ich hören will, wie Ian sich gerechtfertigt hat. Aber ich weiß, dass ich es hören muss. Denn wenn ich jetzt nicht die Antwort erfahre, würde mich diese Frage ewig verfolgen und mir keine Ruhe geben.

»Kleines«, beginnt Anthony sanft und legt seine Hand vorsichtig auf mein Knie. »Ian hat von dem Anschlag erst erfahren, als es zu spät war. Er konnte mir glaubhaft machen, dass er dich liebt und Angst hatte, dich zu verlieren, solltest du jemals davon erfahren. Diese Reaktion war feige und dumm von ihm, aber sie geschah mit ehrlichem Herzen. Er traf eine falsche Entscheidung, damit du in der Zeit deiner Trauer nicht noch einen Menschen verlierst. Und ich bin mir sicher, du hättest dich sofort von Ian abgewandt, wenn du es erfahren hättest.«

»Seine Motive können noch so ehrenhaft gewesen sein«, erwidere ich nach einem Moment des Schweigens. »Es ändert dennoch nichts an der Tatsache, dass er mich belogen hat.«

Anthony nickt bedächtig und drückt mein Knie. »Ich habe das Gleiche zu ihm gesagt. Aber was geschehen ist, ist geschehen. Wir können es nicht rückgängig machen, Kleines. Sosehr wir es uns auch wünschen. Ian für etwas zu bestrafen, das sein Vater veranlasst hat und auf das er keinen Einfluss hatte, wäre nicht richtig.«

»Er hat mich belogen und benutzt, Anthony!«, rufe ich aufgebracht und werfe hilflos die Hände in die Luft. »Unsere ganze Beziehung war für ihn von Anfang an nichts weiter als ein Spiel. Er hat mich damals gezielt auf der Gala angesprochen und wusste von Vornherein, wer ich bin!«

Anthony zieht scharf die Luft ein und stützt sich mit einer Hand an der Bettkante ab. Sofort ist Aria bei ihm und legt fürsorglich einen Arm um seine Schultern.

»Das kann nicht stimmen«, wispert er und sieht ungläubig von seiner Frau zu mir.

Ich stoße ein bitteres Lachen aus und greife nach seiner Hand auf meinem Knie. »Bitte hör auf, das Gute in ihm zu suchen und ihm seine Lügen zu glauben. Chris hat es mir bestätigt. Es war alles geplant. Ian wollte mein Vertrauen gewinnen und sich über mich an unsere Familie heranschleichen, um den Hastings zu schaden.«

Es tut weh, Anthony so schockiert zu sehen. Er war es, der Ian damals seinen Segen gab. Er war es, der uns deckte. Und er war es auch, der Ian dabei half, mich vor Jack zu verstecken. Die Gewissensbisse und der Selbsthass, den er gerade verspürt, müssen unvorstellbar schmerzhaft sein. Aber er verdient es, die Wahrheit zu erfahren. Auch Anthony muss mit diesem Thema abschließen, wenn wir als Familie neu beginnen wollen.

Wie benommen starren meine Tante und mein Onkel mich an. In ihren Augen liegt der Schmerz der Erkenntnis, den ich nur zu gut nachempfinden kann. Der Moment, in dem sich die vielen Puzzleteile zusammensetzen und ein Bild ergeben, das man nicht begreifen will. Es dauert einige stumme Minuten, bis sie sich einigermaßen gefangen haben und wie betäubt aufstehen.

»Die Gäste warten«, bringt Aria mühsam hervor und stützt ihren Mann auf dem Weg zur Tür. »Du solltest auch bald runterkommen, Kleines.«

Ich warte, bis sie gegangen sind und die Tür hinter sich geschlossen haben, ehe ich erneut nach der Spieluhr greife und sie schwermütig betrachte.

»Elender Lügner«, hauche ich und wische mir wütend die lästigen Tränen von den Wangen, die Ian nicht verdient hat.

Er ist keine weitere Träne wert. Er hat mich benutzt, wie es alle Männer tun. Ab jetzt ist damit Schluss! Nie wieder lasse ich mich zur Marionette machen und mir meine Zukunft aus der Hand nehmen. Keine Ahnung, wie ich das vor Jack durchbekommen soll, aber ich werde es schaffen, endlich frei zu sein.

Ich habe diese Spieluhr geliebt und schöne Erinnerungen damit verbunden. Aber jetzt ist sie für mich nur ein Symbol für Verrat.

»Verlogener Mistkerl!«, brülle ich außer mir und schmeiße das verdammte Holzkästchen gegen meinen Spiegel.

Das Glas zerspringt in tausend kleine Teile und übersät den flauschigen weißen Teppich mit winzigen funkelnden Splittern. Ein Meer aus Scherben, in dessen Mitte die einzige Erinnerung an Ian und mich liegt, die ich mit Händen greifen kann. Und ob ich es will oder nicht, vermisse ich ihn selbst jetzt. Obwohl er mich belogen hat. Obwohl ich seinetwegen so viel Leid durchmachen musste und obwohl ich es nicht will. *Ich liebe ihn dennoch.*

12

Die Situation würde mich schon an einem ganz normalen Tag vor Frust und Schmerz aufschreien lassen. Das Ganze an meinem Geburtstag durchstehen zu müssen, verschlimmert es nur. Ich möchte brüllen und um mich schlagen, um diesen verdammten Druck loszuwerden, der sich in mir aufgebaut hat.

Aber was mache ich stattdessen? Ich laufe durch mein mir völlig unbekanntes Elternhaus und tue so, als würde ich mich riesig darüber freuen, dass diese vielen Fremden gekommen sind, um mit mir zu feiern. Ich verstehe, dass sie sich alle über die Wiederauferstehung der Violet Hasting freuen und mich dementsprechend begaffen wie ein Zirkuspferd. Dennoch wäre mir eine intime Feier im engsten Kreis wesentlich lieber gewesen. Vor allem nach dem, was eben in meinem Zimmer vorgefallen ist.

Da es jetzt ohnehin nicht mehr zu ändern ist, reiße ich mich zusammen, quäle mich durch die vielen Menschen, gebe ihnen das Gefühl, als könne ich mich an sie erinnern, und suche nebenbei unauffällig nach einer Fluchtmöglichkeit. Jack bleibt in der ganzen Zeit durchgehend an meiner Seite. Immer wieder legt er mir die Hand auf die Schulter, lächelt mich offen an und demonstriert vor allen, wie eng wir mittlerweile wieder miteinander sind. Aber irgendetwas an seinem Verhalten fühlt sich absolut falsch an. Ich kann nicht benennen, was genau es ist, das mich daran stört, dennoch lässt mich dieses Gefühl nicht los.

»Alles in Ordnung?«, fragt Jack, als wir endlich eine ruhige Minute für uns haben, und angelt für uns zwei Gläser Champagner vom Tablett eines vorbeilaufenden Kellners. »Falls du Hilfe brauchst, um dich zu entspannen, habe ich etwas in meinem Arbeitszimmer für dich«, raunt er mir zu. »Keine Sorge, das Zeug ist absolut harmlos.«

Ich zwinge mich zu einem Lächeln und proste Jack zu, auch wenn mein Magen sich bei seinen Worten skeptisch zusammenzieht. *Erst behandelt Jack mich wie ein unmündiges Kind, dann durchläuft er plötzlich einen Sinneswandel und bietet mir nun ständig Drogen an?* Seit Tagen erzählt er mir immer wieder von irgendwelchen neuen Pulvern und Pillen, die ich bedenkenlos testen könnte. Ich habe ihm inzwischen mehrfach erklärt, dass ich das Zeug nicht nehme. *Niemals!* Allerdings hält das meinen Bruder nicht davon ab, es mir immer wieder anzubieten.

»Danke, aber nicht nötig«, winke ich ab. »Es sind viele neue Gesichter hier. Das ist alles.«

»Sie sind nicht neu, Violet«, erwidert er und nippt an seinem Glas. »Die meisten dieser Leute kennst du bereits dein halbes Leben lang.«

»Für mich sind sie neu, Jack. Ich erinnere mich an niemanden.«

»Irgendwann wirst du dich an sie erinnern.«

»Deine Zuversicht hätte ich gern.« Ich exe meinen Champagner und verziehe angewidert das Gesicht.

»Wie auch immer. Unsere Gäste müssen das Gefühl bekommen, dass du sie wiedererkennst und genau weißt, mit wem du es zu tun hast. Jedes Anzeichen von Schwäche kann uns als Inkompetenz ausgelegt werden, und das würde dem Geschäft schaden.«

Irritiert runzle ich die Stirn und sehe mich um. Zugegeben, einige betrachten mich mit einer gewissen Skepsis. Aber die meisten von ihnen haben mir bisher den Eindruck vermittelt, ehrlich erleichtert darüber zu sein, mich wohlauf zu sehen.

»Ich glaube, du siehst das zu eng, Brüderchen«, erwidere ich daher schulterzuckend und wende mich von Jack ab, um zur Bar zu gehen und mir etwas Vernünftiges zu trinken zu bestellen.

Doch er hält mich zurück. Aus dem Nichts umklammert Jack meinen Oberarm so fest wie ein Schraubstock und zieht mich dicht zu sich heran. Die Miene meines Bruders scheint unbeschwert, aber seine Augen haben sich verdunkelt und blicken mir bedrohlich funkelnd entgegen. Zum ersten Mal macht er mir wirklich Angst.

»Jack«, flüstere ich und zwinge mich dazu, mein Lächeln

vor den Gästen nicht verrutschen zu lassen. »Du tust mir weh. Bitte lass mich los.«

Das Gegenteil passiert. Sein Griff wird härter, und ich beiße mir auf die Lippen, um nicht vor Schmerz aufzuschreien. »Jack«, zische ich mit so viel Beherrschung, wie ich aufbringen kann. »Lass.Mich.Sofort.Los!«

Plötzlich schüttelt er den Kopf, als würde er erst jetzt realisieren, was er da treibt, und lässt abrupt von mir ab. »Vi, ich …«, beginnt er, aber ich hebe abwehrend die Hände.

»Lass mich in Ruhe und geh mir aus den Augen, Jack.« Meine Stimme zittert, was mich maßlos ärgert. Denn ich darf mir jetzt auf keinen Fall Schwäche erlauben. Vor allem nicht vor ihm.

Ohne ein weiteres Wort lasse ich meinen Bruder im großen Salon stehen und flüchte durch die offen stehenden Terrassentüren in den Garten. Fluchend reibe ich mir über den pochenden Oberarm und atme tief durch, als ein schlaksiger Kellner an mir vorbeihuscht.

»Hey du! Warte bitte!«, rufe ich ihm hinterher.

Beinahe eingeschüchtert wendet er sich mir zu, und ich frage mich, ob er heute Abend nur hier ist, weil er bei meiner Familie in Ungnade gefallen ist und nun seine Schulden abarbeiten muss. Wem will ich etwas vormachen? So, wie er mich ansieht, ist er garantiert nicht freiwillig hier.

»Würdest du mir einen Cosmopolitan bringen? Und falls du auftreiben kannst, eine Zigarette.«

Einen Moment lang bleibt er stocksteif stehen, dann kommt plötzlich Bewegung in ihn, und er nickt hektisch, ehe er sich abwendet und im Haus verschwindet.

Verwundert schüttle ich den Kopf und betrachte dann gedankenverloren die vielen bunten Lampions, die überall im Garten in den Baumkronen hängen. Ein professionelles Dekorationsteam hat alles genau nach Jacks Anweisungen ausgeführt. Er sagte, er wollte mich mit der Party überraschen, weswegen er alle Entscheidungen allein getroffen hat. Von der Umgestaltung des Hauses über die Auswahl der Band bis hin zum Menü.

Was mir anfangs wie eine liebevolle Geste meines Bruders vorkam, stößt mir nun sauer auf. Wieder einmal fühle ich mich von Jack übergangen und klein gehalten. Aber dass ich nun auch noch so grob von ihm angefasst worden bin, lässt das Fass überlaufen. *Was bildet sich Jack ein, mich so zu behandeln? Welchen Plan verfolgt er wirklich?*

»Prinzessin?«

Erschrocken zucke ich zusammen, wende den Blick von den Lampions ab und starre perplex auf die glühende Zigarette, die Caleb mir entgegenhält.

»Ich habe gehört, was du zum Kellner gesagt hast«, erklärt er beinahe schüchtern, und nun entdecke ich auch einen Cosmopolitan in seiner anderen Hand.

Das dankbare Lächeln kann ich mir gerade noch verkneifen, während ich ihm beides abnehme und das Glas auf dem Stehtisch vor mir abstelle. Caleb beobachtet mich unverwandt, und ich kämpfe mühevoll um meine Selbstbeherrschung. Es tut verdammt weh, dass sich unser Verhältnis so gewandelt hat. Noch vor nicht allzu langer Zeit konnte ich mit ihm unbeschwert lachen, mich fallen lassen und in seiner Gegenwart abschalten. Heute hingegen fühlt es sich an, als würden uns Meilen voneinander trennen.

Ich dachte, wenn ich erst wieder zu Hause bin, würde es leichter für mich werden, meinen Platz zu finden. Leider war das nur eine schöne Wunschvorstellung. Als wir vor einer Woche in New York ankamen, war ich euphorisch und voller Erwartungen, den Ort neu entdecken zu können, an dem ich aufwuchs. Aber was ich hier vorfand, war alles andere als eine Zuflucht. Das Anwesen ist so weitläufig und erscheint mir völlig fremd. Mit keinem Raum verknüpfe ich irgendeine Erinnerung. Von dem riesigen Garten mal ganz abgesehen. Im Erdgeschoss gibt es einen großen Salon, der für Partys wie diese gedacht ist, und einen kleinen Salon, in dem vorwiegend intimere Treffen stattfinden. Außerdem gibt es ein Esszimmer mit Platz für bis zu dreißig Gäste. Die Bibliothek und das Arbeitszimmer liegen hinten, genau wie die Küche, die eingerichtet ist, als gehöre sie zu einem Sternerestaurant. Im ersten Stock liegen die Zimmer der Angestellten, das Zimmer meines Cousins Brix sowie die Gästezimmer. Der zweite Stock gehört mir. Komplett. Ich habe einen Fitnessraum, ein eigenes Wohnzimmer, ein riesiges Bad, ein Ankleidezimmer und ein Schlafzimmer, in dem ich locker eine Party feiern könnte. Im dritten Stock wohnt Jack. Dorthin zieht er sich an den meisten Abenden zurück und verlangt seine Privatsphäre, was so viel bedeutet wie »kein Zutritt für Violet«.

Als ich hier ankam, hatte ich große Hoffnungen, dass mein Gedächtnis in diesem Haus vollständig zurückkehren und ich mich endlich auch wieder an unsere Eltern erinnern würde. Doch alles hier erschien mir fremd und stieß mich geradezu ab. Bald darauf wurde mir auch klar, warum. Jack hat nach dem Tod unserer Eltern vieles neu gestalten lassen. Außerdem hat er vor unserer Anreise veranlasst, dass auch hier überall Kameras installiert werden. Sowohl im Haus als auch im Garten. Als ich ihn darauf ansprach, meinte er, es sei, um genau kontrollieren zu können, wo und wie sich die Mitarbeiter bewegen, und so endlich den Maulwurf zu enttarnen. Auf mich wirkt es allerdings, als wolle er nicht nur die Angestellten kontrollieren, sondern auch mich. *Big Brother is watching you.*

»Prinzessin.«

Jäh werde ich aus meinen Gedanken gerissen und realisiere, dass Caleb noch immer neben mir steht. Ich reibe mir übers Gesicht, drücke die halb verglühte Zigarette im Aschenbecher auf dem Stehtisch aus und trinke einen großen Schluck von meinem Cosmopolitan. »Was willst du, Caleb?«

Er seufzt tief und vergräbt unsicher die Hände in den Taschen seiner schwarzen Anzughose. Dass er heute wieder verboten gut aussieht, macht es mir verdammt schwer, ihm gegenüber nicht weich zu werden. Das weiße Hemd und die schwarze Weste darüber wirken wie maßgeschneidert und passen sich perfekt seinen Proportionen an. Die breiten Schultern und der flache, harte Bauch werden dadurch betont. Seine Haare sind nur leicht verwuschelt, als hätte er versucht, sie zu bändigen, und den Kampf irgendwann aufgegeben.

Hartnäckig balle ich die Hände zu Fäusten und starre weiter in den Garten, damit meine Augen sich nicht an ihm festsaugen. So wie die Augen der anderen Frauen. Caleb zieht schon den ganzen Abend die Blicke aller weiblichen Gäste auf sich. Das ist mir nicht verborgen geblieben. Und bei seinem Ruf wundert es mich auch nicht. Was aber neu ist, ist die Tatsache, dass er sie allesamt ignoriert.

»Ich will gar nichts. Aber ich wünsche mir, dass du mich nicht mehr ansiehst, als sei ich dein Feind, Violet«, bittet er mich.

»Du bist nicht mein Feind, Caleb«, beginne ich leise. »Aber du kannst auch kein Freund mehr sein. Dafür ist zu viel zwischen uns passiert.«

Er zuckt zusammen, und seine Augen bekommen einen verräterischen Glanz, der so gar nicht zu seinem Sunnyboy-Image passt. »Ich verstehe«, flüstert er schließlich, als würde er sich selbst von irgendetwas überzeugen müssen.

»Nein, ich glaube, das tust du nicht.«

Irritiert hebt er den Blick.

»Caleb, was vorgefallen ist, hat mir extrem wehgetan. Mehr, als ich zugeben wollte, und mehr, als gut für mich ist«, gestehe ich leise und spiele mit meinem mittlerweile leeren Cocktailglas, um mich davon abzuhalten, am Daumen zu nagen. »Du wolltest eine Chance, und ich war bereit, sie dir zu geben. Aber bevor es überhaupt dazu kommen konnte, hast du das Vertrauen zwischen uns zerstört.«

Er öffnet den Mund, will mich unterbrechen, aber ich schüttle den Kopf und trete näher an ihn heran.

»Du hast mich so unglaublich wütend gemacht und dich aufgeführt wie ein notgeiler Mistkerl«, werfe ich ihm vor. »Ich bin ein gebranntes Kind, was Vertrauen betrifft, Caleb. Und du hast noch tiefer in diese Wunde hineingestoßen.«

Wie soll ich jemals wieder jemandem vertrauen, nachdem ich von beinahe jedem verraten wurde, der mir etwas bedeutet? Wehmütig werfe ich einen Blick durch die Terrassenfenster hinein zu Jack. Er steht neben einer Frau, die mir den Rücken zugewendet hat und mir merkwürdig vertraut erscheint. Ihre langen blonden Haare, die gerade Haltung und die mörderisch hohen Schuhe kommen mir so bekannt vor, aber ich kann nicht genau greifen, wo ich sie wohl schon mal gesehen haben könnte. Skeptisch kneife ich die Augen zusammen und mustere sie eingehender. *Hör auf damit, Vi. Natürlich kennst du die Frau. Du kennst eigentlich jeden hier, verdammt!*

Ich atme tief durch und konzentriere mich erneut auf Caleb. Immer noch steht er wie ein kleiner Junge vor mir. Die Hände in den Taschen vergraben und den Blick traurig zu Boden gerichtet.

»Jeder Mann in meinem Leben hat mich benutzt, belogen oder mir etwas vorgespielt. Ich habe es satt, so behandelt zu werden, Caleb. Ich bin eine erwachsene Frau, verdammt! Ich will meine eigenen Entscheidungen treffen, und ich verdiene Respekt und Aufrichtigkeit«, zische ich wütend.

»Nicht jeder«, widerspricht Caleb hartnäckig.

»Falls du von deinem Boss sprichst«, spucke ich ihm entgegen, »solltest du keine voreiligen Schlüsse ziehen. Sorry, dir das sagen zu müssen, aber Jack ist der größte Lügner von allen. Er spielt mit den Leuten, als wären sie Schachfiguren. Dass er das mit seinen Geschäftspartnern macht, war mir ja klar, aber mit mir treibt er genauso seine Spielchen.«

»Wovon sprichst du?«, fragt er irritiert.

»Er hat vorhin die Maske fallen lassen, Caleb. Jack hat mich gepackt. Hart«, erläutere ich und reibe unwillkürlich über meinen Oberarm. »Aber es ist nicht nur das. Es sind die vielen kleinen Dinge, die mir erst im Nachhinein aufgefallen sind. Dinge, die ich nicht länger ignorieren kann. Ich bin davon überzeugt, dass Jack mich unter seiner Kontrolle behalten will. All die Schutzmaßnahmen dienen nur dazu, um mich zu beobachten.«

»Das bildest du dir ein. Jack liebt dich.«

»Und warum hat er mir dann versprochen, mich in die Geschäfte einzuführen, mir aber bis heute keine konkrete Aufgabe gegeben? Was ist mit der Tatsache, dass er jeden meiner Schritte überwacht, oder damit, dass er mich neuerdings ständig fragt, ob ich Drogen nehmen möchte?« Eindringlich greife ich nach Calebs Arm und suche seinen Blick. Versuche ihm verständlich zu machen, was mir selbst erst viel zu spät klar geworden ist. »Jack benutzt mich. Aber ich funktioniere nicht so, wie er es sich wünscht, und ich habe Angst davor, was passiert, wenn er kapiert, dass er mich nicht beliebig verbiegen kann.«

Caleb starrt mich an, als wäre ich verrückt geworden, und wer weiß? Vielleicht bin ich das sogar. Vielleicht hat mich meine Vergangenheit dermaßen kaputt gemacht, dass ich sogar meinem eigenen Bruder grundlos Verrat unterstelle. Aber noch während ich das denke, drängt mich eine innere Stimme, nicht darauf zu hören und stattdessen meinem Instinkt zu vertrauen. Und dieser warnt mich davor, weiterzusprechen. Caleb ist Jack gegenüber loyal. Ganz gleich, welche Gefühle er angeblich für mich hat, steht Jack bei ihm an erster Stelle.

Habe ich einen Fehler gemacht? Hätte ich die Klappe halten sollen? Wird er Jack von meinen Gedanken erzählen?

»Wir beide, wir können keine Freunde mehr sein, Caleb«, lenke ich ihn eilig ab. Sein Gesichtsausdruck verrät mir, wie sehr ihn meine Worte treffen, aber auch, dass er auf den Themenwechsel anspringt. »Du bist mir wichtig. Wichtiger als ein Freund. Mit dir befreundet zu sein, würde bedeuten, dich mit anderen Frauen sehen zu müssen. Und das würde ich nicht ertragen.«

»Dann lass uns mehr sein als das«, bittet er nachdrücklich und greift nach meinen Händen. »Du bedeutest mir die Welt, Violet. Wenn du mir nur eine letzte Chance geben könntest, beweise ich dir bis ans Ende unseres Lebens, dass ich sie verdiene.«

»Ich weiß nicht, ob ich das kann«, antworte ich ehrlich.

Sanft lässt Caleb meine Hand los und legt seine Finger stattdessen unter mein Kinn. Vorsichtig hebt er mein Gesicht an und lässt mich in seinen Augen lesen, während er spricht.

»Ich verspreche dir, dass du es nicht bereuen wirst«, beginnt er zärtlich. »Ich verspreche dir, dass ich dich glücklich machen werde, und ich verspreche dir, dass ich immer zu dir stehen und dich beschützen werde.«

»Komm heute Nacht zu mir«, fordere ich leise. »Dann reden wir. In Ruhe und ohne Ausflüchte. Wenn ich dir eine Frage stelle, wirst du mir ehrlich darauf antworten. Wenn du dazu nicht bereit bist, dann brauchst du gar nicht erst zu kommen.«

Damit trete ich an ihm vorbei und verschwinde wieder durch die Terrassentüren in der Masse aus angetrunkenen Menschen, die sich zur langweiligen Musik der noch langweiligeren Band bewegen.

13

Sosehr ich auch Geburtstage verabscheue, so sehr liebe ich es, Geschenke zu bekommen! Diesen flüchtigen Augenblick, in dem man das Papier aufreißt und fieberhaft überlegt, was sich darunter verbirgt. Zumindest liebte ich es bisher. Momentan hängt meine Laune irgendwo zwischen dem Höllentor und dem Mittelpunkt der Erde fest, woran auch die Geschenke nichts ändern können.

Jack hat mich auf einem mit rotem Samt bezogenen Stuhl in der Mitte des großen Salons drapiert. Seit über einer halben Stunde sitze ich jetzt hier und packe Schnickschnack aus, den ich weder will noch mag. Okay, zugegeben, einige Geschenke gefallen mir tatsächlich. Der Rubinring von unseren Kontaktmännern bei der DEA – der amerikanischen Drogenbehörde – und der Spa-Gutschein von Brix, den seine Sekretärin geschickt hat, zum Beispiel. Aber goldene Löffel, ein mit Diamanten besetztes Diadem und eine Perlenkette … Ernsthaft? Als wäre ich eine Edeldame aus dem Mittelalter.

»Das nächste Geschenk für unser Geburtstagskind«, verkündet Jack feierlich und reicht mir ein weiteres kunstvoll verziertes Päckchen. Sein Geschenk habe ich bereits ausgepackt. Es war eine schwarze Kreditkarte, mit der ich Zugang zu einem meiner Konten erhalte.

Wie großzügig, mir endlich das zuzugestehen, was mir im Grunde ohnehin gehört, denke ich bitter und werfe ihm einen kurzen Seitenblick zu. Jack tut, als wäre zwischen uns nichts vorgefallen, und lächelt pflichtbewusst in die Menge, die sich um meinen Stuhl gebildet hat. Ihm jetzt vor allen die Meinung zu geigen, würde mir so guttun und mit Sicherheit meine Laune anheben. Allerdings bin ich nicht so dumm, das zu riskieren. Jack soll so lange wie möglich glauben, dass ich ihm nach wie vor vertraue.

»Danke«, rufe ich daher mit gekünstelter Begeisterung und nicke irgendwelchen Leuten zu, in der Hoffnung, dass der Geschenkegeber dabei ist.

Ich reiche Laurel, die steif neben mir steht, das zitronengelbe Papier und hebe neugierig den Deckel vom Karton an. Darin befindet sich eine elfenbeinfarbene Karte.

Dein Geschenk wartet im Ankleidezimmer.
Lächle, Prinzessin. Es wird dir gefallen.

Sofort lasse ich meinen Blick umherschweifen, auf der Suche nach Caleb, da er der Einzige ist, der mich Prinzessin nennt. Ich kann ihn jedoch nicht entdecken. Um Zeit zu schinden, stecke ich mir die Karte betont auffällig in den

Ausschnitt und rufe: »Ein Gutschein für mein Lieblingsdessousgeschäft.«

Irgendjemand lacht peinlich berührt auf, eine Frau kichert, und ein älterer Herr in der ersten Reihe läuft hochrot an, während ich fieberhaft überlege, was Caleb ausgeheckt haben könnte.

»Ich glaube, das reicht für den Augenblick«, verkünde ich lautstark und springe von diesem blöden Stuhl auf. »Ich werde mich kurz frisch machen.«

Aufgeregt drängle ich mich durch die vielen Menschen, ignoriere Jacks skeptischen Blick, der sich in meinen Rücken brennt, und haste die Stufen in den zweiten Stock hinauf. Außer Atem komme ich bei meinem Ankleidezimmer an, reiße mit Schwung die Tür auf – und taumle ungläubig zurück.

»Camy?«, wispere ich.

Kreischend springt meine beste Freundin auf mich zu und wirft sich in meine Arme. Ich presse sie so fest an mich, dass es ihr unter Garantie die Luft abschnürt, aber sie beschwert sich nicht, sondern erwidert den Druck mit der gleichen Intensität.

»Ich hab dich so schrecklich vermisst«, flüstert Camy.

Minutenlang stehen wir einfach so da. Klammern uns aneinander fest und genießen es, uns endlich wieder in den Armen der anderen zu befinden. Sie zu spüren, zu riechen und wahrhaftig vor sich zu haben. Gott, wie sehr ich Camy vermisst habe! Sie und das Gefühl von grenzenlosem Vertrauen. Genau so fühlt sich Zuhause an.

Irgendwann räuspert sich jemand, und mein tränenverschleierter Blick gleitet über Camys Schulter hinweg zu

Caleb. Seine Miene verrät, dass er meine aufgewühlten Emotionen teilt und sich ehrlich mit mir freut. Zumindest glaube ich das. Jedoch habe ich im Augenblick nur Augen für Camy und wende den Blick rasch wieder von ihm ab.

Zögernd löse ich mich von meiner besten Freundin und halte sie auf Armeslänge von mir, um sie zu betrachten. Sie trägt ihre schwarze Lockenmähne offen und wild, wie ich es am liebsten mag. Die dunkle Stoffhose schlackert um ihre Beine, die weiße Bluse hängt lose an ihrem Oberkörper herab, und die schwarze Krawatte wirkt, als wäre sie ihr viel zu lang. Das alles bestärkt mich in meinem Eindruck, dass sie vor lauter Sorgen Gewicht verloren hat. Ich mustere ihr Gesicht und presse die Lippen zusammen. Obwohl sie versucht hat, sie mit Make-up zu kaschieren, entdecke ich die tiefen dunklen Ringe unter ihren braunen Augen.

»Oh Camy, es tut mir so leid, dass ich nicht für dich da war«, sage ich bedrückt.

Sie winkt ab und tritt gespielt gelassen auf die Kleiderstange zu, die an der linken Wand angebracht wurde.

»Also, deine Klamottenauswahl ist unverschämt riesig, Fräulein«, bemüht sie sich, das Thema auf etwas Unverfänglicheres zu lenken.

Auch wenn ich sie packen und schütteln will, damit sie sich mir anvertraut, zwinge ich mich dazu, ihr Spiel mitzuspielen. Camy ist noch sturer als ich. Wenn sie über etwas nicht sprechen will, dann tut sie es auch nicht. Punkt.

»Du hast den Schuhschrank noch nicht gesehen«, erwidere ich daher grinsend.

Sie schnaubt amüsiert und wirft Caleb einen musternden Blick zu.

»Wie stehen wir denn zu dem Hübschen da?«, will sie wissen. »Ich muss gestehen, dass ich leicht panisch war, als er gestern plötzlich vor unserer Tür stand und meinte, ich soll meinen Koffer packen, um dich zu besuchen.«

»Vor deiner Tür«, berichtige ich sie automatisch und ernte dafür erneut ein Schnauben.

Anthony hat alles Nötige veranlasst, um die Wohnung in Rosehill auf Camy zu überschreiben, nachdem Jack mich fand und ich ihm gefolgt bin. Sie liebt die Wohnung, und da ich ohnehin nie wieder dort leben werde, fiel mir die Entscheidung leicht, sie ihr zu schenken. Anthony war es auch, der Camy über alles in Kenntnis gesetzt hat, damit sie weiß, dass ich von nun an bei meinem Bruder lebe, und sich keine Sorgen macht. Die Dimension der verbrecherischen Machenschaften meiner Familie und die der Greens hat er natürlich ausgelassen. Camy weiß nur so viel, wie sie wissen muss. Und das ist auch gut so.

»Jaja«, erwidert Camy augenrollend. »Jedenfalls hab ich Anthony angerufen, bevor ich ihn reingelassen habe, und der meinte, Caleb sei okay.«

»Das hat er gesagt?«, hake ich überrascht nach und werfe Caleb einen flüchtigen Blick zu.

»Jup. Er meinte, man könne ihm vertrauen. Also sind wir in den Flieger gehüpft, und zack: Hier bin ich. Erste Klasse zu fliegen ist übrigens der Wahnsinn!«, setzt sie verträumt nach, und ich muss grinsen.

»Es gibt so viel, das ich dir erzählen will«, fange ich an,

schüttle dann aber den Kopf, um mich zu bremsen. »Aber unten warten Gäste, und wenn ich nicht bald wieder auftauche, wird mein Bruder misstrauisch. Sollte er dich hier entdecken, würde das nicht gut für uns enden.«

Es hat seine Gründe, wieso ich Camy bisher nicht vor Jack erwähnt habe. Oder wieso ich ihm nichts von Chris' Besuch in Mexiko verraten habe. Ich will mich nicht angreifbarer machen, als ich es ohnehin schon bin. Das wäre, als würde ich eine Handgranate halten und so dumm sein, die Finger meines Bruders an den Stift zu legen. Ich traue Jack nicht, und solange das so bleibt, werde ich ihm kein Druckmittel gegen mich präsentieren.

Camy nickt verstehend und zieht eine roséfarbene Seidenbluse von der Kleiderstange.

»Die leih ich mir für morgen«, verkündet sie lapidar und faltet die Bluse schmunzelnd zusammen.

»Du bleibst?«

»Nur ein paar Tage«, erklärt sie fröhlich und stopft die Bluse in ihre Handtasche.

Ich bin mir zu einhundert Prozent sicher, dass ich das Teil nie wiedersehen werde. Egal.

»Ich wohne in einem Hotel in Soho. Das hat dein Freund hier organisiert.« Camy deutet mit dem Daumen auf Caleb, der weiterhin stumm an der Wand lehnt und uns betrachtet.

Überfordert reibe ich mir übers Gesicht und nage am Daumen. Dieser Tag wird immer verrückter.

»Versteh mich jetzt bitte nicht falsch, Camy. Du kannst dir nicht vorstellen, wie sehr ich mich darüber freue, dass du hier bist. Aber wie soll ich vor meinem Bruder meine

Abwesenheit erklären, wenn wir uns morgen treffen? Er lässt mich nie unbeaufsichtigt. Ich kann nicht mal auf die Toilette gehen, ohne dass er es erfährt. Seine Wachleute werden …«

»Jack wird den ganzen Tag unterwegs sein, und ich begleite dich. So kommst du um die Bodyguards herum«, unterbricht mich Caleb unvermittelt.

Verwundert werfe ich ihm einen langen Blick zu und knabbere angespannt die Ecke meines Fingernagels ab. Ich weiß, dass er versucht, sich mit dieser Aktion mit mir gut zu stellen. Es ist seine Art, sich für die Sache mit der Tänzerin zu entschuldigen, ohne dabei erneut ein »Es tut mir leid« über die Lippen bringen zu müssen. Und ich akzeptiere es. Caleb hat meine Achillesferse gefunden: Camy Owson.

Je länger wir uns anschauen, desto mehr hellt sich seine Miene auf. Er scheint meine Gedanken lesen zu können. Wirkt befreit und erleichtert, als wäre ihm ein riesiger Stein vom Herzen gefallen.

»Danke«, hauche ich ihm zu, widerstehe aber dem Drang, ihm um den Hals zu fallen. »Wie zum Teufel bist du hier überhaupt unbemerkt reingekommen?«, wende ich mich wieder an Camy.

Sie deutet vielsagend auf ihr Outfit und setzt sich auf den weißen Lederhocker in der Mitte meines Ankleidezimmers, auf dem sich normalerweise die getragenen Klamotten türmen, bis die Angestellten sie wegräumen.

»Frag das am besten deinen Freund«, antwortet sie und nickt Caleb verschwörerisch zu.

»Genauso, wie sie auch wieder rauskommt«, verrät er geheimnisvoll und grinst frech. »Ich hab ihr Klamotten vom Cateringservice organisiert und sie mit gefaktem Angestelltenausweis durchs Tor gelotst. Sobald sie die Krawatte wieder richtet«, erklärt Caleb und wirft Camy einen tadelnden Blick zu, den sie mit einem ausgestreckten Mittelfinger quittiert, »wird sie als die perfekte Kellnerin durchgehen.«

Nicht ganz überzeugt setze ich mich neben meine Freundin auf den Hocker, ziehe die Karte aus meinem Ausschnitt und betrachte sie nachdenklich.

»Ich kann nicht fassen, dass du wirklich hier bist, Camy.«

»Und ich nicht, dass du in diesem Palast wohnst und diese tollen Klamotten tragen darfst.«

Ich lache laut und unbeschwert. Zum ersten Mal seit Ewigkeiten spüre ich nicht mehr diese Einsamkeit in mir. Sie ist nicht nur erträglich geworden, wie in Chris' oder Calebs Gegenwart. Sie ist verschwunden. *Für den Moment.*

»Shit! Ich wünschte, du könntest für immer hierbleiben«, gestehe ich.

Sanft zupft Camy eine Strähne meines an den Seiten nach hinten gesteckten Haars zurecht und stupst mir mit dem Finger auf die Nase. »Mom würde diese Frisur lieben. Sie betont die Form deines Gesichts«, lenkt sie ab, und ich verstehe ihre Intention. Ich soll mich nicht auf das Negative versteifen, sondern auf das Positive konzentrieren. Sie ist hier. Und das muss reichen. Zumindest für heute.

Geistesabwesend lege ich die Karte zwischen uns auf den Hocker und reibe mit den Händen über meine Knie, um die Nervosität zu vertreiben.

»Violet sollte bald wieder runtergehen und sich bei den Gästen sehen lassen«, wirft Caleb zögernd ein und senkt den Blick. Ich merke deutlich, dass es ihm unangenehm ist, uns trennen zu müssen. Aber leider hat er recht. Je länger ich hier bin, umso höher ist die Gefahr, dass Jack nach mir suchen lässt und Camy entdeckt wird. Und auch wenn ich sie am liebsten nie wieder gehen lassen würde, kann ich es ihr nicht antun, sie in meinen Mist mit reinzuziehen. Dafür liebe ich sie zu sehr.

»Wir sehen uns ja morgen wieder«, erkläre ich und scheitere kläglich daran, unbeschwert zu klingen.

»Morgen«, wiederholt meine beste Freundin und drückt mich ein letztes Mal fest an sich, ehe sie aufsteht und durch die Tür in mein Schlafzimmer verschwindet, als wäre sie schon Tausende Male hier gewesen.

Ich starre ihr gedankenverloren nach und merke erst, dass Caleb sich vor mich hockt, als er mir sanft über die Wange streicht und meine Haut damit zum Kribbeln bringt.

»Happy Birthday, Prinzessin.«

Einem Impuls folgend lege ich die Hände auf seine Wangen, schließe die Augen und hauche ihm einen zaghaften Kuss auf die Lippen.

Caleb erstarrt abrupt. Kein Muskel in ihm bewegt sich, als hätte er Angst, durch ein winziges Zucken den Moment zu zerstören oder mich zu verschrecken.

»Das war das beste Geschenk aller Zeiten«, offenbare ich ihm und lasse langsam die Hände von seinen Wangen gleiten. »Aber woher wusstest du …«

»Du hast es mir selbst erzählt«, unterbricht er mich, und ich runzle nachdenklich die Stirn. »In der Nacht, als du den Albtraum hattest«, erklärt er weiter. »Du hast zu mir gesagt, du würdest deine Wohnung, deinen Job und deine beste Freundin vermissen. Nach Rosehill bringen kann ich dich leider nicht. Aber ich hatte die Möglichkeit, ein Stück Rosehill zu dir zu bringen.«

»Das ist …« Ich stocke und schüttle überfordert den Kopf. »Danke, Caleb. Du ahnst nicht, was mir das bedeutet. Camy zu sehen war mein einziger Wunsch. Aber ich dachte, er könnte mir nie erfüllt werden. Du hast das möglich gemacht, und dafür werde ich dir ewig dankbar sein.«

Er zuckt mit den Schultern, als wäre es nichts Besonderes, aber das zufriedene Funkeln in den braunen Bernsteinaugen kann er vor mir nicht verbergen.

Schließlich steht Caleb mit knappem Nicken auf und steuert die Tür zu meinem Schlafzimmer an.

»Heute Nacht?«, rufe ich ihm nervös hinterher.

Er bleibt stehen, und ich erkenne, dass seine Schultern beben, als müsse er sich dazu zwingen, sich nicht zu mir zu drehen und seine gelassene Fassade bröckeln zu lassen.

»Nichts könnte mich davon abhalten, zu dir zu kommen, wenn du mich bei dir haben möchtest, Prinzessin.«

Mit diesen Worten folgt er meiner besten Freundin, um sie hoffentlich unbemerkt und heil aus dem Anwesen zu schaffen.

Ich atme tief ein und ringe mich dazu durch, ebenfalls aufzustehen und die Tür zum Flur anzusteuern. Auch wenn ich nun noch weniger Lust darauf habe, mich wieder meinen Partygästen zu widmen. Aber mit dem Wissen, Camy morgen wiedersehen zu können, fällt mir der Weg ins Erdgeschoss wesentlich leichter.

14

Die folgenden Stunden rauschen an mir vorbei wie ein Film, den man leise im Hintergrund laufen lässt, weil man sich nicht für die Handlung interessiert. Egal was auch vor meinen Augen abläuft, es erscheint mir nebensächlich. In meinem Kopf herrscht Chaos, das von einem hellen Funken durchbrochen wird. Einem Funken namens Camy Owson.

Überraschenderweise unterhalte ich mich im Augenblick wirklich gut mit zwei perfekt zurechtgemachten Damen von der Upper East Side, die auf den ersten Blick strohdumm wirkten. Im Laufe des Gesprächs erfahre ich, dass die eine Frau mit den perfekt blondierten Haaren Psychologie studiert hat und die andere, eine gebürtige Lateinamerikanerin, Anwältin für Strafrecht ist.

»Bilanzen waren noch nie mein Ding«, gibt Eva, die Blondine, zu und lächelt offen. »Dafür habe ich es schon immer geliebt, das Denken und Handeln von Menschen zu analysieren.«

Ich nicke ehrlich interessiert und nippe an meinem Cosmopolitan, als mir plötzlich jemand auf die Schulter tippt und ich mich umdrehe.

Sobald ich ihr Gesicht sehen kann, flammen die Erinnerungen in meinem Gedächtnis wieder hoch.

»Isabella«, rufe ich überrascht und reiße die Augen auf.

Die mysteriöse Frau aus dem La Vie folle in Rosehill steht mir gegenüber. Perplex erinnere ich mich, wie sie mich damals warnte, nicht mit Ian in der Öffentlichkeit aufzutauchen, und auch daran, wie Ian später reagierte, als ich sie ihm gegenüber erwähnte. Wie er seinem Bodyguard Josh ihren Namen zuraunte.

Isabella lächelt mich zwar freundlich an, aber ihre Augen sind wachsam. »Meine Damen, würden Sie das Geburtstagskind und mich entschuldigen? Ich möchte ihr mein Geschenk persönlich überreichen.«

Die beiden nicken höflich und ziehen sich an die Bar zurück.

»Was tun Sie hier, Isabella?«, frage ich, sobald wir allein sind, und trete demonstrativ einen Schritt zurück.

Isabella schmunzelt leicht und hakt sich bei mir unter, als wären wir alte Freundinnen. Verschwörerisch beugt sie sich zu mir und flüstert: »Ian schickt mich.«

Instinktiv reiße ich mich von ihr los. Bevor ich jedoch etwas erwidern kann, schüttelt sie eindringlich den Kopf und blickt mir tief in die Augen.

»Nicht hier«, raunt sie mir zu und deutet durch die Terrassentür nach draußen.

Obwohl ich unsicher bin, ob das die richtige Entscheidung ist, folge ich ihr nach draußen. Auf der Terrasse stellen wir uns an einen der Stehtische und blicken beide auf den Garten.

»Also«, beginne ich misstrauisch und leere meinen Cosmo in einem Zug. »Was hat das zu bedeuten? Wer sind Sie, und was machen Sie heute hier?«

»Mein Name ist Isabella Monroe, und dass du dich immer noch nicht an mich erinnerst, nehme ich dir inzwischen übel, Vi.«

Ich stoße die Luft aus und mustere ihr kurzes rotes Kleid, die hohen Schuhe und das perfekt sitzende Make-up. Diese Frau ist ausnehmend attraktiv. Wenn ich sie früher näher kannte, würde ich mich garantiert an sie erinnern. *Oder etwa nicht?*

»Sie haben sich vorhin mit meinem Bruder unterhalten«, stelle ich fest, und sie nickt ohne Umschweife.

»Wir verkehren hin und wieder geschäftlich miteinander«, sagt sie und lehnt sich an die Terrassenbrüstung. »Außerdem bin ich eine enge Freundin von Ian. Und von dir. Auch wenn du dich nicht mehr erinnerst.«

»Wenn das stimmen sollte«, setze ich an und ernte ein Augenrollen von ihr, das ich ignoriere. »Wie kommt es dann, dass Jack Sie ins Haus gelassen hat? Jeder, der mit Ian verkehrt, ist für Jack ein Feind.«

Sie zuckt verschmitzt mit den Schultern und nickt freundlich einem mir fremden Mann zu, der gerade in den Garten getreten ist.

»Jack weiß nichts von meiner Verbindung zu Ian, und das soll auch so bleiben. Mir ist klar, dass dein Gedächtnis immer noch nicht vollständig zurückgekehrt ist. Aber wenn du dich erinnern könntest, wüsstest du, dass uns eine lange und intensive Freundschaft verbindet. Als ich dich damals im Restaurant mit Ian und diesem anderen Mann sah, konnte ich nur daran denken, welchem Risiko du dich damit aussetzt. Ja, Ian ist mein Freund. Dennoch musste ich dich zumindest vor ihm warnen. Aber schon an jenem Abend konnte ich es deutlich in deinen Augen sehen.«

»Was konnten Sie sehen?«

Langsam wendet Isabella mir den Blick zu. Ich erkenne darin eine offene Zerrissenheit, die ich nicht deuten kann. »Dass du ihn immer noch liebst und es bereits zu spät ist, um dich von ihm fernzuhalten.«

Ich stolpere zurück. Es dauert einen Moment, bis ich mich halbwegs gefangen habe und mich dazu zwingen kann, die Frage zu stellen, die mir auf den Lippen brennt: »Woher soll ich wissen, dass es stimmt, was Sie sagen, und das kein Test von Jack ist, um meine Loyalität zu prüfen?«

Sie schnaubt, als habe ich sie beleidigt, und zieht den Ausschnitt ihres Kleides ein Stück zur Seite. Auf ihrem Dekolleté erscheint das Tattoo eines schwarzen Raben mit ausgebreiteten Schwingen. Das gleiche Tattoo, wie ich es trage.

»In der nordischen Mythologie stehen Raben für Weisheit«, erzählt Isabella, und ich lausche ihr fasziniert. »Als wir es uns stechen ließen, dachten wir daran, was wir alles nicht wissen. Wir wussten zu dem Zeitpunkt noch nicht, wer deine Eltern auf dem Gewissen hat oder wie es nach ihrem

Tod weitergehen wird. Weder mit dem Imperium der Hastings noch mit dir und Ian. Ich erinnere mich genau, wie wir in das ranzige Tattoostudio Uptown gingen«, fährt sie fort und lächelt schwermütig. »Du sagtest, du wünschst dir, endlich alle Rätsel zu lösen und den Ballast aus deinem Kopf zu vertreiben, der dich vom Trauern um deine Eltern abhält.«

Das klingt tatsächlich wie etwas, das ich sagen würde.

»Wir ließen uns die Raben als Symbole stechen, Vi. In unseren Gedanken flogen sie in die Welt hinaus, um für uns die Wahrheit herauszufinden.«

Ich schließe die Augen und kann es plötzlich deutlich vor mir sehen. *Wie wir an einem hohen, mit buntem Graffiti besprühten Tresen stehen und Isabella einem bulligen Typen mit Tätowierungen im Gesicht ihre Kreditkarte zuschiebt. Sie lächelt mich an und greift aufmunternd nach meiner Hand …*

»Du warst meine Freundin«, stelle ich mit zitternder Stimme fest und öffne zaghaft die Augen.

Isabella nickt und legt den Kopf schief. »Ich weiß, dass du das erst einmal verarbeiten musst, Vi. Jede neue Erinnerung muss aufreibend für dich sein und sich wie etwas aus einem anderen Leben anfühlen. Dennoch kann ich nicht gehen, ehe ich dir Ians Nachricht überbracht habe. Das habe ich ihm versprochen.«

Ich verharre schweigend und warte darauf, dass sie fortfährt.

»Er liebt dich, Violet. Das hat er immer und wird es immer«, beginnt sie sachte, und mein Puls schießt unmittelbar in die Höhe. »Er bittet dich, sich mit ihm zu treffen. Zeitpunkt und Ort sind dir überlassen. Dann wird er dir alles erklären.«

»Ist ihm denn nicht klar, in welche Gefahr er uns beide damit bringt?«, bringe ich mühsam hervor.

»Er möchte dir all die Fragen beantworten, die dir auf der Seele brennen. Dadurch will er dir die Möglichkeit geben, mit ihm abzuschließen. Auch wenn er selbst das niemals über sich bringen wird. Und dazu ist ein allerletztes Gespräch nötig, das muss auch dir klar sein«, erklärt Isabella ruhig.

Kann ich ihr vertrauen? Sie kennt sowohl Jack als auch Ian. Es könnte eine Falle sein. Nur weil ich Jack nicht länger vertraue, heißt das nicht, dass ich einfach so wieder zu Ian zurückkehren sollte. Wer kann schon sagen, ob Ian mich nicht nur ein weiteres Mal benutzen möchte, um uns Hastings zu schaden? Vor allem, nachdem Jack die Polizei in seine Klubs gelenkt hat.

»Wie kann ich Ian erreichen?«, platze ich hervor.

Trotz all der Zweifel will ich ihn sehen. Ich will hören, was er zu sagen hat, und den Schmerz über seinen Verrat an ihm auslassen. Allerdings werde ich unser Treffen selbst in die Hand nehmen. Es ihm zu überlassen, wäre zu riskant, sollte er erneut ein Spiel mit mir treiben wollen.

Isabella reißt überrascht die Augen auf. Damit hat sie offenbar nicht gerechnet, und wenn ich ehrlich bin, habe ich das auch nicht.

Sie zaubert eine schmale Visitenkarte aus ihrem Ausschnitt hervor, tut so, als wolle sie mir die Hand schütteln, und lässt sie so unauffällig in meine Handfläche gleiten.

»Das ist seine sichere Nummer«, flüstert sie.

Ich nicke der blonden Schönheit zu und balle die Hand zur Faust, nachdem sie sich von mir verabschiedet hat und wieder zurück ins Haus gegangen ist.

Da ich noch nicht bereit dazu bin, mich erneut den Gästen – und vor allem Jack – zu stellen, blicke ich in den Garten hinaus und lasse die Schultern hängen.

»Happy Birthday Violet«, wispere ich trostlos.

Nach Stunden ist der letzte Gast endlich gegangen, und ich konnte in mein privates Stockwerk flüchten. Hier sitze ich nun vor meinem Schminkspiegel und reibe mir mit dem Abschminktuch die viel zu dicke Make-up-Schicht vom Gesicht. Angewidert starre ich in den Spiegel und versuche mich selbst unter all der Schminke zu finden. Früher war ich der natürliche Typ, der sich nie besonders viel aus Mascara und Lippenstift gemacht hat. Doch heute hat mich Esmeralda derart zugekleistert, dass ich mich kaum wiedererkenne. Es fühlt sich an wie eine klebrige Maske, die mein wahres Ich überdecken soll. Jack hatte eine genaue Vorstellung davon, wie ich an diesem Tag aussehen sollte. Esmeralda mache ich daher auch keine Vorwürfe. Sie hat nur getan, was ihr Boss von ihr verlangt hat. Da sie und ihr Sohn als illegale Einwanderer mit uns in die USA gekommen sind, hat Jack sie in der Hand. Ein Fehltritt, und er meldet sie bei den Behörden.

Ich schleudere das dreckige Abschminktuch in den Müll und werfe einen Blick hinter mich ins Schlafzimmer. Mein Wecker auf dem Nachttisch zeigt mir an, dass es bereits nach zwei Uhr nachts ist. Ich werde nur noch schnell duschen gehen, bevor ich endlich ins Bett falle und den Tag hinter mir lasse.

»Du gehst lieber duschen, als zu baden.«

Wehmütig reibe ich mir über die Brust und denke an das letzte Gespräch mit Ian. Damals, auf dem Dach des Section 4. Er weiß, was ich gern esse, wie ich meinen Kaffee trinke, wo er mich berühren muss, damit ich ihm augenblicklich verfalle, und noch so viele kleine Dinge mehr. *Wie willst du es aus dem Anwesen rausschaffen, um dich ihm zu stellen, Vi?*

Verdammt gute Frage. Camy morgen zu treffen ist schon eine harte Herausforderung, die ich nur durch Calebs Hilfe bewältigen kann. Wenn ich ihm allerdings anvertrauen würde, dass er mich rausschmuggeln soll, damit ich Ian treffen kann, würde er mich vermutlich für geisteskrank erklären und sofort einsperren. Seine Loyalität für Jack ist nach wie vor ungebrochen, das hat er während unseres Gespräches vorhin deutlich gemacht. Merkwürdigerweise hege ich trotzdem noch Gefühle für Caleb, das muss ich mir eingestehen. Aber wir hätten niemals eine gemeinsame Zukunft. Zumindest nicht, wenn ich endlich Jacks Einfluss entkommen will. Caleb ist seine rechte Hand. An seiner Seite würde ich auf ewig unter der Fuchtel meines Bruders stehen. Wahrscheinlich sitzt er jetzt gerade mit ihm zusammen zur Kriegsbesprechung. Denn genau das war meine angebliche Geburtstagsparty für meinen Bruder: eine Schlacht. Dieser Abend war nur dazu gedacht, den Geschäftspartnern Honig ums Maul zu schmieren, neue

Bündnisse zu schmieden, alte zu festigen und der Welt zu beweisen, dass die Hastings nun auch wieder in den USA als vereinte Front auftreten. Ob das die Wahrheit ist oder nicht, interessiert dabei niemanden. Wichtig scheint nur, was wir nach außen hin für ein Bild vermittelt haben.

Seufzend gehe ich zur Dusche, drehe das Wasser auf, stelle mich unter den heißen Strahl und greife nach dem Duschgel, um mich gründlich einzuseifen. Der Tag war lang, aufreibend und dennoch wunderschön. Dass Caleb Camy eingeschmuggelt hat, werde ich ihm nie vergessen. Er gibt sich verdammt viel Mühe, mich für sich zu gewinnen, das muss ich ihm lassen.

Ich wasche mich, stelle das Wasser wieder ab und steige aus der Dusche. Nachdem ich mir etwas Gemütliches angezogen und mich in mein Bett unter die weiche roséfarbene Decke gekuschelt habe, klopft es an der Tür. Im ersten Moment bin ich irritiert, doch dann fällt mir ein, dass ich ja Caleb gebeten habe, heute Nacht zu mir zu kommen. Das hatte ich nach diesem ereignisreichen Tag fast vergessen.

»Komm rein.«

Caleb öffnet die Tür und mustert mich sorgsam. Dann tritt er zu mir ans Bett und steckt die Hände in die Taschen seiner schwarzen Hose. Die Weste und die Krawatte hat er inzwischen abgelegt, den oberen Knopf am Hemd geöffnet, und selbst die Schuhe hat er ausgezogen. Auch für ihn war es ein langer Tag, das ist ihm anzusehen.

»Du musst da nicht rumstehen wie ein Laternenmast«, sage ich grinsend und klopfe neben mich auf die Matratze.

Beinahe verlegen zuckt Caleb mit den Schultern und setzt sich. Einige Sekunden starrt er ins Leere, dann räuspert er sich und hebt zögernd den Blick.

»Ich bin hier, und ich bin bereit, vollkommen ehrlich zu dir zu sein, Violet.«

Ich nicke. Ehrlichkeit ist alles, wonach ich mich sehne. Alles, was ich von Ian nie bekommen habe.

»Aus dir schlau zu werden, ist kein einfacher Job, Caleb«, beginne ich vorsichtig und werfe ihm ein vages Lächeln zu. »Ich versuche zu begreifen, wie sich jemand, der behütet und geliebt aufwuchs, dafür entscheiden konnte, kriminell zu werden.«

Caleb weicht meinem Blick aus. Es ist ihm deutlich anzusehen, dass ihm das Thema unangenehm ist, aber mein Herz muss die Wahrheit kennen, um sich entscheiden zu können. Behutsam rutsche ich zur Seite und hebe die Decke an.

Zuerst zögert er, doch schließlich schwingt er die Beine aufs Bett und kuschelt sich neben mich. Den großen, breit gebauten Sunnyboy unter dem roséfarbenen Stoff zu sehen, bringt mich unwillkürlich zum Schmunzeln, was Caleb mit einem verlegenen Augenrollen quittiert.

»Was genau willst du wissen?«

»Im El Pecado hast du gesagt, ihr *hattet* eine Farm. Was ist passiert?«, frage ich sanft und streiche über seinen Arm.

Caleb richtet seinen Blick aus dem Fenster und scheint in Erinnerungen zu versinken. Dann beginnt er zu erzählen: »Die Kurzfassung ist: Eine Gang erpresste Schutzgeld von meinem Dad. Als er nicht mehr zahlen konnte, haben sie unser Zuhause abgefackelt.«

Erschrocken schlage ich die Hände vor den Mund. »Oh mein Gott. Das tut mir so leid für euch, Caleb.«

»Es wurde sich darum gekümmert«, raunt er tonlos.

»Jack?«, frage ich unsicher, aber Caleb schüttelt heftig den Kopf.

»Ian Green.«

15

Fassungslos reiße ich die Augen auf. »Ian? Aber wie … wie ist das möglich?«

Caleb rutscht tiefer unter die Decke und legt den Arm um meine Schultern. Ich dränge mich an ihn und genieße das Gefühl der Sicherheit, das seine starken Arme mir bieten.

»Willst du die kurze oder die lange Version, Prinzessin?«

»Die lange«, erwidere ich sofort und lege meinen Kopf in die Kuhle an seinem Hals.

»Unsere Farm lag weit außerhalb«, beginnt Caleb leise. »Es gab einen Highway in der Nähe, der nach Lincoln führt. Dort sind oft Biker und Reisende vorbeigekommen. Irgendwann hat Dad ein großes buntes Schild an der Straße angebracht, auf dem er für kleines Geld Übernachtungen in unserer Scheune anbot. Er hat das nicht wegen des Geldes gemacht. So ist er nicht. Dad tat es, um den Reisenden eine günstige Möglichkeit zum Pausieren anzubieten, damit sie nicht übermüdet durch die Gegend fahren und womöglich einen Unfall verursachen.«

Calebs Stimme verändert sich, während er über seinen Dad spricht. Wird weicher, liebevoller und sehnsüchtiger. Mir brennt die Frage auf den Lippen, wie lange er seine Familie nicht mehr gesehen hat, aber ich will ihn nicht unterbrechen.

»Es war Oktober, als sie zum ersten Mal bei uns aufgekreuzt sind. Drei ungepflegte Typen in Motorradkluft. Ich erinnere mich, dass ich gerade mit Dad dabei war, den Aufsitzrasenmäher zu reparieren. Wir standen vor der Scheune und werkelten herum. Das haben wir oft gemacht, um uns das Geld für die Werkstatt zu sparen. Dad sagt immer, dass man sein Geld zusammenhalten muss, um es zu gegebener Zeit mit denen zu teilen, die es dringender brauchen als man selbst.«

»Das klingt, als sei dein Dad ein sehr großherziger Mensch«, stelle ich fest und denke unwillkürlich an Ashwin. Meinen Dad. Er stand an der Spitze eines international agierenden kriminellen Clans und hat mit Sicherheit vielen Menschen großes Leid zugefügt. Gut, inzwischen weiß ich, dass er feste Moralvorstellungen hatte und gewisse Grenzen nicht überschritt. Aber dennoch: Im Vergleich zu Calebs Vater erscheint mir meine Familie gnadenloser denn je – allen voran Jack.

»Das ist er«, antwortet Caleb stolz und drückt mich näher an sich. »An diesem Tag tauchten sie zum ersten Mal auf. Sie boten uns an, uns mit den Reisenden zu helfen, die sich nicht benehmen können. Dafür verlangten sie einen

Teil der Einnahmen und bezeichneten es als ›Geste des guten Willens‹«, schnaubt er verächtlich. »Dad ließ sich darauf ein, was er bitter bereut hat. Die Typen haben ihn skrupellos ausgenommen. Mom und ich redeten wochenlang auf ihn ein, er solle zur Polizei gehen und sie melden, aber er wollte nicht. Er ist der festen Überzeugung, dass Gott alles regelt und jedem seine gerechte Strafe zukommen lässt. Absoluter Bullshit, wenn du mich fragst.« Caleb wirft mir einen kurzen Blick zu, und ich nicke zustimmend. »Am Fünfzehnten jedes Monats tauchten sie auf und sackten die Kohle ein, die ihnen nicht zustand und für die wir verdammt mühsam gearbeitet hatten. Durch den harten Winter in jenem Jahr fielen unsere Ernteeinnahmen mickrig aus, und es kamen so gut wie keine Übernachtungsgäste. Aber das war der Gang egal. Sie verlangten trotzdem ihr Schutzgeld. Doch wir hatten nicht genug.« Caleb atmet zitternd ein, und ich spüre, dass er sich neben mir verkrampft. Beruhigend streiche ich über seinen Brustkorb. »Dad wollte bezahlen. Aber er konnte nicht. Wir hatten gerade genug Ersparnisse, um uns und die Tiere den Winter hindurch versorgen zu können. Als er ihnen das sagte, wurden sie wütend. Richtig wütend. Sie schubsten ihn und schlugen ihn brutal zusammen. Ohne nachzudenken, bin ich ins Haus gerannt und habe die Schrotflinte geholt. Ich wollte uns beschützen. Damals war ich gerade neunzehn geworden und dachte, ich sei ein starker Mann, der jeden bezwingen könnte. Ich war so dumm und naiv.« Er schüttelt kaum merklich den Kopf. »Die Typen sind abgehauen, als sie die Waffe in meinen Händen sahen. Aber nicht, ohne zu versprechen, wiederzukommen. Und das taten sie. Ich lag in meinem Bett, als ich Mom mitten in der Nacht schreien hörte. Sofort war ich hellwach und lief aus meinem Zimmer. Überall war Rauch.« Caleb stockt und reibt sich grob übers Gesicht. »Ich rannte nach unten und entdeckte Dad, der aufgeregt mit der Feuerwehr telefonierte. Die Flammen züngelten sich an unseren Vorhängen hoch und zerfraßen das gesamte Hab und Gut meiner Eltern, das sie sich über die Jahre hinweg mühevoll zusammengespart hatten. Als ich das sah, geschah etwas Merkwürdiges mit mir. Ich wurde komplett ruhig. Mein Puls fuhr runter, und ich rief Dad zu, er solle nach den Tieren sehen. Ich selbst rannte ins Badezimmer und holte ein nasses Handtuch, um es mir vor Mund und Nase zu halten. Der Rauch war so dick und die Flammen so heiß, dass ich nur langsam vorankam. Als ich endlich oben war, fand ich meine Mom bewusstlos auf dem Fußboden neben ihrem Bett. Ich warf sie mir über die Schulter und lief mit ihr aus dem Haus. Die Feuerwehr konnte nichts tun, außer das Feuer kontrolliert abbrennen zu lassen. Wir hatten innerhalb einer Nacht alles verloren.« Gequält schließt er die Augen.

Ich kann mir kaum vorstellen, wie es für Caleb gewesen sein muss, unfähig dabei zuzusehen, wie sein Elternhaus in Flammen aufging. Vor Wut auf die Täter balle ich die Hände zu Fäusten.

»Mom kam ins Krankenhaus. Durch den Sauerstoffmangel, den der Rauch verursacht hat, wurde ihr Gehirn geschädigt, und ihr Kurzzeitgedächtnis nahm irreparablen Schaden. Sie erinnert sich an alles von früher, aber Dinge, die ihr vor einer Minute passiert sind, vergisst sie sofort wieder. Sie muss ständig betreut werden und lebt inzwischen in einem Pflegeheim. Dad ist ebenfalls weggezogen. Er arbeitet nun als Pastor in der Gemeinde, in der ihr Heim liegt, und besucht sie täglich. Innerhalb einer Nacht wurde meine Familie zerstört, und ich hatte nicht einmal Erinnerungsstücke an meine glückliche Kindheit behalten dürfen. Alles, was ich zu dieser Zeit noch wollte, war Rache«, gesteht er mit tonloser Stimme. »In Lincoln gibt es einen Klub, von dem ich wusste, dass dort illegale Geschäfte ablaufen. Ich ging hin, verlangte, mit dem Inhaber zu sprechen, und ließ mich nicht abwimmeln. Irgendwann wurde ich empfangen. Und zwar von Ian Green. Du glaubst nicht, wie überrascht ich war zu sehen, dass der große Boss bloß wenige Jahre älter war als ich.« Bei dieser Erinnerung muss Caleb beinahe schmunzeln. »Ich bot ihm meine gesamten Ersparnisse an, damit er mir hilft, die Typen zu verjagen. Ich würde gern behaupten, dass Ian Green ein Mistkerl ist, allein schon, um ihn vor dir schlechter dastehen zu lassen. Aber das kann ich nicht, Prinzessin. Er lehnte mein Geld ab und half mir, ohne eine Gegenleistung zu verlangen. Als Grund nannte er mir, dass er solche Typen in seinem Gebiet nicht gebrauchen könne und es ihm mehr als mir helfen würde, wenn sie verschwanden, aber das kaufte ich ihm nicht ab. Jedenfalls verschwanden sie spurlos. Bis heute weiß ich nicht, was genau mit ihnen passiert ist, und wenn ich ehrlich bin, interessiert es mich auch nicht. Sie konnten meinen Eltern nichts mehr antun, und das war alles, was ich wollte. Nach dieser Sache schwor ich mir, mich niemals wieder so hilflos zu fühlen«, erläutert Caleb in gedämpftem Ton. »Die Pflege meiner Mom kostet viel Geld, und die Versicherung ist nicht für den Brandschaden aufgekommen. Meine Eltern standen quasi vor dem Aus. Daher bewarb ich mich kurzerhand bei Ian um einen Job, aber er lehnte ab. Sagte, ich sollte vergessen, was passiert war, und nach vorn sehen. Mich von der Wut nicht auffressen lassen und glücklich sein, dass wir alle lebend aus der Nummer rausgekommen sind. Die folgenden zwei Jahre bin ich quer durchs Land gezogen, habe Gelegenheitsjobs angenommen und Dad das Geld geschickt, das ich verdient habe. Aber ich habe in der Zeit nie meine Wut über diese Ungerechtigkeit verloren. Im Gegenteil, sie ist noch angewachsen. Irgendwann traf ich auf einen Handlanger von deinem Bruder. Er hatte Stress mit einem Kunden, der nicht zahlen wollte. Ich mischte mich ein und half ihm, ohne groß darüber nachzudenken. Daraufhin brachte mich der Typ zu Jack, und ich sah erneut meine Chance, zu Geld zu kommen, um meine Eltern abzusichern. Dein Bruder erkannte meine Wut und wusste, dass sie ihm nützen konnte. Wir vereinbarten einen Deal. Er bezahlt die Rechnungen meiner Mom und spendet an Dads Gemeinde, dafür arbeite ich für ihn.«

Nachdem Caleb verstummt ist, liegen wir schweigend nebeneinander. Ich denke über diese Verbindung der zwei Männer nach, die um mein Herz kämpfen. Irgendwann traue ich mich, endlich die Frage zu stellen, die mir seit geraumer Zeit auf der Seele brennt: »Was würde passieren, wenn du aufhörst, für meinen Bruder zu arbeiten?«

»Jack würde die Rechnungen nicht mehr bezahlen, und ich müsste mir etwas anderes einfallen lassen, um meine Eltern zu unterstützen«, antwortet er knapp.

Entschlossen stemme ich mich auf die Ellenbogen und sehe in sein Gesicht. Calebs Wangen sind gerötet und seine Augen glasig. Über seine Vergangenheit zu sprechen, hat ihn aufgewühlt, das ist ihm deutlich anzusehen.

»Du hast versprochen, ehrlich zu sein, Caleb«, erinnere ich ihn sanft und streiche vorsichtig über seine Wange.

Er lehnt sich in die Berührung und schließt für einen Moment die Augen. Seine Brust hebt und senkt sich plötzlich schneller. Dann schaut er mich offen an. »Jack würde sämtliche Zahlungen sofort einstellen, und damit wären meine Eltern am Ende«, erläutert er. »Ich habe in den letzten Jahren zwar einiges angespart, aber das Geld reicht nicht für das private Pflegeheim aus. Meine Mom müsste in ein billigeres, staatliches Heim ziehen, und Dad könnte sie nicht mehr regelmäßig besuchen. Und Dad …« Er stockt und setzt sich auf. »Er könnte die wohltätige Arbeit seiner Kirche nicht mehr ausüben. In seiner Gemeinde Gutes zu tun ist das Einzige, das ihn von den Selbstvorwürfen ablenkt, Violet. Er gibt sich die Schuld an allem, was geschehen ist, weil er nicht auf uns gehört hat und nicht zur Polizei gegangen ist.«

»Das ist doch Unsinn«, widerspreche ich. »Diese Typen wären so oder so wiedergekommen. Wenn ich eines von Jack gelernt habe, dann dass solche Kriminellen sich durch nichts und niemanden aufhalten lassen. Wenn dein Dad zu den Cops gegangen wäre, wäre der Brand bloß früher passiert, wenn nicht gar noch Schlimmeres.«

Caleb nickt und legt mir eine Hand in den Nacken. Behutsam zieht er mich näher zu sich, sodass sich unsere Nasenspitzen beinahe berühren. »Ich weiß, wie schwierig es für dich ist, dass ich für Jack arbeite, Prinzessin. Aber ich habe keine Wahl. Ich kann meine Familie nicht im Stich lassen.«

»Was wäre, wenn ich dir das Geld geben würde?«, frage ich spontan. »Jack hat mir heute die Kreditkarte für eines meiner Konten gegeben, Caleb. Mit dem Geld etwas Gutes zu tun, wäre auch im Sinne meiner Eltern, da bin ich mir sicher.«

Er schließt die Augen, nimmt langsam die Hand aus meinem Nacken und rückt ein Stück von mir ab. »Ich bin kein beschissener Sozialfall, Violet«, stößt er leise zwischen zusammengebissenen Zähnen hervor.

Ich hebe abwehrend die Hände und will etwas sagen, doch ein Blick in Calebs abweisende Augen reicht, um mich davon abzuhalten.

»Sprechen wir doch jetzt mal zur Abwechslung über dich«, beginnt er und funkelt mich an. »Du liegst mit mir in deinem Bett, berührst mich, küsst mich. Und doch denkst du nur an Ian Green. Ja, ich habe in Hermosillo mit der Tänzerin geschlafen, und das war ein Fehler. Aber du hintergehst mich täglich. Und wage es nicht, das Gegenteil zu behaupten. Wir wissen beide, dass das eine Lüge wäre.«

»Wie kann ich dich hintergehen, wenn wir gar kein Paar sind?«, frage ich scharf und rücke wieder etwas von ihm ab.

»Ach«, erwidert Caleb und zieht höhnisch eine Augenbraue hoch. »Aber wenn ich mit irgendeiner Frau schlafe, während wir ja kein Paar sind, wie du betonst, werde ich als Mistkerl abgestempelt?«

Autsch. Getroffen zucke ich zusammen und wende beschämt den Blick ab. Von dieser Seite habe ich es bisher nicht betrachtet, und leider muss ich zugeben, dass an seinen Worten viel Wahres dran ist. Ich reibe mir müde übers Gesicht. »Du hast recht. Ich schaffe ungleiche Verhältnisse, was nicht fair ist«, gebe ich zu. »Du bist mir nichts schuldig, Caleb. Wenn du durch die Gegend vögeln willst, hab ich kein Recht, dich davon abzuhalten. Du kannst tun und lassen, was du willst.«

Caleb seufzt erschöpft auf. Der Tag war für uns beide zu lang. »Das ist es ja«, flüstert er matt, und ich spüre seinen sanften Blick auf mir. »Ich will keine andere Frau, Violet. Ich will bloß dich.«

»Und ich weiß nicht, was ich will«, erwidere ich niedergeschlagen und starre an die Decke.

Ihn jetzt anzusehen, traue ich mich nicht. Die Angst vor seiner Ablehnung ist zu groß. Aber was habe ich erwartet? Habe ich ernsthaft geglaubt, Caleb würde es einfach so hinnehmen, dass ich mich ihm zuwende, während mein dummes Herz sich immer noch nach Ian sehnt?

»Ich weiß, dass ich dir wichtig bin, Prinzessin«, murmelt er nun überraschend zärtlich. »Und das reicht mir für den Moment.«

Er zieht die Decke enger um uns. Meine Lider fühlen sich schwer wie Blei an, und meine Gedanken verschwimmen in einem dumpfen Nebel aus Müdigkeit. Undeutlich nehme ich wahr, wie sich Calebs Arm um meine Taille schlingt, und spüre seinen Körper dicht an meinem. So gleite ich in den Schlaf.

16

Träume können schmerzhaft und wunderschön zugleich sein. Sie entführen uns in Szenarien, die wir uns für die Realität wünschen, und zaubern damit ein Hochgefühl in unsere Herzen. Gleichzeitig stoßen sie uns ins Unglück, da wir durch sie eine Vorstellung des Unmöglichen erhalten und uns klar wird, was wir niemals werden haben können.

Besitzergreifend legt sich Ians Hand an meinen Bauch, während sich sein warmer, fester Körper dichter an meinen Rücken drängt. Meine Hand gleitet wie von selbst auf seine und streicht sanft darüber. Die Haut unter meinen Fingern ist rau, und auf dem Handrücken ertaste ich eine feine Narbe. *Eine Narbe, die Ian dort nicht hat. Wer zum Teufel …?*

Ruckartig reiße ich die Augen auf, blicke an mir herunter und starre nicht auf Ians, sondern auf Calebs Hand. Die Ereignisse der letzten vierundzwanzig Stunden rücken mir wieder ins Gedächtnis und schnüren mir die Luft ab. Plötzlich ist mir alles zu viel. Viel zu viel.

Eilig krabble ich unter Calebs Arm hervor und stürze ins Badezimmer. Sobald die Tür hinter mir ins Schloss gefallen ist, beginnen die Tränen unaufhörlich meine Wangen hinunterzulaufen. Wilde Schluchzer dringen aus meiner Kehle, und ich presse hektisch die Hände auf den Mund, um sie zu unterdrücken, damit Caleb nicht davon geweckt wird. Der Heulkrampf dauert bloß wenige Minuten, trotzdem bin ich hinterher fix und fertig. Isabellas Worte drängen in mein Bewusstsein. Laut meiner ehemaligen Freundin liebt Ian mich noch immer. Auch wenn er anscheinend aufgegeben hat, um mich zu kämpfen, und mir die Möglichkeit geben will, mit ihm abzuschließen. Aber kann ich das? Die letzte Nacht hat erneut gezeigt, dass mein Herz nicht frei ist, um sich voll und ganz auf einen anderen Mann einzulassen. Ian zu verzeihen scheint mir aber ebenso unmöglich.

Mein Blick gleitet zur Tür. Caleb hat keinen Hehl daraus gemacht, was er für mich empfindet und was er sich wünscht. Wäre da nicht die Gewissheit, dass er sich niemals von Jack lösen wird – allein schon wegen seiner Familie –, würde ich mich dann auf das Experiment einlassen und durch ihn versuchen, Ian hinter mir zu lassen? Und wäre das ihm gegenüber fair?

Ich wasche mir die Tränen aus dem Gesicht und mache mich fertig für den Tag. Als ich schließlich wieder ins Schlafzimmer trete, bin ich nicht sonderlich überrascht, Caleb aufrecht in meinem Bett sitzen zu sehen. Er ist nicht der Typ Mann, der sich heimlich rausschleicht.

»Guten Morgen«, murmle ich unsicher und verschwinde direkt im Ankleidezimmer.

Dort ziehe ich eine enge schwarze Jeans und einen khakifarbenen Oversizepullover, der eine Schulter frei lässt, aus dem Schrank. Dazu schnappe ich mir dunkelbraune Boots mit Nietenschnallen und lege alles auf dem weißen Hocker in der Mitte ab. Ich fische einen Slip und den dazu passenden BH aus einer der vielen Schubladen, als ich dieses Kribbeln im Nacken spüre und mich augenblicklich verspanne. Die Bilder der unliebsamen Begegnung mit David in meiner ehemaligen Wohnung in Rosehill schießen mir durch den Kopf. Mein Puls springt in die Höhe, und ich klammere mich für einen Moment unsicher an die offene Schublade. Nervös drehe ich mich um.

Caleb mustert mich und runzelt die Stirn. Offenbar bleibt ihm meine merkwürdige Reaktion nicht verborgen.

»Du bist so schnell an mir vorbeigerauscht, dass ich gar nicht guten Morgen sagen konnte«, bemerkt er mit schwachem Grinsen und tritt einen Schritt näher auf mich zu.

»Sorry«, murmele ich und nage automatisch am Daumen.

Caleb legt den Kopf schief. »Wühlt dich meine Anwesenheit neuerdings so sehr auf, dass du diesem Tick nachgeben musst?«

Ertappt ziehe ich den Finger zwischen meinen Lippen hervor, weiß dann jedoch nicht, wohin mit meinen Händen. Ich streiche mir eine imaginäre Strähne aus der Stirn und greife nach der Unterwäsche. Ohne Caleb anzusehen, schließe ich die Schublade mit viel zu viel Schwung und lege das Set aus BH und Slip zu den anderen Klamotten.

»Ich will dich ja nicht als Spanner bezeichnen, Caleb …«, witzle ich angespannt, »aber ich würde mich gern anziehen und, na ja …« Statt den Satz zu beenden, zucke ich nur mit den Schultern.

Caleb grinst verschmitzt und lehnt sich gemütlich an die Wand, als hätte er alle Zeit der Welt. »Lass dich von mir nicht abhalten, Prinzessin.«

Ich schaue in Calebs warme Augen und entdecke darin eine tiefe, ehrliche Zuneigung, die weit über Freundschaft hinausgeht. Dieser Anblick zeigt mir deutlich, dass er mir niemals so etwas antun würde wie das, was David getan hat. Calebs Gefühle mir gegenüber sind zu aufrichtig, als dass er mir jemals bewusst schaden würde.

Auf einmal fällt sämtliche Anspannung von mir ab, und ich finde mein gewohntes Selbstbewusstsein wieder. Also rolle ich spielerisch mit den Augen, wende Caleb den Rücken zu und ziehe das lange Schlaftop betont langsam aus. Darunter trage ich nichts.

Ich höre Caleb scharf die Luft einziehen und grinse in mich hinein.

»Ähm, ich … Ich mach mich dann auch mal fertig«, krächzt er und klingt, als hätte er es plötzlich extrem eilig. »Wir sehen uns dann in der Küche.«

Ich nicke und greife schmunzelnd zur Unterwäsche. Wenn Caleb dachte, mich mit seiner Anwesenheit aus dem Konzept bringen zu können, hat er sich geschnitten.

Die Tür knallt lautstark hinter ihm zu, und ich lache los. Es tut gut, zu lachen. Vor allem nach den vergangenen vierundzwanzig Stunden. Und beim Gedanken an Camy wird mein Lächeln nur noch breiter.

»Wo wollt ihr hin?«

Ertappt lasse ich den Griff der Haustür los und wende mich zögernd um.

Jack steht vor seinem Arbeitszimmer und kramt in einer braunen ledernen Aktentasche, die vermutlich mehr gekostet hat, als Laurel in drei Monaten verdient.

»Shoppen. Ich will die neue Kreditkarte einweihen«, lüge ich eilig und setze ein gespielt freches Grinsen auf.

Mein Bruder zieht den Reißverschluss seiner Tasche zu und hebt langsam den Blick. Er mustert mich so eingehend, als würde er nach einer Lüge in meinem Gesicht suchen. Allerdings lasse ich mir nichts anmerken – zumindest hoffe ich das – und halte seinem Blick stand.

Anscheinend bestehe ich Jacks Test, denn er nickt mir schließlich nur knapp zu und sieht dann zu Caleb.

»Du begleitest sie?«, will er wissen.

Caleb wirft fröhlich einen Autoschlüssel in die Luft und lässt ihn in die geöffnete Handfläche fallen.

»Jup. Wird bestimmt ein toller Tag zwischen Schuhen und Unterwäsche«, erwidert er ironisch.

»Dann wünsche ich euch viel Spaß«, entgegnet Jack zu meiner Überraschung. »Aber sorg dafür, dass Violet nicht zu spät heimkommt. Ich muss etwas Wichtiges mit ihr besprechen.«

Ich wedle mit der Hand in der Luft und werfe beiden einen beleidigten Blick zu. »Hallo? Ich bin anwesend! Du kannst mir das auch selbst sagen, Jack!«

Statt auf meinen Kommentar einzugehen, nickt mein Bruder Caleb zu und verschwindet im Arbeitszimmer.

Irritiert starre ich ihm nach und frage mich, was er später mit mir besprechen möchte. Ob er mir nun vielleicht doch endlich Verantwortung im Familienunternehmen gibt? Vielleicht sogar die Möglichkeit, unsere Geschäfte in die Legalität zu überführen? *Sei nicht so naiv, Vi. Mittlerweile solltest du Jack besser kennen.*

»Alles okay?«, erkundigt sich Caleb und reißt mich damit aus meinen Gedanken.

»Bin bloß aufgeregt«, antworte ich und öffne die Haustür.

Auf dem kreisrunden Vorplatz entdecke ich einen Wagen, auf den Caleb direkt zusteuert, während ich gedankenverloren an der Treppe stehen bleibe. Er hält mir die Tür zu dem schwarzen BMW mit den getönten Scheiben auf und legt abwartend den Kopf schief.

»Willst du mitkommen, oder soll ich allein fahren?«

Eilig steige ich die weißen Marmorstufen hinab und steige in den Wagen. »Sorry, bin wohl nervöser, als ich dachte«, sage ich.

Caleb schließt die Beifahrertür und joggt um den Wagen herum. Nachdem auch er eingestiegen ist, lasse ich meinen Blick über die teuren Lederbezüge gleiten und öffne neugierig das Handschuhfach.

»Hey!«, ruft Caleb. »Hör auf, in meinen Sachen zu wühlen.«

Verblüfft halte ich inne und schaue ihn an. Er lässt den Motor an und steuert das Auto aus der langen geschwungenen Kiesauffahrt durch das Eisentor.

»Ist das dein Wagen?«, frage ich.

Er nickt und deutet aufs Handschuhfach, während wir den Wachmann passieren und auf die Hauptstraße abbiegen.

»Wenn du schon unbedingt deine Nase in alles reinstecken möchtest, dann such uns wenigstens eine CD aus, Prinzessin.«

Das lasse ich mir nicht zweimal sagen. Breit grinsend krame ich in Calebs Sachen herum. Zwischen altem Burgerpapier, einer angebrochenen Zigarettenschachtel und unzähligen Parktickets finde ich schließlich einen Stapel CDs. Mich überraschen weder das Album von Thirty Seconds to Mars noch die ACDC-CD oder das gebrannte Nirvana-Album – was ich im Übrigen verdammt cool finde. Ich liebe Nirvana. Nein, was mich verblüfft die Brauen zusammenziehen lässt, ist die Jonas-Brothers-CD. Ich wedle damit in der Luft herum und unterdrücke mit Mühe ein lautes Lachen.

»Willst du mir irgendwas sagen, Caleb?«, feixe ich.

Er wirft einen kurzen Seitenblick auf die CD und rollt mit den Augen. »Die gehört Laurel«, erwidert er ruhig.

Ich stutze. »Wieso hast du eine CD von ihr im Wagen?«

Klang das zu eifersüchtig? Nein, oder?

Anscheinend doch, denn Caleb grinst zufrieden und stoppt an einer roten Ampel. Er lehnt sich zu mir herüber und raunt: »Keine Sorge, Prinzessin. Ich steh nicht auf Rothaarige.«

Schnaubend werfe ich die CD zurück ins Handschuhfach und zucke mit den Schultern. Das Nirvana-Album landet im CD-Spieler, und ich drücke auf Play. »Wo treffen wir Camy?«, versuche ich abzulenken, aber Caleb ist noch nicht fertig mit mir. Wäre auch zu einfach gewesen.

»Laurel leiht sich ab und zu meinen Wagen, um ihre Grandma im Heim zu besuchen.«

»Das geht mich nichts an«, erwidere ich etwas zu schnell und starre bockig aus dem Fenster.

Caleb stößt ungläubig die Luft aus und biegt in eine belebte Seitenstraße ab. Auf den Gehwegen tummeln sich die unterschiedlichsten Menschen von jung bis alt, von edel gekleidet bis eher heruntergekommen, von gediegen bis total ausgefallen. Unwillkürlich muss ich grinsen. In Mexiko und auch damals auf dem College in Chearfield habe ich die Abgeschiedenheit gehasst. Nun endlich wieder in einer pulsierenden Großstadt zu sein, ist ein großartiges Gefühl. Doch es weckt in mir auch die Sehnsucht nach Freiheit und Selbstbestimmung. Eine Sehnsucht, für die ich hart werde kämpfen müssen, um sie zu stillen.

»Natürlich geht es dich etwas an, Violet«, beginnt Caleb plötzlich ernst. »Gestern Nacht war ich … Du hast mich überrumpelt, und ich glaube, mir ist erst durch dein Angebot klar geworden, wie viel uns voneinander trennt. Du bist stinkreich, und ich bin bloß Jacks Handlanger. Ian hingegen …« Er unterbricht sich, und auch wenn er es zu verstecken versucht, entdecke ich die Verzweiflung in seinen Augen nur zu deutlich. »Ian ist genauso aufgewachsen wie du. Mit ihm verbindet dich weit mehr als nur eure Vergangenheit. Er ist kein schlechter Kerl, und er liebt dich.« Caleb hält den Blick stur nach vorn gerichtet und fährt in eine Tiefgarage, die zu einem nobel wirkenden Hotel gehört. »Ich geb's verflucht ungern zu, aber wenn Green kein Feind deiner Familie wäre, würdet ihr perfekt zusammenpassen.«

Ich zucke zusammen und versuche mich krampfhaft auf die Musik zu konzentrieren statt auf mein rasendes Herz. Leider mit nur mäßigem Erfolg. Meine Gedanken kreisen sowohl um den gut aussehenden Kerl neben mir als auch um den Mann, der nach wie vor mein Herz bestimmt.

Caleb ist der Typ Mann, der mich auf Händen tragen würde, wenn ich dies zulasse. Doch was ist mit seiner Arbeit für Jack? Was, wenn mein Bruder ihm aufträgt, etwas zu tun, mit dem ich nicht klarkomme? Caleb ist vollkommen von ihm abhängig und hat im Grunde keine andere Wahl, als alles zu tun, was Jack von ihm verlangt. Ja, ich weiß, auch Ian macht sich für das Imperium der Greens die Hände schmutzig. Doch er hat klare moralische Grenzen, und das imponiert mir. *Ein Lügner ist er dennoch, Violet. Vergiss das nie.*

»Wir sind da«, erklärt Caleb unvermittelt und stellt den Motor aus.

Überrascht sehe ich aus dem Fenster. Wir parken nah an den Notausgängen der Tiefgarage in einer verwinkelten Ecke, sodass wir von den Überwachungskameras nicht erfasst werden. *Clever geplant, Caleb.*

Augenblicklich beginne ich, auf meinem Sitz aufgeregt hin und her zu rutschen. Caleb lacht bei meinem Anblick gelöst und schüttelt den Kopf über meine Ungeduld. Unser ernstes Thema von eben scheint vorerst vergessen zu sein.

»Dann wollen wir uns mal mit deinem Geschenk treffen«, verkündet er, woraufhin ich mich sofort abschnalle und aus dem Wagen springe.

»Beeil dich!«

»Du bist wirklich süß, wenn du aufgeregt bist.«

»Hey!«, protestiere ich und verschränke die Arme vor der Brust. »Ich bin nicht süß. Ich bin heiß, sexy und aufregend«, zähle ich gespielt eingebildet auf, während Caleb ebenfalls aussteigt und den Wagen abschließt.

Er lässt seinen Blick über meinen Körper gleiten und bleibt schließlich an meinen Lippen hängen. »Das bist du, Prinzessin. Das bist du wie keine andere.«

Ich spüre, wie mir die Röte in die Wangen schießt. Und auch wenn ich vor wenigen Minuten noch mit mir und meinen Gefühlen Caleb gegenüber gehadert habe, bin ich nun machtlos gegen die Anziehung zwischen uns. Seine funkelnden Bernsteinaugen nehmen mich gefangen und verbannen jeden logischen Gedanken aus meinem Kopf.

Er umrundet den Wagen und tritt langsam auf mich zu. Wie ein Jäger, der sich seiner Beute vorsichtig nähert, um sie nicht zu verscheuchen.

»Caleb.« Ich schlucke trocken.

Er legt seine Hände auf meine Hüften und drängt mich gegen den Wagen. Sein Blick liegt fest auf meinen Lippen, und unwillkürlich lecke ich mir darüber. Caleb stößt ein

Brummen aus, und im nächsten Augenblick trifft sein Mund auf meinen.

Ich werde von seiner Lust mitgerissen und gebe mich ihr hin, ohne an die Konsequenzen zu denken. Gierig erwidere ich Calebs Kuss. Sauge seine Unterlippe zwischen die Zähne und beiße spielerisch zu.

»Fuck, Prinzessin«, zischt er leise. »Wenn du nicht aufhörst, muss ich dich direkt hier auf der Motorhaube nehmen.«

Soll mich das etwa abschrecken? Das Gegenteil ist der Fall. Calebs Offenheit turnt mich ungemein an, und dieses Mal bin ich es, die sich gegen ihn drängt und ihn küsst. Irgendwo in meinem Hinterkopf meldet sich eine Stimme, die mir zuflüstert, es sei nicht fair, ihm Hoffnungen zu machen. Doch ich verdränge sie stur und verliere mich in diesem Augenblick. Calebs Zunge dringt in meinen Mund ein, und seine Hände legen sich auf meinen Hintern. Ich schlinge die Arme um seinen Hals und stöhne in seinen Mund, als er mir kräftig in den Po kneift und gleich darauf zärtlich über die prickelnde Stelle streicht. Seine Lippen wandern zu meinem Hals, und ich lasse den Kopf genießend in den Nacken fallen. Eine Einladung, die er nur zu gern annimmt. Caleb lässt eine Hand unter meinen weiten Pullover gleiten, tastet sich nach oben und umfängt meine Brust.

Auf einmal erklingt ein deutliches Räuspern.

Erschrocken fahren wir auseinander. Ich hebe den Kopf und sehe peinlich berührt in die amüsierten Augen meiner besten Freundin. Camy steht vor uns und betrachtet uns mit einem breiten Grinsen im Gesicht.

»Wenn ich später wiederkommen soll, müsst ihr es nur sagen. Ich leih euch sogar mein Zimmer. Aber bitte schickt danach den Reinigungsservice rein.«

Caleb lacht leise auf, und ich funkele ihn böse an.

»Findest du das witzig?« Ungewollt hat meine Stimme einen zickigen Unterton angenommen.

Er zuckt mit den Schultern und zupft meinen Pullover zurecht, als würde das die Situation irgendwie besser machen. »Ich mag deine Freundin«, verkündet er und zwinkert Camy zu.

»Ich finde dich auch ganz okay«, erwidert sie kichernd, und ich schnaube genervt.

Großartig, Hauptsache, die zwei verstehen sich.

17

Als ich damals zum ersten Mal die Tür zu meinem Wohnheimzimmer aufgestoßen und Camy gesehen habe, wusste ich instinktiv, dass ich sie mögen würde. Sie saß auf dem Fußboden vor ihrem Bett, umringt von lauter buntem Dekokram, und hob sofort neugierig den Kopf, als ich eintrat. Ihr aufgeschlossenes Lächeln hat mich direkt verzaubert und sicherte ihr augenblicklich einen Platz in meinem Herzen. Beinahe sechs Jahre später ist sie zu einem der wichtigsten Menschen in meinem Leben geworden, und ich würde alles dafür geben, damit es ihr gut geht.

»Langer Rede kurzer Sinn«, schließt sie ihre Ausführungen und greift nach ihrem Wasserglas. »Ich habe Erics Sachen in den Aktenvernichter der Redaktion gestopft und ihn damit komplett geschrottet.«

Ich verkneife mir mit Mühe ein Lachen und lehne mich im Sessel zurück. Wir haben es uns in ihrer Suite gemütlich gemacht, weil es dort am sichersten ist. Sollte einer von

Jacks Leuten Caleb und mich bis zum Hotel verfolgt haben, werden sie denken, wir gönnen uns einen Tag zu zweit. Zwar würde uns das wiederum auf andere Weise in Erklärungsnot bringen, aber darüber kann ich mir dann immer noch Gedanken machen.

»Zum Glück hat niemand aus dem Büro mitbekommen, dass ich das Teil kaputtgemacht habe, und daher haben meine Chefs den Schaden aus der Redaktionskasse bezahlt.«

Tadelnd schüttle ich den Kopf und grinse. »Camy Owson, wie sie leibt und lebt.«

»Und jetzt erzähl mal von dir. Nach dem, was ich in der Tiefgarage gesehen habe, scheint es bergauf zu gehen. Zumindest, was dein Liebesleben betrifft.«

Prompt bekommt meine gute Laune einen heftigen Dämpfer verpasst, und ich seufze frustriert.

»So einfach ist das leider nicht. Caleb arbeitet für meinen Bruder, dem ich momentan nur so weit vertraue, wie sein Schatten lang ist«, erwidere ich. Inzwischen habe ich Camy zwar über die Ereignisse der letzten Wochen informiert, die brisanten Details habe ich dabei allerdings umschifft. Der Abgrund aus Halbwahrheiten besteht leider nach wie vor zwischen uns. Und auch wenn ich mich ihr anvertrauen möchte, kann ich nicht zulassen, dass sie zu viel weiß, wenn ich sie schützen will.

»Dein Bruder ist ein Mistkerl«, stellt Camy unverblümt fest. »Nach dem, was ich inzwischen mitbekommen habe, ist er ein absoluter Kontrollfreak. Du darfst nirgends allein hin, kriegst nicht mal ein Handy, und an deine Konten lässt er dich auch nicht ran. Mir passt es nicht, dass er dich so unter Kontrolle hat. Am liebsten würde ich dich in den Koffer stopfen und mit zurück nach Rosehill schmuggeln.«

»Eigentlich«, berichtige ich sie mit verlegenem Grinsen, »komme ich seit gestern sehr wohl an mein Geld ran.«

»Ach, wie kommt das denn?«

Ich zucke mit den Schultern und schweige, aber so einfach lässt sie mich nicht davonkommen. *Verdammte Reporterinstinkte.*

»Was verheimlichst du mir, Li …, ich meine Vi?«

Ich presse die Lippen aufeinander und versuche hartnäckig, mir den Schmerz nicht anmerken zu lassen, den der alte Spitzname jedes Mal aufs Neue in mir wachruft. »Mach dir keine Gedanken. Es ist nichts Weltbewegendes. Jack verhält sich momentan bloß noch merkwürdiger als üblich, und das lässt mich etwas paranoid werden«, lüge ich.

Sie nickt zwar, aber jeder Idiot könnte ihr von der Nasenspitze ablesen, dass sie mir kein Wort glaubt.

Einen Moment lang entsteht eine unangenehme Stille, und ich könnte mir in den Hintern beißen, weil ich die Stimmung ruiniert habe. Aber Camy wäre nicht Camy, wenn sie nicht gekonnt das Thema wechseln würde.

Sie fängt einfach an, drauflos zu plappern, berichtet mir vom ersten Freund ihrer kleinen Schwester Olivia, den ihr Dad auf den Tod nicht leiden kann und den er am liebsten aus dem Haus jagen würde. Ich finde meine Ruhe wieder, lache über ihre Sprüche und vergesse darüber all die Sorgen der letzten Wochen. Zumindest, bis Caleb aus dem

Nebenzimmer geschlendert kommt und sich die Karte vom Zimmerservice schnappt, die zwischen uns auf dem Tisch liegt.

»Wollt ihr auch was?«, fragt er und wedelt auffordernd mit der Karte zwischen uns herum.

»Zwei Sushiplatten. Mit viel Ingwer«, entscheidet Camy für uns beide und reibt sich vorfreudig über den flachen Bauch.

»Und noch einen Kaffee für mich, bitte.«

»Elender Suchti«, wirft meine beste Freundin mir schmunzelnd vor.

»Ich brauche das Koffein! Ist wie Benzin für meinen Motor.«

»Nur dass du bald einen Getriebeschaden bekommst, wenn du so weitermachst«, kritisiert Camy.

Caleb lacht, hebt aber sofort abwehrend die Hände, als er meinen bösen Blick bemerkt. Eilig deutet er zum Telefon im angrenzenden Zimmer und tritt einen Schritt zurück. »Ich geh dann mal bestellen.«

»Kluge Entscheidung, Junge«, murmelt Camy, und ich grinse. Sobald Caleb die Tür hinter sich geschlossen hat, fragt sie leise: »Hast du eigentlich etwas von Ian gehört?«

Bäm! Jedes Mal, wenn ich seinen Namen höre, fühlt es sich an, als würde mit einem Vorschlaghammer auf mein Herz eingeschlagen werden. Die tiefen Wunden in meinem Herzen schließen sich nach und nach, doch immer wenn das Thema auf Ian fällt, reißen sie wieder auf und beginnen von Neuem zu bluten.

»Isabella war gestern auf der Party. Erinnerst du dich

noch, wie ich dir von ihr erzählt habe? Sie hat mich damals auf der Toilette im La vie folle angesprochen«, sage ich schließlich kleinlaut und nage am Daumen.

»Natürlich! Und das erzählst du mir erst jetzt? Was hat sie gesagt? Steht sie in Kontakt zu Ian?«, fragt Camy atemlos und beugt sich näher zu mir.

Aufgewühlt berichte ich ihr von dem Gespräch auf der Terrasse, der Visitenkarte mit Ians sicherer Nummer und fahre mit dem fort, was Caleb mir über seine Vergangenheit anvertraut hat. Als ich geendet habe, zieht Camy scharf die Luft durch die Zähne und drückt sich die Hände aufs Herz. »Das ist so …«, setzt sie an, findet aber offenbar nicht die richtigen Worte.

»Ich habe keine Ahnung, was ich jetzt machen soll.«

»Ich aber«, verkündet meine Freundin nach einem Moment des Grübelns und springt auf, um ihr Handy von der Kommode neben dem Durchgang zum Bad zu holen. »Hast du die Visitenkarte dabei?«, fragt sie aufgekratzt.

»Nein, Camy, keine Chance!«, widerspreche ich sofort und schüttle heftig den Kopf. »Ich kann doch nicht bei Ian anrufen, wenn Caleb im Zimmer nebenan ist!«

»Eine bessere Gelegenheit wirst du nicht bekommen, und das weißt du. Bei euch zu Hause kannst du nie sicher sein, ob du belauscht wirst. Außerdem könnte Ian den Anruf womöglich zurückverfolgen, und dann wüsste er, wo du wohnst.«

»Das weiß er auch so«, erwidere ich gereizt und betrachte unsicher das kleine schwarze Smartphone, das sie mir entgegenhält.

»Tu es, oder ich binde dich fest, klaue mir die Karte und rufe selbst bei ihm an. Ich bin zwar kein besonders großer Ian-Green-Fan, aber du liebst ihn, und er liebt dich. Es ist fast wie bei Shakespeare.« Ihre Stimme nimmt einen verträumten Unterton an.

»Ja, extrem romantisch und leider auch extrem aussichtslos«, erwidere ich erschöpft.

Camy macht eine wegwerfende Handbewegung und drückt mir das Handy in die Finger. »Beweg deinen Hintern ins Badezimmer und ruf ihn an!«

»Ist ja gut«, gebe ich schließlich nach, ziehe die Visitenkarte aus meinem Portemonnaie und gehe widerwillig zum Badezimmer. Das Handy fest umklammert schließe ich die Tür hinter mir ab, drehe den Wasserhahn auf und setze mich auf den Toilettendeckel.

Ich atme tief durch, um all meinen Mut zusammenzukratzen, ehe ich die Zahlen von der Karte eingebe und auf Wählen drücke. Im gleichen Moment frage ich mich, ob ich komplett den Verstand verloren habe, dass ich ausgerechnet den Typen anrufe, der mich durch seine Lügen erst in diese aussichtslose Situation gebracht hat. Ich höre es einige Male tuten, dann knackt es in der Leitung, und Ians Stimme ertönt. Tief, autoritär und souverän.

Ohne es zu wollen, stoße ich ein leichtes Keuchen aus.

»Color«, erkennt Ian überrascht, und ich höre, wie sich bei ihm eine Tür schließt. Vermutlich hat er den Raum gewechselt, um allein zu sein.

»Du wolltest reden«, bringe ich mühsam hervor und schlucke krampfhaft gegen die aufsteigenden Emotionen an, die drohen, meine Entschlossenheit unter sich zu begraben.

»Ich hatte nicht damit gerechnet, dass du dich tatsächlich meldest. Natürlich habe ich es gehofft, aber nachdem du jetzt weißt, was ich getan habe …« Er bricht ab, und der Schmerz in seinen Worten ist so greifbar wie mein eigener.

»Chris hat dir also gesagt, dass ich es weiß«, erwidere ich heiser. Ich sollte Ian anschreien und zur Rede stellen. Stattdessen genießt mein dummes Herz den Klang seiner Stimme und das warme Gefühl in der Brust, das damit einhergeht.

»Es tut mir so leid, dass du all das durchmachen musst. Meinetwegen. Ich wollte dich immer nur glücklich machen, aber ich habe versagt und alles nur noch schlimmer gemacht.«

»Du hast mich nie geliebt, Ian. Alles, was du von Anfang an wolltest, war meiner Familie zu schaden, und diese Tatsache tut wohl am meisten weh. Nun sind meine Eltern tot, und Jack und ich … Ich weiß es nicht. Aber eins weiß ich: Ich hasse dich dafür, dass ich dich trotz allem vermisse!«, wispere ich und höre ihn scharf einatmen. »Ich hasse dich dafür, dass du nach wie vor mein Denken beeinflusst, und ich hasse dich dafür, dass mein Herz immer noch dir gehört. Wieso zum Teufel werde ich die Gedanken an dich nicht los?«, setze ich lauter nach und reibe mir frustriert übers Gesicht. »Ich will das alles nicht mehr. Ist es zu viel verlangt, endlich frei und glücklich zu sein? Was habe ich denn getan, um das zu verdienen?«

»Das ist nicht wahr, Color. Zumindest nicht ganz. Du bist alles, was ich will«, entgegnet er und klingt dabei unendlich verloren. »Alles, was ich brauche, bist du. Zu wissen, dass du in den Händen dieses skrupellosen Verbrechers bist, macht mich krank. Und mit der Angst zu leben, ob du mir meinen Betrug jemals verzeihen kannst, zerfleischt mich von innen.«

Die Risse in meinem Herzen ziehen sich bei seinen Worten minimal zusammen. Versuchen zu heilen und mich vor der Einsamkeit zu retten, die mich zu verschlingen droht. Doch nach wie vor halten mich Zweifel und Misstrauen fest umklammert und weigern sich, ihren Griff zu lockern.

»Sag mir, dass dein Bruder dich gut behandelt und ich mir keine Sorgen zu machen brauche. Dass du dein Leben fortan ohne mich führen willst und ich dich in Ruhe lassen soll. Sag es, und ich werde es tun. Ich würde alles tun, Color.«

»Ich habe Angst, Ian«, gestehe ich und nage aufgewühlt am Daumen. »Jack verhält sich merkwürdig. Er manipuliert mich. Hält mich klein und versucht mich einzuschüchtern. Gestern hat er …« Ich stocke, atme tief durch und schüttle den Kopf, um meine Gedanken zu ordnen und die Angst daraus zu vertreiben.

»Er hat was?« Ians Stimme hat einen bedrohlichen Klang angenommen. »Was hat dieser verdammte Mistkerl dir angetan?«

Ich zögere. Wieder bin ich zwischen die Fronten geraten, ohne es zu wollen. Jack ist mein Bruder. Meine Familie. Aber er ist auch ein extrem gefährlicher Mann. Und Ian? Er ist ein Lügner. *Den ich immer noch liebe …*

»Gestern hat Jack mich zum ersten Mal hart angefasst. Es war, als würde er gar nicht merken, was er da tut. Ian, was passiert, wenn Jack merkt, dass ich mich ihm nicht bedingungslos fügen will? Was, wenn er feststellt, dass ich nicht so ticke wie er? Er hat mir zwar endlich Zugang zu meinem Konto gewährt, aber er verweigert mir nach wie vor eine Position im Familienunternehmen. Weil ich ihm klargemacht habe, dass ich kein kleines Mädchen mehr bin und in vielen Dingen anders denke als er. Ich würde unser Geschäft ganz anders führen … raus aus der Kriminalität. Und das geht ihm gegen den Strich.«

Einen Moment bleibt die Leitung still. Dann höre ich es plötzlich laut krachen, und Ian stößt einen wütenden Fluch aus. »Ich werde ihn eigenhändig töten, wenn er dir auch nur ein Haar krümmt«, brüllt er außer sich.

»Nein, Schluss damit. Genau das ist es, was ich nicht will!«, erwidere ich scharf. »Ich hasse diese Gewalt. Wieso könnt ihr euch nicht in Ruhe lassen? Wieso kann nicht jeder von euch genießen, was er besitzt, und friedlich sein Leben leben?«

»Wenn ich dich wieder an meiner Seite hätte, würde ich, ohne zu zögern, aussteigen aus dem Business.«

Damit habe ich nicht gerechnet. Überfordert halte ich den Atem an und umklammere krampfhaft das Waschbecken mit meiner freien Hand.

»Ich will genauso wenig zu dieser Welt gehören wie du«, fährt Ian sanfter fort. »Früher dachte ich, dieses Leben gehört nun mal zu mir und es gäbe keinen Ausweg daraus. Aber mir ist bewusst geworden, dass ich all das Geld und die Macht nicht brauche. Ich brauche nur dich. Ich könnte alles verkaufen und mit dir fortgehen. Irgendwohin, wo uns niemand kennt. Wir würden glücklich sein und eine Familie gründen. Früher haben wir bloß davon geträumt, wie es wäre, frei zu sein und ein normales Leben zu führen. Heute liegt das im Bereich des Möglichen, Color. Wir können es schaffen und aussteigen. Gemeinsam.«

»Ich wünschte, das wäre wahr. Gott, wie sehr ich mir das wünsche«, wispere ich und schließe erschöpft die Augen.

»Du hast jeden Grund, mir zu misstrauen. Das weiß ich. Ich habe durch meine Lügen vieles zerstört. Und eigentlich wollte ich ein persönliches Gespräch, damit du abschließen und dein Leben weiterführen kannst. Ohne mich. Aber jetzt weiß ich, dass du an Jacks Seite unglücklich bist. Dass du mich immer noch liebst und für uns noch Hoffnung besteht. Du musst es nicht aussprechen. Ich weiß es auch so. Und ich will alles tun, um meine Fehler bei dir wiedergutzumachen.«

Keine Ahnung, was ich darauf erwidern sollte. Vermutlich etwas wie: *Du hast mich nicht verdient* oder *Für uns gibt es kein Zurück.* Doch all meinen Überzeugungen zum Trotz atme ich tief ein, öffne die Augen und murmle: »Ich will dich sehen, Ian.«

Wie ich das anstellen soll, weiß ich nicht. Und auch nicht, ob das die richtige Entscheidung ist. Aber mein Herz lässt mir keine andere Wahl. Ian und ich sind wie die zwei fehlenden Stücke eines Puzzles. Nur zusammen ergeben wir das vollständige Bild.

»Wo bist du?«, will er sofort wissen.

»In einem Hotel in Soho. Cal …« Ich breche eilig ab und räuspere mich. »Ein Freund hat organisiert, dass ich Camy hier treffen kann. Ich bin in ihrer Suite. Und bevor du etwas Unüberlegtes tust, solltest du wissen, dass ich einen Begleiter dabeihabe. Jemanden, der mich nicht einfach mit dir gehen lassen würde.«

Wieso ich Caleb vor ihm verheimliche? Ich weiß es nicht. *Natürlich weißt du es! Weil du feige bist und Ian nicht erfahren soll, dass es auch noch einen anderen Mann in deinem Leben gibt, der dein Herz berührt.*

»Ich werde es möglich machen, Color. Nicht heute, aber wir werden wieder zusammen sein. Koste es, was es wolle«, prophezeit Ian. »Ich liebe dich«, setzt er zärtlich nach.

Mit einem tiefen Seufzen beende ich den Anruf, ohne zu antworten.

18

Glück ist wankelmütig und selten. Man kann es nicht beeinflussen und muss auf den Zufall vertrauen. An manchen Tagen wünscht man sich eine glückliche Fügung und verzweifelt beinahe daran, dass keine kommt. Und an anderen Tagen wird man vom Glück überhäuft. Dieser Tag ist bisher eine Mischung aus Glück und dem Wunsch danach.

Gerade habe ich mich unter Tränen von Camy verabschiedet und mich dabei gefühlt, als würde ich einen Teil von mir zurücklassen. Sie bleibt zwar noch ein paar Tage in New York, aber wer weiß, wann ich noch mal die Gelegenheit finde, um sie heimlich zu besuchen. Vor allem, da ich nun auch vor der Herausforderung stehe, ein Treffen mit Ian zu organisieren – und das ohne Calebs Hilfe.

Auf der Fahrt nach Hause google ich mit Calebs Handy nach bevorstehenden Veranstaltungen in New York. Ich muss eine realistische Ausrede finden, warum Jack mich noch mal nach Downtown fahren lassen sollte, und ein

Kulturevent wäre vielleicht eine Möglichkeit. Ian dahin zu lotsen wird dann das kleinste Problem sein.

Morgen Abend beginnt eine Ausstellung zum Thema *Blickwinkel der Welt* in der Gallery of Modern Art. Viele junge Künstler werden Werke präsentieren, die sie auf ihren Reisen geschaffen haben und von denen einige – so erzähle ich es zumindest Caleb – perfekt in meine Räumlichkeiten passen würden.

»Meinst du, Jack lässt mich da hingehen?«

Caleb zuckt unschlüssig mit den breiten Schultern und schaltet den Motor seines BMWs aus. Überrascht stelle ich fest, dass wir bereits wieder vor dem Anwesen parken.

»Es spricht nichts dagegen. Kunst ist eine kluge Wertanlage. Außerdem will Jack doch, dass du dich in der Gesellschaft zeigst und die Stellung der Hastings festigst.«

Spontan werfe ich mich vor Erleichterung in Calebs Arme, nur um mich sofort ruckartig zu versteifen und ihn schnell wieder loszulassen.

»Was ist los, Prinzessin?«, fragt er vorsichtig und legt einen Finger unter mein Kinn, damit ich ihn ansehe.

»Ich sollte dich nicht ständig berühren«, gestehe ich schuldbewusst und senke den Blick. »Es ist nicht fair, dir Hoffnungen zu machen.«

Sachte zieht Caleb seinen Finger zurück. Ein schmerzliches Lächeln legt sich auf seine Lippen. »Wie oft soll ich dir noch sagen, dass ich um dich kämpfen werde? Wir haben Zeit, Prinzessin. Wir sind jung und haben unser ganzes Leben vor uns. Wenn du erst in ein paar Monaten oder vielleicht sogar erst in zwei Jahren bereit dazu bist, dich voll auf mich einzulassen, dann kann ich damit leben. Ich liebe dich, Violet Hasting. Und wenn nötig, werde ich ewig auf dich warten.«

Ich ziehe scharf die Luft ein und schaue ihn entgeistert an. *Hat er das gerade tatsächlich gesagt? Nein. Unmöglich. Ich muss mich verhört haben.*

»Jetzt hast du etwas Neues, über das du mit Camy tratschen kannst«, sagt Caleb mit einem Zwinkern, und schlagartig verpufft die angespannte Stimmung zwischen uns.

»Bilde dir nicht zu viel ein, Denver. Du bist nicht unser Hauptthema«, kontere ich und steige mit einem leichten Grinsen aus dem Wagen. Dennoch zittern meine Knie, als ich die Stufen zur Haustür hinaufgehe. Er liebt mich. Aber was empfinde ich für ihn?

Sobald ich das Haus betrete, schlägt mir der Duft von saftigem, gebratenem Steak entgegen, und ohne zu zögern, eile ich auf die Küchentür zu. Sushi macht einfach nicht lange genug satt.

»Violet!«

Wie vom Blitz getroffen bleibe ich im Durchgang zur Küche stehen. Dann wende ich mich meinem Bruder zu und versuche mir die Nervosität nicht anmerken zu lassen, die mir beim Klang seiner Stimme in jede Pore kriecht.

»Hattet ihr einen schönen Tag?«

Ich unterdrücke den Drang, am Daumen zu nagen, nicke und atme erleichtert aus, als Caleb zu Jack und mir in den Flur tritt.

»Sollte ich mich darüber wundern, dass du den Zimmerservice in einem Hotel mit deiner Kreditkarte belastet hast und hier ohne Tüten auftauchst, wo du doch shoppen gehen wolltest?«, fragt Jack in neutralem Tonfall.

»Spionierst du mir etwa nach, Bruderherz?«

Er zuckt unbedarft mit den Schultern und spielt am perfekten Knoten seiner schwarzen Krawatte. Erst jetzt fällt mir auf, dass mein Bruder ungewohnt elegant angezogen ist. Er trägt einen schwarzen Anzug mit rotem Einstecktuch, ein blütenweißes Hemd und dazu eine schwarze Krawatte.

»Hab ich etwas verpasst?«, frage ich verwirrt und deute mit dem Kinn auf sein Outfit.

»Wir erwarten Besuch zum Abendessen«, verkündet er mit einem breiten Lächeln.

»Wen?«, fragt Caleb argwöhnisch und stellt sich dicht neben seinen Boss.

»Carlos Herrero.«

»Das ist ein beschissener Witz, oder?«, knurrt Caleb.

Jack wirft ihm einen strengen Blick zu und schüttelt langsam den Kopf. »Ich habe Juan nach der Nummer seines Sohnes gefragt, so wie Violet es wollte. Zu ihrem Glück ist Carlos zurzeit geschäftlich in New York und hat vorgeschlagen, zum Abendessen vorbeizukommen.«

»Und das hast du erst erfahren, als wir unterwegs waren?«, frage ich ungläubig und kann meinen Widerwillen kaum verbergen. *Bleib ruhig, Vi, beherrsch dich!*

»Ich habe dir ein Kleid aufs Zimmer bringen lassen, und Esmeralda steht ebenfalls bereit. Mach dich fertig und sei pünktlich«, übergeht Jack meine Frage. »Carlos wird in zwei Stunden hier sein, und vorher will ich noch mit dir sprechen. Allein«, setzt er nach und wirft Caleb einen weiteren unergründlichen Blick zu.

Widerstrebend steuere ich die Treppe an, als Jack mich noch einmal zurückruft.

»Gibt es einen Grund, weshalb ich Carlos doch noch absagen sollte, Schwesterchen?«

Die Frage ist zwar an mich gerichtet, doch Jack blickt auffällig zwischen Caleb und mir hin und her.

Mein Puls rast, und innerlich will ich schreien, auf meinen Bruder einschlagen und ihm zubrüllen, dass er mich gefälligst mein Leben leben lassen soll, ohne sich einzumischen. Aber nichts davon tue ich. Ich darf Jack nicht reizen.

Also schüttle ich artig den Kopf und setze meine perfekt einstudierte lächelnde Maske auf. »Natürlich nicht. Ich freue mich darauf.«

Das »Kleid«, das Jack mir ausgesucht hat, ist ein schwarzes Stückchen Stoff mit extrem tiefem Dekolleté, das gerade so meine Oberschenkel bedeckt. Die Träger sind hauchdünn und damit beinahe nicht existent. Was aber kein besonders großes Problem darstellt, da es so verdammt eng anliegt, dass es auch ganz ohne die Dinger keinen Millimeter verrutschen könnte. Irgendwo zwischen Belustigung und Wut schwankend betrachte ich mich im Ganzkörperspiegel im Ankleidezimmer und schüttle schnaubend den Kopf. Ich sehe aus wie ein Escortgirl.

Als Esmeralda anfing, meine Haare am Ansatz zu toupieren, um mehr Volumen hineinzubringen, und die Spitzen kunstvoll zu locken, hätte ich am liebsten lauthals protestiert. Mein Bruder hat mal wieder eine genaue Vorstellung davon, wie ich auszusehen habe. *Als wäre ich seine persönliche Barbiepuppe.* Zu dem Kleid trage ich eine lange Kette aus Roségold, dessen sternförmiger Anhänger zwischen meinen Brüsten baumelt. Dazu wurden mir roséfarbene High-Heels rausgesucht, die so hoch sind, dass ich ernsthafte Probleme habe, darauf zu laufen.

Das Herz schlägt mir bis zum Hals, als ich die Tür zum Flur öffne und mich auf diesen verdammten Schuhen ins Erdgeschoss hinunterwage. Ich klopfe an die Tür zu Jacks Arbeitszimmer und warte, bis ich ihn »Herein!« rufen höre, ehe ich die fröhliche Maske erneut über mein Gesicht spanne, die echte Violet nach hinten dränge und mich meinem Bruder stelle.

»Schließ die Tür hinter dir, Violet«, sagt Jack knapp, und schlagartig fühle ich mich, als würde ich wegen eines Verstoßes beim Rektor antreten müssen.

Zögernd setze ich mich auf den Stuhl vor seinem Schreibtisch und mustere die vielen Unterlagen und Akten, die sich darauf türmen. Bei einer Akte stocke ich irritiert, als ich die Beschriftung entziffere. *V's – Rosehill* steht dort geschrieben.

»Was ist das?«, frage ich schrill.

Jack folgt meinem Blick und lächelt. »Mhm? Oh, das: Ich habe dem Eigentümer der Lokalität ein Angebot gemacht, damit er Ians Mietvertrag kündigt und ihn auf mich überträgt.«

Gänsehaut überzieht bei seinen Worten meinen Körper und lässt mich frösteln. Ian hat den Klub nach mir benannt.

Es war ein Zeichen, das er in meiner neuen Heimat für mich hinterlassen hat und dem ich, ohne es zu wissen, gefolgt bin. Genau dort habe ich ihn wiedergefunden. Genau dort habe ich mich an uns erinnert, und genau dort ist mir klar geworden, dass ich Ian liebe. Dass Jack diesen besonderen Ort an sich reißen und so meine Erinnerungen zerstören will, ist beinahe unerträglich für mich. Dennoch reiße ich mich zusammen, tue so, als würde mich das Thema langweilen, und überschlage betont gelassen die Beine.

»Also, worüber wolltest du sprechen?«

»Du benimmst dich seltsam, Violet«, beginnt Jack skeptisch und lehnt sich in seinem Stuhl zurück. »In den letzten Wochen habe ich immer mehr das Gefühl, dass du mir entgleitest. Inzwischen frage ich mich sogar, wie weit deine Loyalität tatsächlich reicht.«

»Ich bin deine Schwester, Jack«, erwidere ich. »Nicht deine Gefangene. Wie soll ich mich fühlen, wenn du mich regelrecht einsperrst? Ich darf weder allein das Haus verlassen noch ein Handy besitzen. Du schließt mich nach wie vor aus den Geschäften aus und machst dir nicht mal die Mühe zu überprüfen, welche Konzepte ich bereits erarbeitet habe, um neue Wege zu gehen. Dementsprechend wüsste ich gern, wie weit es mit deiner Loyalität mir gegenüber her ist.«

Damit hat er anscheinend nicht gerechnet. Jack versteift sich und legt die Stirn in Falten.

»Ich schließe dich aus, weil du keine Ahnung davon hast, wie unser Geschäft funktioniert«, erklärt er nach einem Moment des Schweigens. »Das ist auch der Grund, aus dem wir hier sind. Violet, ich bekomme den Eindruck, dass du nicht genug Stärke hast, um das Erbe unserer Eltern weiterzuführen und das Familienvermögen zu vermehren. Und dass du noch immer nicht verstanden hast, dass man als Hasting auch bereit sein muss, Opfer zu bringen. Zum Wohle des Unternehmens.«

»Was meinst du damit?«, frage ich argwöhnisch.

Langsam steht Jack auf und tritt um den Schreibtisch herum. Er positioniert sich direkt hinter mir und legt bedächtig seine Hände auf meine Schultern.

»Ich hatte Hoffnung«, raunt er leise und beginnt, mich zu massieren. »Hoffnung, dass du die Lektion beim letzten Mal verstanden hast und vernünftig geworden bist. Inzwischen habe ich allerdings eingesehen, dass ich mit dir nichts anfangen kann, Violet. Ich verliere die Geduld mit dir. Du trägst zwar denselben Nachnamen wie ich, doch ansonsten haben wir nichts gemeinsam. Zudem hast du ein zu weiches Herz, um in dieser Welt zu bestehen. Allein, dass du auf Caleb reingefallen bist, zeigt mir deutlich, dass du Geschäftliches und Privates nicht trennen kannst. Dir muss doch bewusst sein, dass er dich nur aus Berechnung ins Bett bekommen will. Er will über dich in der Hierarchie aufsteigen. Als Mann an deiner Seite hätte er eine ganz neue Machtposition im Hasting-Clan. Wahrscheinlich träumt er davon, eines Tages nicht mehr nur meine rechte Hand zu sein, sondern meinen Platz einzunehmen. Gott, wie dumm von ihm!«

Ich will etwas Wütendes erwidern, aber Jack umfasst mich auf einmal härter. Seine langen Finger bohren sich so heftig in meine Schultern, dass ich beinahe vor Schmerz aufschreie.

»Bevor du weitere Dummheiten begehen kannst, wodurch du unserem Unternehmen oder mir persönlich schaden kannst, werde ich dich mit einem meiner Partner verheiraten, der deine Anteile an deiner Stelle verwaltet. Dass du Carlos Herrero ins Spiel gebracht hast, um Caleb eins auszuwischen, ist mir mehr als lieb. Durch die Herreros bekommen wir völlig neue Möglichkeiten. Du hast also die Wahl, Schwesterchen …«, raunt mir mein Bruder ins Ohr und drückt noch fester zu. »Entweder, du lässt dich auf Carlos ein, oder du …« Er beendet den Satz nicht, doch sein erbarmungsloser Griff um meine Schultern gibt mir einen Vorgeschmack auf das, was mir blüht, sollte ich ihm nicht gehorchen.

»Wieso beseitigst du mich nicht einfach?«, zische ich zwischen zusammengepressten Lippen hervor.

Jack lacht bitter und lässt abrupt meine Schultern los. »Unsere verdammten Eltern waren cleverer, als ich ihnen zugetraut habe«, sagt er. »In ihrem Testament gab es eine Klausel. Eine verdammt raffinierte, muss ich dazusagen. Diese Klausel besagt, dass dein Anteil an diesem Imperium an eine wohltätige Organisation geht, solltest du durch Fremdeinwirkung ums Leben kommen. Wie du dir sicherlich vorstellen kannst, wäre das ein herber finanzieller Rückschlag für mich.«

Mir ist klar, dass ich mich dumm verhalte, aber ich kann nicht anders: Ich lache so laut los, dass meine Stimme vermutlich durchs ganze Haus schallt.

»Die ganze Zeit hatte ich Angst, was du mit mir anstellen könntest, wenn ich zu unbequem für dich werde«, bringe ich amüsiert hervor. »Dabei bist du darauf angewiesen, dass ich am Leben bleibe, wenn du nicht willst, dass dein Geschäft den Bach runtergeht.«

Mit erbarmungsloser Wucht trifft mich Jacks flache Hand im Gesicht, und mein Kopf wird zur Seite geworfen. Vor Schmerz und Schock schreie ich laut auf. Sofort presst er mir eine Hand auf den Mund und erstickt mein Wimmern in seiner Handfläche.

»All die Jahre habe ich dich gesucht. Dann tauchst du plötzlich auf, an seiner verdammten Seite, und mischst dich in Dinge ein, die dich einen feuchten Dreck angehen und von denen du keine Ahnung hast«, brüllt mein Bruder außer sich und presst seine Hand immer fester gegen meine Lippen, sodass sie sich schmerzhaft an meine Zähne drücken. »Du bist wie eine Krankheit, deren Symptome ich immer nur für kurze Zeit in den Griff bekomme. Aber damit ist jetzt ein für alle Mal Schluss! Du wirst mir nützlich sein, Schwesterchen«, sagt er kalt. »Ob du willst oder nicht.«

19

Mein Leben erinnert mich an den Rand einer Klippe. Ich stehe davor und will in den Abgrund sehen, also wage ich mich näher heran. Allerdings ist es ein extrem schmaler Grat zwischen dem sicheren Standpunkt, der dich alles überblicken lässt, und der Stelle, an der man abrutscht und in die Tiefe stürzt. Ich bin nur Millimeter davon entfernt zu fallen, das spüre ich. Und inzwischen frage ich mich, ob der Schritt in den Abgrund nicht die einzige Wahl ist, die mir bleibt.

Jack erinnert mich daran, pünktlich im Esszimmer zu erscheinen, und schickt Esmeralda zu mir, ehe er geht.

Mit verkniffener Miene versucht die Latina den roten Fleck auf meiner Wange zu kaschieren und bringt mir ein schwarzes Bolerojäckchen, mit dem ich meine Schultern bedecken kann, auf denen deutlich die Male von Jacks unerbittlichem Klammergriff zu erkennen sind. Ich hatte recht mit meinem Misstrauen: Mein Bruder liebt mich nicht. Im Gegenteil: Er ist bereit, mir größtes Leid und Schmerz zuzufügen, solange er dafür das bekommt, was er sich wünscht. Mehr Geld und mehr Macht.

So kann ich nicht leben, aber was soll ich dagegen tun? Einen unbeobachteten Moment nutzen, um abzuhauen? Spätestens am Tor wäre Schluss für mich. Das Wachpersonal ist an jedem Ausgang postiert und würde mich erwischen, ehe ich eine reelle Chance hätte, mich an ihnen vorbeizuschleichen. Und was würde mit Caleb passieren, sollte ich es doch schaffen, zu verschwinden? Sicher würde Jack ihn gnadenlos dafür bestrafen, wenn ich fliehe. Genauso wie jeden anderen Menschen, der mir etwas bedeutet. Chris … Camy … Ian. Sie alle würden leiden müssen, nur weil ich frei sein will, und das ist es nicht wert. Ich kann mein Glück nicht über das ihre stellen.

Sobald Esmeralda mich wieder vorzeigbar gemacht hat, schnorre ich mir von einer Küchenhilfe eine Zigarette und schleiche mich nach draußen. Auf der hinteren Terrasse, die von der Küche abgeht, finde ich für einen kurzen Moment die Ruhe, die ich so dringend brauche. Zwar kann ich den pochenden Schmerz nicht ignorieren, aber immerhin muss ich meine Gefühle hier nicht hinter einer Maske aus Fröhlichkeit und Selbstbeherrschung verstecken. Zumindest so lange, bis Laurel plötzlich neben mir auftaucht und mir wortlos eine hochdosierte Schmerztablette reicht.

»Danke, aber ich nehme nur Aspirin«, erkläre ich ihr und spüre, wie meine Wangen vor Scham rot anlaufen.

Anscheinend hat jeder im Anwesen mitbekommen, wie Jack mich behandelt hat. Grandios. Jetzt bin ich also nicht nur die Wiederauferstandene, sondern auch noch das Prügelopfer.

»Ich weiß«, erwidert Laurel leise. »Aber wenn Sie den Abend überstehen wollen, brauchen Sie etwas Stärkeres.«

Zerknirscht drücke ich die Zigarette aus und nehme die Tablette entgegen.

»Mr. Green würde Sie nie so behandeln«, platzt es aus ihr heraus, und ich reiße die Augen auf.

»Was hast du gesagt?«

Laurel streicht sich nervös das gelockte rote Haar über die schmale Schulter und blickt mich schuldbewusst an.

»Vermutlich wissen Sie es nicht, aber ich zahle einen Teil der Pflegekosten meiner Grandma«, beginnt sie sich zu rechtfertigen. »Ian Green trat vor einiger Zeit durch einen Kontaktmann an mich heran und bot mir eine großzügige monatliche Zahlung an, wenn ich Sie für ihn im Auge behalte. Das konnte ich nicht ablehnen. Meine Grandma ist die einzige Verwandte, die ich noch habe. Sie hat mich großgezogen, und ich will, dass sie ihre letzten Jahre genießen kann.«

»Du bist der Maulwurf«, stelle ich klar und weiß nicht, ob ich weinen oder lachen sollte.

Dass Laurel für Ian spioniert, wäre mir im Traum nicht eingefallen. Sie wirkt so zart und lieb. So unschuldig.

Eilig schüttelt sie den Kopf und hebt abwehrend die Hände. »Am Anfang ging es nur darum, Mr. Green zu verraten, wo Sie sind und ob es Ihnen gut geht. Mehr wollte er nicht wissen«, erklärt sie mit sich überschlagender Stimme. »Irgendwann sagte er, er bräuchte bestimmte Details, damit er Sie weiterhin beschützen kann. Zu den Herreros zum Beispiel. Mr. Green sagte, dass ein Deal mit dieser Familie Jack noch mehr Macht geben würde. Das wollte er verhindern.«

Im Grunde überrascht mich Ians Verhalten nicht sonderlich. Immerhin hat er auch schon damals in Rosehill jeden meiner Schritte gelenkt, da ist es irgendwie logisch, dass er mich auch jetzt nicht aus den Augen lässt. Auf verquere Weise tröstet es mich sogar ein wenig, zu erfahren, dass er mich aus der Ferne zu beschützen versucht.

Laurel reißt ängstlich die Augen auf und sagt mit zitternder Stimme: »Ich musste einfach mit Ihnen sprechen, Miss Hasting. Ich kann nicht länger mit ansehen, wie Ihr Bruder Sie behandelt. Und ich finde, Sie sollten wissen, dass Mr. Green Sie die ganze Zeit zu beschützen versucht. Bitte behalten Sie mein Geheimnis für sich. Sonst wird mich Mr. Hasting ganz sicher umbringen.«

»Glaub mir«, erwidere ich und schnaube bitter. »Das Letzte, was mir in den Sinn kommt, ist, meinem Bruder einen Gefallen zu tun.«

Damit schlucke ich die Tablette runter und lasse den Maulwurf allein auf der Terrasse zurück, um mich Carlos und Jack zu stellen. *Hoffentlich geht das gut.*

20

Carlos Herrero ist genauso, wie ich ihn in Erinnerung habe: groß, dunkel und dreist. Seine Haare sind immer noch etwas zu lang, dafür sitzt sein schwarzer Anzug perfekt. Bei der Begrüßung taxiert er mich wie eine Ware, deren Preis er versucht einzuschätzen. *Wie viel Kamele bin ich wohl wert?* Seine Augen übersehen keinen Fleck nackter Haut, und ich fühle mich durch seine Blicke so beschmutzt, dass ich mir eine lange heiße Dusche wünsche.

»Ich habe mich sehr über Ihren Anruf gefreut, Jack«, verkündet Carlos, nachdem wir am Esstisch Platz genommen haben, und lässt seine langen manikürten Finger über den Rand des Rotweinglases gleiten.

Jack lächelt ihn freundschaftlich an und wirft mir einen flüchtigen Blick zu. Er scheint jede meiner Regungen zu überwachen, um sicherzugehen, dass ich mich nicht danebenbenehme. Caleb hingegen, der ebenfalls beim Abendessen dabei ist, hat mich noch kein einziges Mal angesehen.

Von wegen: Ich kämpfe um dich. Bla bla bla. Sobald es drauf ankommt, zieht er winselnd den Schwanz ein.

»Besonders habe ich mich jedoch über Ihr Interesse gefreut, Violet«, wendet sich Carlos nun an mich.

Ich kralle die Fingernägel in den Oberschenkel und zwinge mich zu einem unverfänglichen Lächeln.

»Sie sind eine bemerkenswert schöne Frau, und es ist mir eine Ehre, Ihr Gast sein zu dürfen.«

»Die Ehre ist ganz meinerseits, Carlos«, erwidere ich mit unnatürlich hoher Stimme und nehme einen großen Schluck von meinem Wein.

»Sagen Sie, Carlos«, ergreift Jack wieder das Wort. »Wie geht es Ihrem Vater? Ich hoffe, die Gerüchte über seine gesundheitlichen Probleme entsprechen nicht der Wahrheit?«

Durch die Frage bekomme ich einen Augenblick Luft, um Caleb einen Blick zuzuwerfen. Den er geflissentlich ignoriert. Wie immer sitzt Jack an der Spitze der Tafel. Rechts neben ihm hat Caleb Platz genommen, und links von ihm sitzt Carlos. Ich habe den Platz neben dem Mexikaner zugeteilt bekommen, wodurch ich eine perfekte Sicht auf den Kerl mir schräg gegenüber habe und mich innerlich über ihn aufregen kann. *Verräter. Feigling. Lügner.* Er muss meinen Schrei in Jacks Arbeitszimmer vorhin gehört haben. Immerhin haben die Angestellten es auch gehört. Dennoch hat er nichts unternommen, um mir zu helfen.

Carlos schüttelt den Kopf und nimmt den Finger vom Rand seines Glases. »Vater hatte mit dem Kreislauf zu kämpfen. Nichts Ernstes. Aber Sie wissen ja, wie das ist, Jack. Die Geier stürzen sich auf jedes noch so winzige Gerücht.«

Laurel und eine weitere Angestellte, mit der ich bisher kein Wort gewechselt habe, servieren nun den Hauptgang und unterbrechen somit die vorgespielten Interessensbekundungen. Normalerweise würde mir beim Anblick eines perfekt gebratenen Steaks das Wasser im Mund zusammenlaufen. Doch im Moment fühlt sich mein Magen wie ein unlösbarer Knoten an.

»Guten Appetit«, verkündet Jack und greift zu seiner Gabel. Während die Männer ihr Essen genießen, stochere ich lustlos auf meinem Teller herum und lasse mir Weißwein nachschenken.

»Trinkt man zu rotem Fleisch nicht Rotwein?«, kommentiert Carlos, und innerlich rolle ich mit den Augen. *Klugscheißer.*

»Eigentlich ja«, antworte ich, ohne aufzusehen. »Allerdings verabscheue ich Rotwein und trinke daher ausschließlich weißen. Zumindest, wenn es sich einrichten lässt.«

Er nickt, als würde er sich diese Information für später abspeichern. Nur dass es kein Später geben wird. Niemals würde ich mich von diesem Mann ausführen oder gar anfassen lassen.

Jack und Carlos verfallen in ein todlangweiliges Gespräch über die angespannte politische Situation zwischen den USA und Mexiko, die auch Auswirkungen auf die Wirtschaftswege zwischen den Ländern hat.

Mir fällt auf, dass Caleb sich an dem Gespräch nicht beteiligt. Der sonst so freche und stets gut gelaunte Sunnyboy stiert ruhig auf sein Essen und wirkt ebenso appetitlos wie ich. Ein Teil von mir wünscht sich, dass er aufblickt und mir ein Zeichen gibt. Irgendetwas, damit ich erkenne, dass er auf meiner Seite steht. Doch er scheint sich auf einmal von allem zurückgezogen zu haben.

Ich verstehe seine Beweggründe nicht, und es tut mir wahnsinnig weh, ausgerechnet heute, ausgerechnet jetzt von ihm wie Luft behandelt zu werden.

Wütend ramme ich meine Gabel in ein Stück Fleisch und stopfe es mir in den Mund – was ich sofort bereue. Augenblicklich meldet sich mein verkrampfter Magen und fragt mich, wieso ich ihm das antue. Also kaue und schlucke ich immer nur winzige Bissen auf einmal, bis Laurel endlich auftaucht, um das leere Geschirr abzuräumen. Als sie meinen kaum angerührten Teller entdeckt, bekommen ihre Augen diesen mitleidigen Glanz, den ich hasse. Plötzlich fühle ich mich in meine Zeit auf dem College zurückversetzt. Wann immer ich meinen Kommilitonen erzählte, dass ich eine Waise sei, bekamen sie genau diesen Blick. Für die Menschen um mich herum war und bin ich ein Opfer. Eine beschädigte Person, die man bemitleidet und meidet, da man ihren Schmerz nicht ertragen kann.

Nach dem Essen folge ich den Männern wortlos in den kleinen Salon. Jack und Carlos machen es sich auf dem roten Samtsofa vor dem Kamin gemütlich, während Caleb sich ans bodentiefe Fenster stellt und die untergehende Sonne betrachtet. Er wirkt wehmütig und nachdenklich. Erneut regt sich diese nervige Stimme in mir, die Caleb in Schutz nehmen möchte.

Ich schüttle heftig den Kopf, um sie zum Verstummen zu bringen, und lasse mich auf den roten Samtsessel gegenüber von meinem Bruder fallen. Gespielt damenhaft überschlage ich die Beine und mustere Carlos mit vorgetäuschtem Interesse.

»Erzählen Sie mir etwas über sich«, fordere ich. »Hobbys, Interessen, Lieblingsfarbe?« Ironisch ziehe ich eine Augenbraue nach oben.

Carlos' Augen leuchten auf, als würde er sich über meine Fragen freuen, was mich ehrlich gesagt überrascht.

»Ich bin leidenschaftlicher Segler«, beginnt er. »Außerdem fahre ich gern mit der Familienjacht raus aufs Meer und genieße die Einsamkeit, die das stille Wasser einem bietet. Sehen Sie …« Er lehnt sich nach vorn. »Unser Leben ist anspruchsvoll und mit viel Hektik verbunden. Ständig gilt es wichtige Aufgaben zu erledigen und das Geschäft am Laufen zu halten. Darum bin ich ein Mann, der das Reisen an abgeschiedene Orte liebt. Nach dem College habe ich beispielsweise an einer Safari in Südafrika teilgenommen. Nachts unter dem freien Sternenhimmel einzuschlafen, ist einfach magisch.«

»Violet hat als kleines Mädchen oft hinter dem Anwesen gezeltet«, mischt Jack sich unerwartet ein, und prompt frage ich mich, ob er lügt, um Gemeinsamkeiten mit Carlos vorzutäuschen, oder ob es die Wahrheit ist. Ich selbst kann mich nicht daran erinnern.

»Tatsächlich?«, fragt Carlos hörbar erfreut. »Wenn Sie das Campen mögen, würde ich Sie gern mal auf einen Trip begleiten.«

Ich nicke vage und ringe mir ein Lächeln ab, als Gott sei Dank Laurel eintritt und uns die Drinks serviert. Mit einem dankbaren Blick nehme ich ihr meinen Martini ab und trinke einen großen Schluck, um meine blank liegenden Nerven zu beruhigen. Die beiden Männer mir gegenüber greifen sich ihre Scotchgläser und stoßen an. Nur Caleb bleibt für sich allein und starrt weiterhin wortlos aus dem Fenster.

»Violet«, beginnt Carlos unvermittelt und mustert mich ernst. »Ich will ehrlich zu Ihnen sein: Ich suche eine Ehefrau. Besser heute als morgen. Mir wurde von meinem Vater früh vermittelt, dass ich erst dann eine höhere Stellung in unserem Familienunternehmen einnehmen darf, wenn ich sesshaft geworden bin. Das demonstriert Ernsthaftigkeit und steigert unsere Glaubwürdigkeit vor unseren Geschäftspartnern. Als der Anruf Ihres Bruders kam, war ich skeptisch, denn Sie erschienen mir bei unserem letzten Treffen nicht wie die typische Frau, die sich auf alte Werte stützt und sich fest binden möchte.«

Ich nicke, um ihn zu ermuntern, weiterzusprechen, doch innerlich tobe ich. Egal was er mir erzählen mag, ich würde mich niemals freiwillig für ihn entscheiden. Carlos sucht keine Partnerin auf Augenhöhe. Er sucht ein Weibchen, das artig die Klappe hält, ihm Kinder schenkt und seinen Vater glücklich macht.

»Allerdings belehren Sie mich heute eines Besseren. Ich sehe eine reife und erwachsene junge Dame vor mir und würde mich über ein richtiges erstes Date mit Ihnen freuen.«

»Ich habe eine Frage an Sie, Carlos«, höre ich Caleb hinter mir sagen und versteife mich unwillkürlich.

Er war bisher so schweigsam und unauffällig, dass ich beinahe vergessen hätte, dass er noch anwesend ist.

Jack wirft seinem engsten Mitarbeiter über meinen Kopf hinweg einen eindringlichen, drohenden Blick zu, den Caleb allerdings ignoriert. Ich spüre seine Hand dicht hinter mir auf der Sessellehne und widerstehe dem Drang, mich nach hinten fallen zu lassen, um in seiner Berührung Trost zu finden. Stattdessen greife ich nach meinem Drink.

»Wie stehen Sie zur Liebe?«

Ich verschlucke mich am Martini und huste erschrocken.

»Liebe?«, wiederholt Carlos nachdenklich und lehnt sich entspannt im Sofa zurück. »Liebe ist ein Wort, mit dem ich mich bisher nicht auseinandergesetzt habe. Für mich sind andere Dinge weit wichtiger. Loyalität. Werte. Prinzipien. Meine zukünftige Frau muss in diesen Punkten mit mir übereinstimmen und bereit sein, sich von mir führen zu lassen. Außerdem bin ich der Überzeugung, dass Leidenschaft in einer Ehe wichtiger ist als Liebe.«

»Leidenschaft kann ohne tiefe Gefühle nicht existieren«, flüstere ich und ziehe damit alle Blicke auf mich.

»Wie bitte?«, hakt Carlos nach.

»Liebe und Leidenschaft gehören zusammen«, wiederhole ich.

Carlos schüttelt amüsiert den Kopf, als spräche er mit einem unerfahrenen, naiven Ding, was mich innerlich zum Kochen bringt. »Auch wenn Sie in diesem Bereich noch keine Erfahrungen haben, Violet, lassen Sie sich von mir versichern, dass das Eine nicht zwangsläufig mit dem Anderen verbunden ist.«

»Auch wenn ich …«, murmle ich ungläubig und stoße ein abfälliges Schnauben aus, das Jack dazu bringt, mich warnend anzusehen. Doch mein Gehirn schaltet auf Autopilot und weigert sich beharrlich, dieses lächerliche Theater weiter mitzuspielen. »Ich bin keine Jungfrau, Carlos. Nur, falls Sie das glauben. Ich bin vierundzwanzig, und in den Staaten ist es völlig normal, in diesem Alter bereits sexuelle Erfahrungen gesammelt zu haben. Und lassen Sie sich von mir sagen, dass echte Leidenschaft nur in Verbindung mit wahrer Liebe existiert. Ich habe diese Erfahrung in meinem Leben bereits machen dürfen.«

Im ersten Moment ist der Mexikaner sprachlos, doch dann springt er plötzlich auf und knallt sein Glas wütend auf den runden Beistelltisch neben dem Sofa.

»Sobald du meine Frau bist, wirst du alle anderen Männer vergessen! Du wirst sie nicht einmal mehr ansehen«, stößt er herrisch aus. »Wenn du in meinem Bett liegst, hast du nur an mich zu denken!«

Ich lache verächtlich auf und spüre förmlich, dass sich auch Caleb hinter mir ein Grinsen nicht verkneifen kann.

»Damit ich nur noch an dich denke, müsste ich mich in dich verlieben, Carlos. Und so leid es mir tut, aber dafür sehe ich wenig Hoffnung«, erkläre ich resolut und stehe auf. »Ich suche keinen Mann, der mich bevormundet und bloß als hübsches Anhängsel sieht. Ich will eine echte Partnerschaft und damit einhergehend: Gleichberechtigung.«

Jetzt ist nicht nur Carlos sprachlos. Auch Jack betrachtet mich mit einer Mischung aus Wut und Unglaube, die sein Gesicht zu einer beängstigenden Maske verzerren. Vermutlich war es nicht meine cleverste Idee, meinen Bruder zu reizen. Aber ich konnte einfach nicht anders.

»Ich wünsche Ihnen noch einen schönen Abend und eine gute Heimreise nach Mexiko, Carlos«, sage ich höflich und wende mich zur Tür.

Mit durchgestrecktem Rücken verlasse ich den Salon und stöckle zur Treppe, um dieses furchtbare Kleid endlich loszuwerden und mir das klebrige Make-up aus dem Gesicht zu waschen.

»Violet!«

Ehe ich auf den eisigen Ruf meines Bruders reagieren kann, hat er mich bereits am Arm gepackt und herumgerissen. Seine Faust rast so schnell auf mich zu, dass ich unfähig bin, sie abzuwehren. Erst als seine harten Knöchel auf meinen Kieferknochen treffen, realisiere ich, was hier passiert. Ich will schreien und mich verteidigen, aber Jacks Faust trifft mich als Nächstes in den Magen und presst mir die Luft aus den Lungen. Keuchend lande ich auf dem Boden, wo mein Kopf hart aufschlägt, und krümme mich gequält zusammen.

»Wage es nie wieder, mich in so eine Situation zu bringen! Du wirst mich und meine Geschäftspartner mit dem Respekt behandeln, den wir verdienen, du Miststück!«, zischt Jack mir zu.

Ohne ein weiteres Wort rauscht er davon und lässt mich vor Schmerz stöhnend auf dem kalten Boden der Eingangshalle zurück.

21

Déjà-vu. Genauso fühlt sich das Aufwachen an. Meine Schultern brennen, mein Kiefer pocht, der Magen schmerzt, und ich fühle mich desorientiert. Alles an dieser hoffnungslosen Situation erscheint mir beängstigend vertraut, und ich bin mir nicht sicher, ob ich wissen will, wieso.

Schwerfällig öffne ich die Lider und stelle überrascht fest, dass ich in meinem Zimmer bin. Die roséfarbene Decke wurde über meinem Körper ausgebreitet, und die Vorhänge an den Fenstern sind fürsorglich zugezogen worden. Irritiert versuche ich mich daran zu erinnern, wie ich hier gelandet bin, doch in meinem Kopf herrscht nur schwarze Leere. Ich muss ohnmächtig geworden sein.

Kraftlos setze ich mich auf und ächze vor Schmerz. Ich reibe mir übers Gesicht, betaste vorsichtig die Prellungen und sehe mich um. Die Tür zum Badezimmer steht offen, und von drinnen scheint Licht in mein Zimmer. Ich kann Laurels rote Locken vor dem Waschbecken erkennen und runzle verwundert die Stirn. Nach meinem Auftritt vorhin im Salon habe ich damit gerechnet, einen Wachmann in meinem Zimmer vorzufinden, keine Hausangestellte. Aber vermutlich hat ein Bodyguard direkt vor meiner Tür Stellung bezogen.

Als hätte sie meinen Blick gespürt, dreht Laurel sich um und versucht sich an einem zaghaften Lächeln. Sie verlässt das Bad und kommt auf mich zu.

»Igor hat Sie ins Bett getragen«, erklärt sie ruhig und streckt mir eine Schmerztablette entgegen.

Ich zögere und bin versucht, sie zu schlucken, um den hämmernden Schmerz loszuwerden. Aber ich habe heute bereits eine genommen, und die Angst davor, erneut so abzurutschen wie damals während der Reha, ist zu groß. Entschieden schüttle ich den Kopf und schlinge mir stattdessen die Arme um den Bauch.

»Wie spät ist es?«, frage ich heiser. Mein Hals ist staubtrocken. Vorsichtig wende ich mich zur Seite und greife nach der Wasserflasche, die ich immer auf dem Nachttisch stehen habe.

»Vier Uhr morgens, Miss.«

Ich nicke und leere die Flasche beinahe zur Hälfte, was ich noch im selben Moment bereue. Augenblicklich wird mir schlecht, und ich spüre, wie mir die Galle hochkommt. Hektisch schlucke ich dagegen an und atme mehrmals tief durch, um die Übelkeit zurückzudrängen.

Nachdem sich mein Magen einigermaßen beruhigt hat, versuche ich meine letzten Kraftreserven zu mobilisieren, um einen Plan zu fassen, wie es weitergehen soll. Aber ich bin viel zu erschöpft, um irgendetwas zu tun. In meinem Kopf herrscht Chaos, und mein Körper ist so lädiert, dass selbst das Atmen wehtut. Ich bin das Kämpfen leid. Erst musste ich um meine Vergangenheit kämpfen, dann um meine Gegenwart und nun um meine Zukunft. Und wohin hat mich das Kämpfen geführt? Sich gegen Jack aufzulehnen, scheint zwecklos zu sein. Am Ende gewinnt er doch.

Gerade als ich mich in die Kissen zurückfallen lassen will, öffnet Laurel den Mund und lässt mich innehalten.

»Sie müssen hier weg.«

Ich schüttle den Kopf und werfe ihr einen trostlosen Blick zu. »Und wie stellst du dir das vor? Jack überwacht nicht nur mich, sondern auch das gesamte Anwesen. Und selbst wenn ich hier rauskommen würde, wo soll ich hin?«

»Sie verstehen das nicht!«, erwidert sie eindringlich und setzt sich zu mir aufs Bett. »Ich habe Ihren Bruder belauscht. Er hat mit seinen Anwälten telefoniert und lässt Verträge aufsetzen, die Sie schon in wenigen Stunden unterschreiben sollen. Außerdem hat er mit einem Mann gesprochen, der sich danach ›um das Problem kümmern soll‹.«

Ich will mit den Schultern zucken, besinne mich allerdings noch rechtzeitig darauf, das lieber sein zu lassen, um den Schmerz in meinem Körper nicht noch zu reizen.

»Soll er meine blöden Anteile doch bekommen. Was soll's? Ich will das Geld ohnehin nicht. Es klebt Blut daran.«

»Verdammt noch mal!«, bricht es aus Laurel hervor, und ich sehe sie überrascht an. »Jack wird Sie umbringen, sobald er hat, was er will, Miss Hasting«, fährt sie in gedämpftem Ton fort.

»Das ist mir bewusst. Ach, und hör bitte auf, mich Miss Hasting zu nennen, ja? Ich glaube, über diesen Punkt sind wir hinaus.«

Ohne auf meine Worte einzugehen, springt sie auf und flitzt ins Ankleidezimmer, wo ich sie wild herumhantieren höre.

»Was treibst du da?«, rufe ich ihr zu.

Eine Sekunde später rauscht sie mit einer kleinen Reisetasche im Arm ins Badezimmer. Erneut höre ich sie rumwerkeln und bin kurz davor, aufzustehen und nachzusehen, was zur Hölle sie da veranstaltet, doch da kommt sie bereits wieder zu mir ans Bett.

»Wenn du nicht selbst etwas unternimmst, dann mach ich es eben!«, erklärt sie und zieht schwungvoll den Reißverschluss der unscheinbaren schwarzen Reisetasche zu.

Laurel stellt die Tasche ab und zückt ihr Handy. Angespannt hält sie es sich ans Ohr, und als sie spricht, kommt Bewegung in mich. Ich schwinge hektisch die Beine aus dem Bett – was zur Folge hat, dass mir vor Schmerz Tränen in die Augen schießen und sich alles um mich herum zu drehen beginnt.

»Ich sollte Sie anrufen, sobald etwas Nennenswertes passiert ist. Jack hat Violet schlimm zugerichtet, Mr. Green. Aber sie scheint sich mit ihrem Schicksal abgefunden zu haben und weigert sich, etwas zu unternehmen.«

»Verdammt! Laurel!«, presse ich mühsam hervor, während ich versuche, den Schmerz wegzuatmen.

»Ja, natürlich«, höre ich sie sagen, und im nächsten Moment steht sie vor mir und hält mir ihr Handy vors Gesicht. »Er will mit dir sprechen.«

Ich stöhne auf und entreiße ihr ruppig das Handy.

»Vergiss es, Ian. Egal, was du vorhast. Vergiss es.«

»Damn, Vi!«, ruft er, und ich sehe förmlich vor mir, wie er sich verzweifelt durch die Haare fährt und der Muskel an seinem Hals zuckt. »Ich liebe dich zu sehr, als dass ich dich meinetwegen sterben lassen könnte.«

Schockiert halte ich den Atem an. Dass Ian die gleichen Worte verwendet wie ich damals in New York, kurz bevor ich mit Jack mitging, ist nicht fair.

»Color, ich werde nicht dabei zusehen, wie du aufgibst. Bloß weil du denkst, es wäre so für alle am einfachsten. Du wirst kämpfen, denn genauso bist du: stur und stark und unnachgiebig.«

Ein winziges Lächeln zwängt sich auf meine Lippen, wodurch Laurel erleichtert die Schultern sacken lässt.

»Wie lautet dein Plan?«, will ich wissen und lehne mich zurück, um meinen schmerzenden Magen zu entlasten.

»Dank Laurel habe ich einen Lageplan von allen Kameras, die im Anwesen und auf dem gesamten Grundstück installiert wurden.«

Im Hintergrund höre ich auf einmal Chris' Stimme, was mich noch etwas breiter lächeln lässt. *Ich bin nicht allein. Egal, was noch kommt, es gibt Menschen, die zu mir stehen.*

»Wir hacken uns gerade in euer Sicherheitssystem, um es lahmzulegen. Allerdings werdet ihr nicht viel Zeit haben, um zu handeln, bevor Jacks Leute bemerken, dass etwas nicht stimmt. Du musst dich also sofort fertig machen. Pack ein paar Sachen zusammen. Nur das Nötigste.«

Und wieder ein Déjà-vu. Dieses Mal muss ich an meine Flucht aus Rosehill denken. Wird mein Leben immer so aussehen? Werde ich ständig auf der Flucht sein?

»Laurel hat schon für mich gepackt«, antworte ich leise und versuche, der Hilflosigkeit nicht nachzugeben.

»Laurel soll auch packen. Sie wird dich begleiten. Jack ist ein skrupelloser Mistkerl, aber leider nicht auf den Kopf gefallen. Er wird schnell dahinterkommen, wer dir geholfen hat.«

Ich gebe Laurel Ians Worte weiter, und erneut überrascht mich ihre Abgeklärtheit, denn sie nickt einfach nur.

»Wir geben euch ein Zeichen, sobald Chris die Kameras auf ein Standbild umgelegt hat. Dann schleicht ihr euch in die Küche. Von dort aus geht's auf die hintere Terrasse. Laurel soll dich zur versteckten Tür führen.«

»Versteckte Tür?«, wiederhole ich und reibe mir überfordert über die Stirn. »Ian, das ist Wahnsinn. Ich werde es nie aus dem Anwesen schaffen. Und wenn Jack Laurel bei mir entdeckt, bin nicht nur ich so gut wie tot.«

»Violet«, presst Ian mühsam hervor. »Du wirst nicht als wehrloses Opfer sterben, verstehst du mich? Du wirst noch ein langes, erfülltes Leben leben. Erst wenn wir eine echte Chance auf Glück hatten, kann ich dich gehen lassen.«

Unsicher nage ich am Daumen. Selbst wenn Ians Plan funktionieren sollte, was folgt dann? Ein Leben auf der Flucht? Kann ich verantworten, Laurel in meine Probleme hineinzuziehen, wenn ich nicht weiß, wie es für uns alle enden wird?

»Ein Wagen erwartet euch in einer Stunde an der Straßenecke, die Richtung Downtown führt«, kommt Ian wieder auf den Plan zu sprechen. Dann erklärt er mir die weiteren Abläufe und stellt klar, dass ich alles verstanden habe.

»Ian?«, flüstere ich irgendwann zögernd. Der Zeitpunkt für diese Frage ist mehr als schlecht, das ist mir bewusst. Aber bevor ich keine Antwort habe, kann ich mich nicht auf eine Flucht einlassen, durch die ich so viele Menschen in Gefahr bringe, die mir etwas bedeuten.

»Das ist dieses Mal kein Spiel, um Jack eins auszuwischen und das Hasting-Imperium endgültig zu zerstören, oder? Das würdest du mir kein zweites Mal antun.«

Er zieht heftig die Luft ein, während Laurel diskret den Raum verlässt, um meine Privatsphäre zu wahren.

»Color, ich weiß, dass ich dich extrem verletzt habe, und ich werde mein gesamtes restliches Leben damit zubringen, zu versuchen, diesen Fehler wiedergutzumachen«, gesteht er ernst. »Aber ich bereue es nicht. Denn hätte ich damals nicht diesen idiotischen Plan gefasst, hätte ich dich niemals kennengelernt.«

Mein Verstand warnt mich, vorsichtig zu bleiben, aber mein Herz hat den Kampf bereits verloren und übertönt jeden Zweifel. Ich gehöre Ian, egal, was er getan hat.

»Ich liebe dich, Ian Green.«

Einen Moment bleibt es still in der Leitung, dann höre ich Ian zitternd Luft holen und Chris, der ihn ein Weichei nennt, was mich unwillkürlich zum Schmunzeln bringt.

»Ich werde nicht zulassen, dass Jack dich mir endgültig wegnimmt, Violet«, beschwört Ian mich mit einer solchen Inbrunst, dass mich ein winziger Funken Hoffnung durchdringt. »Wir werden wieder zusammen sein. Das verspreche ich dir.«

22

Ehe Laurel mit gepackter Tasche zurück ist, habe ich mir bequeme Kleidung angezogen, die Make-up-Reste entfernt und meine Haare zum Zopf gebunden. Zwar erkennt man ohne Make-up deutlich meine Blessuren, aber das ist mir egal. Soll doch jeder den dunklen Bluterguss auf meinem Kiefer und den feuerroten Handabdruck auf meiner Wange sehen. Nie wieder werde ich Jack in Schutz nehmen und seine Taten kaschieren.

Laurel hat genau wie ich ihre wilden roten Locken zurückgebunden und sich für dunkle Kleidung entschieden. Wir tragen beide Jeans, schwarze Pullover und dazu Sneaker. Ich wickle noch schnell die Fotos aus meiner Zeit als Eliza East in eine Bluse, verstaue sie in der Tasche, die Laurel für mich gepackt hat, und schließe den Reißverschluss. Dann hänge ich sie mir über die Schulter.

»Bereit?«, raunt Laurel, und ich zögere.

Bin ich das? Ich habe meine Familie gerade erst zurückbekommen, und nun flüchte ich wieder vor ihr. Allerdings kann ich Jack nicht wirklich als Familie bezeichnen. Ja, wir teilen die DNA und den Nachnamen, aber er hatte vorhin in seinem Arbeitszimmer recht. Wir sind komplett unterschiedlich. Er ist bereit, mich zu opfern, um Macht und Geld zu gewinnen. So etwas tut man in einer Familie nicht. Eine Familie sollte zusammenhalten, sich gegenseitig den Rücken stärken und füreinander einstehen. So, wie Anthony und Aria es für mich und auch für ihren Sohn Brix tun. Sie sind meine Familie, nicht Jack.

»Violet?«

Ich wende mich Laurel zu und lächle zuversichtlich, auch wenn sich in mir alles verkrampft und ich vor Angst schreien will.

Dann vibriert ihr Handy – das vereinbarte Zeichen mit Ian, dass wir uns auf den Weg machen sollen. Wir öffnen die Tür und beginnen mit unserer Flucht ins Ungewisse.

Auf dem Flur vor meinem Zimmer ist es gespenstisch still. Dank Laurel weiß ich, dass nachts nicht durchs Anwesen patrouilliert wird. Stattdessen wird das gesamte Haus über Infrarotkameras überwacht. Sollte etwas Auffälliges bemerkt werden, sind die Bodyguards in direkter Nähe und können innerhalb von Minuten eingreifen – *was heute Nacht hoffentlich nicht passieren wird.*

Auf Zehenspitzen schleichen wir uns ins Erdgeschoss und gelangen ohne Probleme zur Küche, was mich nervös macht. *Das war einfach. Viel zu einfach.*

Ich zögere, suche nach einem noch so winzigen Hinweis auf einen Hinterhalt, der mein Misstrauen erklären würde, kann aber nichts Auffälliges entdecken. Die Zimmertüren sind geschlossen, und nirgends ist etwas zu hören.

»Wir haben nicht viel Zeit«, ermahnt Laurel mich drängend.

Widerwillig folge ich ihr in den großen stillen Raum, auch wenn ich das Gefühl, dass etwas nicht stimmt, nicht abschütteln kann. Schleichend steuern wir die unscheinbare Tür neben dem Kühlschrank an, die zur hinteren Terrasse führt und normalerweise von einem Servierwagen verdeckt wird, als ein blinkendes Licht mich stoppen und Laurel abrupt am Arm zurückhalten lässt. Stumm deute ich auf die Alarmanlage. Sie ist nicht abgeschaltet worden. Vermutlich läuft sie unabhängig vom Gesamt-Überwachungssystem des Hauses. Eine Kleinigkeit, die Ian und Chris übersehen haben und die nun das Aus für unsere Flucht bedeutet.

»Sobald wir die Tür öffnen, ist es vorbei. Der Alarm wird ausgelöst, und hier wimmelt es innerhalb von Minuten von Wachhunden«, flüstere ich und lasse Laurels Arm los.

»Was machen wir denn jetzt?«, fragt sie.

Ratlos starre ich auf die Tasten der Sicherheitsanlage. Es gibt ein Feld, in das man einen Code eingeben kann. Außerdem entdecke ich einen Fingerabdrucksensor. Ich lasse kraftlos die Schultern sinken. Dass Jack meinen Fingerabdruck als berechtigt eingespeichert hat, ist ausgeschlossen.

»01-07-13. Der Todestag eurer Eltern.«

Erschrocken presse ich mir die Hände auf die Brust und wende mich der leisen, dunklen Stimme hinter mir zu.

»Caleb, wir …«, beginne ich, aber er schüttelt nur erschöpft den Kopf und wirft mir ein unendlich trauriges Lächeln zu.

»Du musst verschwinden, Prinzessin. Jetzt.«

Erschüttert starre ich Caleb an. Von dem sorglosen Sunnyboy ist kaum noch etwas übrig. Stattdessen wirkt er abgeschlagen und verzweifelt. Als hätten die vergangenen vierundzwanzig Stunden jegliche Energie aus ihm gesaugt.

Aus dem Augenwinkel registriere ich, wie Laurel an der Anlage herumfingert, und drehe mich zu ihr. Das Lämpchen ändert die Farbe zu grün, und ich stoße erleichtert die Luft aus. Meine Komplizin öffnet die Tür und tritt eilig auf die Terrasse. Drängend winkt sie mich zu sich, doch ich bleibe stumm stehen und betrachte die mutlosen braunen Augen von Caleb.

Mit hängenden Schultern tritt er auf mich zu, greift sachte nach meinen Schultern und schiebt mich hinaus.

»Die Wachmänner werden bald merken, dass der Alarm ausgeschaltet wurde«, erklärt er heiser.

»Caleb«, hauche ich und schließe die Augen. Tränen versuchen sich hartnäckig ihren Weg zu erkämpfen. Tränen der Hoffnung. Aber ebenso Tränen des Verlustes. Wenn ich das Anwesen verlasse, werde ich ihn nie wiedersehen. »Ich weiß nicht, was ich tun soll«, gestehe ich flüsternd und blinzle gegen die Nässe in meinen Augen an.

Schwer atmend wendet Caleb den Blick ab, doch er lässt mich nicht los.

»Bitte, geh«, erwidert er zitternd. »Bevor ich es mir doch

noch anders überlege und nicht zulasse, dass du mich verlässt.«

Ich stelle mich auf die Zehenspitzen und drücke ihm einen zärtlichen Kuss auf die Wange.

»Lebewohl, Prinzessin«, wispert er und nimmt seine Hände von meinen Schultern.

Ich taumele nach draußen. Mit schmerzendem Herzen hole ich Laurel ein und versuche, in der Dunkelheit des Gartens etwas zu erkennen.

Sie steuert zielsicher auf die dichten Büsche zu, die an der hohen Mauer rund um das Anwesen gepflanzt wurden. Sobald wir dort angekommen sind, drückt Laurel einige Äste zur Seite und gibt so den Blick auf eine verwitterte, rostige Klinke frei. Ohne zu zögern, stemmt sie sich gegen die verborgene Tür und drückt mit einem Ruck die Klinke herunter.

»Nichts wie weg von hier«, verkündet sie energisch und schlüpft hinaus.

Bevor ich ihr jedoch durch die Tür in die ungewisse Freiheit folge, gebe ich der Sehnsucht ein letztes Mal nach und wende mich um. Caleb steht nach wie vor auf der Terrasse. Inzwischen hält er eine brennende Zigarette in der Hand und starrt schweigend in den dunklen Nachthimmel.

Damit gibt er uns ein Alibi. So rechtfertigt er, dass die Anlage an der Tür ausgeschaltet ist, und verschafft uns Zeit. Ich werfe Caleb ein dankbares Lächeln zu und spüre, wie mein Herz sich untröstlich verkrampft.

»Lebewohl, Caleb Denver«, flüstere ich und verlasse mein persönliches Fort Knox.

23

Der Weg zur Straßenecke fühlt sich an wie die letzten Meter vor der Ziellinie eines Marathons. Ich aktiviere meine wenigen verbleibenden Kraftreserven, um ans Ziel zu gelangen, obwohl ich körperlich am Ende bin.

Mein Nacken kribbelt, als würde Calebs Blick mich noch immer verfolgen. Und das, obwohl wir das Grundstück längst hinter uns gelassen haben. Ein Blick voller Hoffnungslosigkeit und Verzweiflung, der mein Herz zum Bluten bringt. *Du kannst dich nachher noch genug bemitleiden, Vi. Aber zuerst musst du von hier verschwinden. Sonst war Calebs Hilfe umsonst.*

Da wir uns in einer exklusiven Wohngegend von New York befinden, in der die Häuser weit auseinanderstehen und nur durch lange Auffahrten hinter hohen Toren erreicht werden können, sind wir vor neugierigen Blicken geschützt, was unsere Flucht erheblich erleichtert. Das Letzte, was wir gebrauchen können, ist eine neugierige

Oma am Gartenzaun, die fragt, wieso wir um diese Uhrzeit auf der Straße unterwegs sind.

Nach einer gefühlten Ewigkeit erreichen wir endlich die Straßenecke, von der Ian gesprochen hat. Laurel stoppt so abrupt, dass ich beinahe in sie hineinrenne und nur strauchelnd zum Stehen komme. Hektisch sehen wir uns in der Dunkelheit um. Gerade als mich die Panik erfasst und ich Laurel bitten will, ihr Handy zu zücken, um Ian anzurufen, sehe ich sie und atme erleichtert aus.

Auf der gegenüberliegenden Straßenseite steht eine schwarze Mercedeslimousine mit laufendem Motor und ausgeschaltetem Licht. *Bingo!*

Die hintere Wagentür wird aufgerissen, und mein Herz setzt einen Schlag aus, als ein Mann aussteigt.

Da ist er. Ian.

Ohne nachzudenken, lasse ich meine Tasche von der Schulter gleiten, renne auf ihn zu und werfe mich ungestüm in seine starken Arme.

»Color«, raunt Ian liebevoll und atmet erleichtert aus. Zärtlich legt er seine Hände an meine Wangen und reibt mit den Daumen über meine Haut, als wolle er sich so versichern, dass ich tatsächlich bei ihm bin.

Unwillkürlich zucke ich vor Schmerz zusammen und stoße ein leises Wimmern aus.

Sofort schlägt Ians Stimmung um. Der liebevolle Ausdruck in seinen blauen Augen weicht einem kalten Flackern. Er knurrt einen wütenden Fluch und presst dann die Lippen mühsam aufeinander, um sich zum Schweigen zu bringen und zu beruhigen. Behutsam streicht er über mein angeschwollenes Gesicht, und die Furche zwischen seinen Brauen wird immer tiefer.

»Dafür wird dieser verdammte Mistkerl bezahlen«, prophezeit er düster und lässt den Daumen zart über den Bluterguss auf meinem Kiefer gleiten.

»Später«, beschwöre ich ihn. »Fürs Erste will ich bloß vergessen, was passiert ist und von hier verschwinden.«

Mein Blick fährt über Ians kräftiges Kinn, hoch zur feinen Narbe in seiner linken Braue und verliert sich schließlich im stürmischen Blau seiner Augen, das durch die grauen Sprenkel einen noch faszinierenderen Ton annimmt.

»Ich liebe dich. Mehr als alles andere auf dieser Welt«, platzt es aus mir hervor.

Ians Lippen prallen so ungestüm auf meine, dass ich mich an seinen Armen festklammern muss, um nicht ins Straucheln zu geraten. Kurzerhand springe ich hoch und umklammere seine Hüften mit den Beinen.

Ich will ihn spüren. Mich bei ihm sicher und geborgen fühlen und ihn nie wieder loslassen. Ian lacht zwischen zwei Küssen auf, und mein Herz springt in meiner Brust so heftig, dass man es vermutlich durch den Pullover sehen kann.

»Dafür habt ihr nachher noch genug Zeit, Kinder.«

Widerwillig löse ich mich von Ian, komme wacklig auf die Beine und sehe mich nach der Person um, dessen Stimme mir ein breites Lächeln ins Gesicht gezaubert hat.

Ians Cousin lehnt mit überkreuzten Armen an der Motorhaube vom Mercedes und grinst mich frech an. Dabei funkeln seine Augen so verräterisch, dass mein Puls ins

Stocken gerät. Chris trägt ein kurzärmliges schwarzes Hemd, das sich um seine trainierten Muskeln spannt und das verschlungene Tribal auf seinem Oberarm zeigt. Seine blonden Locken stehen wild und frech in alle Richtungen ab. Offenbar hatte er es verdammt eilig und musste das Styling auslassen. Aber hey, ich sehe heute auch nicht gerade wie ein Model aus.

»Ich hab dich vermisst, Chris«, gestehe ich und schlucke hart. »Danke, dass du mich nicht aufgegeben hast.«

Er nickt ernst und räuspert sich, ehe er fragt: »Und wer ist diese Schönheit?« Chris blickt zu Laurel, die etwas abseits steht und die Szene bisher nur stumm beobachtet hat.

Nun tritt sie auf den Mercedes zu und reicht Chris höflich die Hand. »Laurel White.«

»White? Red würde deutlich besser passen«, feixt Chris extrem lahm und erntet dafür von mir ein verächtliches Schnauben.

»Wie dem auch sei, wir müssen los«, erinnert Ian uns ungeduldig.

Gerade als ich nach der Hand meiner großen Liebe greifen will, ertönt eine kalte, mir nur zu bekannte Stimme, durch die sich die Härchen auf meiner Haut alarmiert aufstellen.

»Violet geht nirgendwohin.«

Jack steht vor uns auf der breiten Straße. Im Schein der Straßenbeleuchtung ist zwar nur sein Schatten erkennbar, aber ich würde ihn immer und überall wiedererkennen.

Instinktiv will ich mich schützend vor Ian stellen, aber das lässt er nicht zu. Er reißt mich nach hinten und positioniert sich wie eine undurchdringliche Mauer vor mir. Hinter uns stehen Chris und die zu Tode verängstigte Laurel. Die Arme zittert vor Angst und versetzt meinem Herz damit einen Stich. Immerhin ist sie nur meinetwegen in Gefahr.

»Ian, wenn mein Bruder jemanden töten muss, um sich besser zu fühlen, dann sollte ich das sein«, raune ich entschlossen. »Seine Wut richtet sich gegen mich.«

»Hier wird niemand sterben. Außer vielleicht Jack. Aber das hat er sich selbst zuzuschreiben«, entgegnet er.

Jack grinst arrogant und zieht herausfordernd eine Braue in die Höhe. Er tritt in den Schein der Straßenlaterne, und ich erkenne nun, dass er vollständig angezogen ist. Weißes Hemd, schwarze Hose, schwarzes Jackett. Als wäre er bereits wach gewesen, als Laurel und ich uns rausgeschlichen haben. Bereit, uns zu verfolgen und zu stellen. Es war viel zu leicht, rauszukommen, und nun wird mir auch klar, wieso. Es war eine Falle.

An Jacks Seite tritt einer seiner Wachmänner. Er hält seine Hand am Pistolenholster und lässt keinen Zweifel daran, dass er jederzeit bereit ist, seine Waffe einzusetzen. Aber er ist es nicht, der meine Sicht verschwimmen lässt und meinen Kopf ins Chaos stürzt.

Nein.

Es ist der blasse Hüne, der an Jacks andere Seite tritt. Er ist riesig, vermutlich um die zwei Meter. Die wenigen Haare auf seinem Kopf sind millimeterkurz geschoren und grau. Sein rechtes Ohrläppchen ist durchtrennt, als hätte ihn dort einmal ein Messer erwischt. Es wirkt wie die Zunge einer Schlange und passt damit perfekt zu diesem heimtückischen Mann. Das alles weiß ich nicht, weil ich es im schummrigen Licht der Laterne erkenne, sondern weil dieser Mann qualvolle Erinnerungen in mir wachruft. Erinnerungen, die ich verzweifelt verdrängt habe und die mich nun erneut den Schmerz fühlen lassen, den ich damals erleiden musste.

»Trevor«, bringe ich mühsam hervor, und ehe ich es bemerke, reist mein Geist zu einem Zeitpunkt, zu dem ich niemals zurückkehren wollte …

Ich bin in meinem Zimmer, liege gelangweilt auf meinem Himmelbett und blättere lustlos durch ein Buch, als meine Tür plötzlich aufspringt und Jack hereinstürmt. Ehe ich reagieren kann, trifft mich seine flache Hand direkt ins Gesicht.

Ich schreie erschrocken auf, doch da krallt er die Finger bereits in mein offenes Haar und zieht mich daran in die Höhe.

»Jack, was tust du da? Hör auf damit!«

»Was ich tue? Die Frage ist wohl eher, was du tust. Wie konntest du mit Ian Green schlafen? Bist du neuerdings zur Schlampe geworden, Violet?«, schleudert er mir wutentbrannt entgegen.

Ich reiße panisch die Augen auf und stammle irgendwelche Ausflüchte, die keinen Sinn ergeben und mich vor seinem Zorn nicht retten werden. Jack weiß Bescheid, und somit bin ich so gut wie tot …

Die Szene verschwimmt, und plötzlich befinde ich mich in einer riesigen leeren Lagerhalle. Ich erkenne sie sofort wieder. Es ist die Halle, die Jack erst wenige Wochen zuvor einem Russen abgekauft hat, um sie als Lagerort für seine Schmuggelware zu nutzen. Zusammengerollt liege ich auf dem harten Betonboden und umklammere meinen Körper. Jeder Knochen tut unendlich weh. Ich bin übersät mit blauen Flecken und Blutergüssen, aber mein Bruder ist noch lange nicht fertig mit mir.

»Unterschreib!«, blafft er, aber ich schüttle stur den Kopf. Solange ich ihm meine Unterschrift verweigere, muss er mich am Leben lassen, wenn er bekommen will, was ihm wichtiger zu sein scheint als seine eigene Familie.

Nach Jacks nächstem erbarmungslosen Tritt in den Magen frage ich mich allerdings, wie lange ich noch durchhalten kann. Mein Bruder wird nicht aufhören, mich zu foltern, bis er hat, was er will. Und sobald er es bekommt, bin ich tot. Warum dann nicht gleich sterben? Der Tod würde mir Frieden bringen und mich aus dem Gefängnis, zu dem Jack mein Leben gemacht hat, befreien.

»Du hast es so gewollt, Violet«, raunt er kalt, und im nächsten Augenblick höre ich, wie die rostige alte Tür der Halle sich öffnet. Ein Mann tritt ein, den ich schon öfter aus Jacks Arbeitszimmer habe kommen sehen. Sein Ruf eilt ihm voraus, auch wenn ich seinen echten Namen nicht kenne. Bisher hatte ich kein Interesse, auch nur ein Wort mit ihm zu wechseln.

»Mr. Hasting«, begrüßt er meinen Bruder höflich. Als sein Blick auf mich fällt, verzieht sich sein Mund zu einem vorfreudigen, widerlichen Grinsen, das mich vor Panik unkontrolliert zittern lässt. »Was soll ich für Sie tun?«

»Ich will wissen, was die kleine Schlampe den Greens über unsere Geschäfte verraten hat. Sobald sie ausgepackt hat, bring sie dazu, die Verträge zu unterschreiben. Danach …« Jack stockt, und für einen winzigen Moment schleicht sich Hoffnung in mein blutendes, naives Herz. »Beseitige die Beweise. Es dürfen keine Fragen entstehen.«

Der Hüne nickt und tritt mich unerwartet heftig, sodass ich auf dem Rücken lande und vor Schmerz laut aufstöhne. Doch was weit mehr wehtut als der körperliche Schmerz ist der emotionale.

Während mein großer Bruder die Halle verlässt, zückt sein Handlanger Kabelbinder und wedelt damit breit grinsend vor meinen zugeschwollenen Augen.

»Wir werden jetzt eine Menge Spaß haben, Püppchen.« Er hievt meinen lädierten Körper auf einen Stuhl und bindet mir Hände und Beine mit dem Kabelbinder zusammen.

Schläge, Beleidigungen, Blut folgen.

Trevor hat mich stundenlang erniedrigt und drangsaliert, und als er keine Lust mehr hatte, es selbst zu tun, hat er zwei Schläger auf mich gehetzt, die mir beinahe den Rest gaben. Doch unterschrieben habe ich nicht.

Mit geschlossenen Augen kämpfe ich um jeden schmerzhaften Atemzug. Meine Brust hebt sich inzwischen nur noch flach und unregelmäßig. Überall spüre ich Blut, das mir aus Wunden, Mund und Nase rinnt.

»Fuck! Was habt ihr Idioten getan?«

Jack. Er ist wieder da. Keine Ahnung, ob ich Hoffnung oder Angst empfinde. Der überwältigende, lähmende Schmerz überschattet jedes weitere Gefühl.

»Es ist aus dem Ruder gelaufen, Boss«, höre ich einen der Glatzköpfe murmeln, die mich die letzte Stunde über drangsaliert haben. Sie sagten widerliche Dinge. Schlugen mich. Traten auf mich ein und lachten dabei, als hätten sie den Spaß ihres Lebens. Dieses Lachen werde ich niemals vergessen.

»Tot bringt sie mir nichts«, beschwert mein Bruder sich lautstark, und ich höre, wie er angespannt Luft holt.

»Sorry, aber ich denke, da ist nichts mehr zu machen, Mr. Hasting«, mischt Trevor sich ein. Seine Stimme geht mir durch Mark und Bein. Er hatte sich mir höflich vorgestellt, ehe er mit einer Eisenstange auf meinen Arm einschlug, bis ich es knacken hörte.

»Dann lasst sie hier, bis es vorbei ist. Danach kümmerst du dich um die Leiche, Trevor. Hinterlass keine Beweise. Ich will ihr Verschwinden nicht erklären müssen.«

Erneut höre ich meinen Bruder tief durchatmen und versuche verzweifelt, bei Bewusstsein zu bleiben und die Augen zu öffnen, um ein letztes Mal in das Gesicht zu sehen, das ich einst mit Liebe und Vertrauen verband. Doch kein Muskel gehorcht mir. Es ist, als wäre ich eine Gefangene meines eigenen Körpers.

»Solange es keine Leiche gibt, ist Violet auch nicht tot«, überlegt Jack laut. »Und so lange kann mich der Anwalt unserer Eltern am Arsch lecken. Wichtig ist also fürs Erste nur, dass niemand sie findet. Trevor«, setzt er nach. »Leg falsche Fährten ins Ausland, um uns Ian Green vom Hals zu halten. Wenn dieser Mistkerl etwas wittert, wird er nicht locker lassen. Benutz Violets Kreditkarten. Reservier Zimmer, bezahl in Restaurants. Ganz egal. Hauptsache, die Leute denken, sie wäre abgehauen, nicht tot.«

So endet es also. Mein eigener Bruder wird mich zum Sterben zurücklassen und es vertuschen. Die Leute werden denken, ich sei abgetaucht, und Ian wird es das Herz brechen. Ich will nicht, dass er denkt, ich hätte ihn ohne ein Wort verlassen. Will nicht, dass er an meiner Liebe zweifelt. Aber mir fehlt die Kraft, um etwas dagegen zu unternehmen.

»Ich werde die nötigen Vorbereitungen treffen, Mr. Hasting«, verkündet Trevor geschäftig. »Ihr zwei! Kommt mit. Ich werde eure Hilfe brauchen.«

Schritte, die sich entfernen. Stille. Bin ich allein?

Plötzlich höre ich jemanden stoßweise atmen. Panik durchfährt mich, doch mein Körper regt sich nicht.

»Ich habe nie gewollt, dass es so weit kommt, Violet«, flüstert Jack ganz in meiner Nähe, und beinahe klingt die Traurigkeit in seinen Worten echt. »Aber die Wahl hast du selbst getroffen, als du mit dem Feind ins Bett gestiegen bist«, setzt er hart nach und brüllt dann auf einmal: »Es ist nicht meine Schuld!«

Das Schwarz hinter meinen Lidern löst sich schlagartig auf. Plötzlich scheint mir grelles, beinahe weißes Licht entgegen, und ich kneife die Augen zu.

»Wie konnte das nur passieren? Ich habe ihr versprochen, sie zu beschützen, und ich habe versagt!«

Ian. Er ist hier, und er klingt verzweifelt. Aber wo ist hier? Wo sind wir?

»Es ist Jacks Schuld, nicht deine. Dass er so kalt ist und so weit gehen würde, konnte niemand von uns ahnen.«

Anthony. Mein Patenonkel ist auch da. Aber wieso?

»Wir müssen Violet hier wegschaffen«, verkündet Ian entschlossen. »Chris soll den Heli vorbereiten.«

»Aber …«

»Nein!«, unterbricht Ian ihn mit einem Unterton, der mir das bereits blutende Herz bricht. Er ist am Ende. Und das ist meine Schuld. Hätte ich ihn damals auf der Gala direkt abgewiesen, wäre es nie so weit gekommen. »Wir haben keine Wahl, Anthony. Denkst du, ich will, dass sie aus meinem Leben verschwindet? Denkst du, ich will sie verlieren?« Meine große Liebe zieht scharf die Luft ein, und ich stelle mir vor, wie er die Augen schließt und die Lippen fest zusammenpresst. Stelle mir vor, wie der Muskel an seinem Hals zuckt und er versucht, seine Gefühle vor meinem Patenonkel zu verbergen. »Lieber verbringe ich ein einsames Leben mit der Gewissheit, dass Violet irgendwo gesund und glücklich ist, als damit klarkommen zu müssen, dass sie meinetwegen ihr Leben verloren hat.«

»Das wird sie niemals mitmachen. Violet wird nicht zulassen, dass Jack euch trennt. Sie wird dich finden und nicht locker lassen …« Anthony stoppt, und mein müder Verstand versucht zu verarbeiten, was ich da höre.

Die zwei wollen mich von hier wegschaffen. Wollen, dass ich irgendwo ohne sie weiterlebe. Versteckt. Auf der Flucht. Aber so bin ich nicht! Entweder sterbe ich, oder ich kämpfe.

»Violet liebt dich, Ian«, flüstert mein Pate sanft. »Sie wird dich nicht aufgeben.«

»Dann bleibt mir keine andere Wahl, als mich von ihr fernzuhalten.«

Ich will schreien. Will Ian anflehen, mich nicht allein zu lassen und uns nicht aufzugeben. Aber meine Lippen bleiben versiegelt.

»Der Heli ist in fünf Minuten da«, verkündet Ian tonlos. »Wir bringen sie in ein Krankenhaus nach Chicago. Chris arbeitet schon an der Story für die Polizei.«

»Ian, bitte, tu ihr das nicht an«, beschwört Anthony ihn ein letztes Mal, doch die Entscheidung ist gefallen. Sie werden mich wegschicken. Mich allein lassen, und irgendwann werden sie mich vergessen …

24

»Es ist deine gottverdammte Schuld!«, brülle ich und reiße die Augen auf. »Alles ist deine Schuld! Du gieriger, skrupelloser Mistkerl hast mein Leben zerstört! Ich erinnere mich an alles!« Ich hole zitternd Luft und dränge mich trostsuchend an Ians Seite.

Von den traumatischen Erinnerungen ins Hier und Jetzt gerissen zu werden, fühlt sich unwirklich an. Ein Teil von mir befindet sich noch immer in dieser Lagerhalle am Rande von New York und will einfach nur, dass alles endet.

Mein Bruder hingegen steht völlig ungerührt auf der Straße. Es wirkt, als sei ihm alles egal, außer der Tatsache, dass ich noch immer lebe und atme. *Wie kann er so kalt sein?*

»Es ging von Anfang an nie um die Beziehung zwischen Ian und mir«, werfe ich ihm vor. »Es ging dir immer nur um diese verdammten Firmenanteile. Durch Ian hast du nur endlich eine Ausrede gehabt, um mich beseitigen zu können, ohne dass deine Geschäftspartner dich als das Monster sehen, das du bist.«

Jack zuckt minimal zusammen, hat sich aber erschreckend schnell wieder unter Kontrolle.

»Ja und nein«, beginnt er und legt den Kopf schief, als würde er über seine Worte nachdenken. »Natürlich ging es um die Anteile. Ich wollte sie, und du hattest keine Ahnung, was du damit anstellen sollst. Zuerst wollte ich dich einfach nur auszahlen. Du bist meine Schwester, und damals hatten wir ein gutes Verhältnis. Aber dann wurdest du immer abweisender«, erklärt er und verzieht zornig das Gesicht. »Dann erfuhr ich, dass Ian Green seine dreckigen Finger nicht von dir hat lassen können und dass du so dumm warst, auf seine einfältigen Tricks reinzufallen.« Er schnaubt angewidert, und automatisch balle ich die Hände zu Fäusten. »Eine Verräterin und Schlampe wollte ich nicht länger in meinem Leben haben. Ich wäre also dumm gewesen, das Eine nicht mit dem Anderen zu verbinden. Ach ja …« Seine Lippen verziehen sich zu einem höhnischen Grinsen. »Der ganze Schwachsinn von wegen ›Ich wollte dich nie töten‹? Natürlich wollte ich dich tot sehen! Und das will ich noch immer. Aber nicht, bevor du diese verdammte Unterschrift geleistet hast. Ich hab's dieses Mal auf die nette Art versucht, Violet. Dachte, so würde ich dich weich kriegen. Aber du bist so unglaublich stur! Plötzlich wolltest du eingebunden werden, dachtest tatsächlich, du könntest unsere Geschäfte legal weiterbetreiben, weil du dir an Menschenhandel und Drogen nicht deine hübschen Fingerchen schmutzig machen wolltest. Lächerlich!« Jack spuckt uns voller Verachtung vor die Füße. »Du hast dich ja sogar geweigert, auch nur ein einziges Mal selbst eine Pille zu probieren. Egal, wie oft ich versucht habe, dich damit zu locken. Ich dachte, dass du vielleicht so mal etwas lockerer werden würdest und ich dich zu der Unterschrift bewegen kann. Aber keine Chance. Dazu kam, dass du auch noch Caleb ständig von der Arbeit abgelenkt hast, und denkst du, ich hätte nichts von deinen süßen Einweghandys gewusst? Natürlich wusste ich es«, erklärt er überheblich, und ich reiße schockiert die Augen auf. »Keine Sorge, deine kleine Freundin hat mich nie interessiert. Ich habe darauf gewartet, dass du mit Ian Green Kontakt aufnimmst, damit ich ihn endlich zu fassen kriege. Dein werter Freund hält sich nämlich leider extrem gut versteckt. Aber dank dir und deinem niedlichen Fluchtversuch stehe ich ihm nun gegenüber und kann zwei Fliegen mit einer Klappe schlagen.«

Fassungslos starre ich die Männer vor mir an, während sie langsam näher kommen, ihre Waffen entsichern und auf uns richten. Und auch Ian und Chris greifen nach ihren Pistolen, während Laurel nahezu lautlos vor Angst wimmert.

Ich schlucke hart und recke stur das Kinn in die Höhe. Wenn Jack mich erschießt, soll er sich ewig daran erinnern, dass ich nicht geflohen bin, sondern ihm direkt in die Augen gesehen habe.

Auf einmal klingt ein weiteres Mal das metallische Klicken einer Waffe. Diesmal hinter mir. Verwirrt werfe ich einen Blick über die Schulter – und was ich dort sehe, verschlägt mir den Atem.

»Caleb?«, frage ich ungläubig.

Mit entschlossener Miene steht er neben Chris. Beide halten ihre Waffen auf Jack gerichtet. So selbstverständlich und ruhig, als würde ihnen die Situation überhaupt keine Angst einjagen.

»Und da ist ja auch schon der liebeskranke Trottel, den du um den Finger gewickelt hast, Schwesterchen«, ruft Jack amüsiert.

Caleb zuckt zusammen, und auch Ian verkrampft sich neben mir kaum merklich.

»Green, bevor du dein Leben gleich verlieren wirst, solltest du erfahren, dass deine kleine süße Violet sich mit meinem engsten Mitarbeiter eingelassen hat. Keine Ahnung, was sie genau getrieben haben, aber den Blicken und eifersüchtigen Szenen nach zu urteilen, war einiges davon nicht jugendfrei.«

»Halt den Mund, Jack«, entgegnet Ian, bedrohlich und ruhig zugleich.

»Wieso tust du das?«, rufe ich. »Von mir aus kannst du die Anteile haben. Sie gehören dir, verstehst du? Aber lass uns endlich in Ruhe.«

Mein Bruder lacht so laut, als wäre er nicht bei Sinnen. »Es geht inzwischen um weit mehr als nur um die Anteile, Schwesterchen«, erklärt er mir. »Es geht um Ehre. Du hast mich erneut hintergangen. Wieder finde ich dich neben dem Mann, dessen Familie unsere Eltern ermordet hat, und wieder stehst du auf der falschen Seite. Ich habe die Hoffnung für dich aufgegeben, Violet. Du bist ein dummes kleines Ding, das sich von seinem Herzen leiten lässt statt vom

Ehrgefühl. Du entscheidest dich erneut gegen deine Familie, und das kann ich nicht durchgehen lassen. Wie stände ich denn da, wenn ich dich davonkommen lassen würde?«

»Wenn du sie jetzt tötest, bekommst du die Anteile niemals, Jack«, ruft Caleb hinter mir.

»Mach dir darüber keine Gedanken. Meine Geschäfte gehen dich nichts mehr an, Denver. Du hast dich ebenso für die falsche Seite entschieden und damit dein Urteil selbst gewählt.«

Einen Moment lang betrachte ich meinen Bruder eindringlich, und ein Gefühl breitet sich in meiner Brust aus, das nicht zu ihm passen will.

Er tut mir leid.

Jack hat wahre Liebe nie kennengelernt. Für ihn gibt es nur den eigenen Vorteil und den geschäftlichen Erfolg.

»Nimm die Anteile und lass uns gehen, Jack. Uns alle. Auch Caleb«, verkündet Ian, und ich sehe perplex zu ihm auf. »Wir kennen uns länger, als er dich kennt, Jack. Aber vermutlich hat er das nie erwähnt. Caleb ist ein guter Mann. Ich bin froh, dass er sich um Violet gekümmert hat, als ich es nicht konnte.«

Okay, jetzt bin ich vollkommen verwirrt. Ich hatte erwartet, dass Ian seiner Eifersucht freien Lauf lassen würde, sollte er die Geschichte von Caleb und mir hören. Aber das tut er nicht. Er behält das Wesentliche im Blick, und dafür liebe ich ihn umso mehr. Ohne nachzudenken, ohne die auf uns gerichteten Waffen zu beachten, greife ich nach Ians Hand und stelle mich vor ihn, um ihm in die Augen sehen zu können. Er lächelt schwach, und mir ist sofort klar, was er mir damit sagen will: Er verzeiht mir. So wie ich ihm schon längst seine Lügen verziehen habe.

Mit dem Wissen, dass zwischen uns alles wieder gut ist und ich mich immer auf seine Liebe verlassen kann, wende ich mich von Ian ab und gehe auf meinen Bruder zu. Ian ruft meinen Namen, aber ich ignoriere ihn und starre Jack unverwandt entgegen.

»Gib mir die Verträge, Jack«, fordere ich. »Das ganze Morden und dein Gerede über Ehre ist Schwachsinn. Wir können es jetzt und hier friedlich beenden. Ich unterschreibe. Du bekommst, was du willst, und wir gehen alle unserer Wege. Jeder gewinnt. Keiner muss verlieren, und du musst nicht mit dem Wissen weiterleben, deine eigene Schwester ermordet zu haben.«

Einige Sekunden vergehen, in denen Jack mich einfach nur ansieht. Es ist viel passiert. Nichts davon kann ungeschehen gemacht werden, aber zumindest können wir verhindern, uns noch mehr Schuld aufzubürden.

Doch anstatt nach den Papieren zu greifen, die sein Handlanger nun aus seiner Jacke zieht und ihm entgegenhält, lacht Jack laut auf. Dann nickt er Trevor zu. Ganz schwach nur. Aber eindeutig.

Und plötzlich löst sich ein Schuss.

Was dann folgt, läuft vor meinen Augen in Zeitlupe ab. Laurel kreischt, Ian brüllt meinen Namen, und Jack verzieht für einen winzigen Moment schmerzlich das Gesicht.

Ich schließe die Augen. Weiß, dass Trevor niemals danebenschießt, und versuche meinen inneren Frieden zu machen. *Bitte, lass Ian nicht an seinen Schuldgefühlen zerbrechen. Lass ihn weiterleben und eine neue Liebe finden. Und lass Caleb in Ians Reihen ein glückliches Leben führen. Er hat es mehr als verdient.*

Plötzlich werde ich zur Seite gerissen, und ein schweres Gewicht drückt mich zu Boden. Weitere Schüsse ertönen, und jemand ächzt vor Schmerz auf. Die Zeit läuft wieder schneller, und ich schlage keuchend die Augen auf.

Caleb liegt schräg auf mir. Sein Oberkörper auf meinen Beinen, seine Arme auf dem Asphalt.

»Caleb?«, wispere ich und richte mich auf.

Im Bruchteil einer Sekunde hat sich die Straße in ein Schlachtfeld verwandelt. Ich entdecke Jack auf dem Boden. Sein Gesicht ist ungläubig verzogen, und er hält seine Hände fest auf den Bauch gepresst. Blut rinnt zwischen seinen Fingern hervor. Neben ihm liegt Trevor. Die Augen leblos und starr dem Himmel zugewandt. Das Blut, das aus der Wunde in seiner Brust dringt und sein Hemd dunkel färbt, ist nicht zu übersehen. Er ist tot. Von Jacks zweitem Helfer ist weit und breit keine Spur. Vermutlich hat er die Flucht ergriffen, als der erste Schuss fiel.

Über mir murmelt Caleb etwas Undeutliches, und sofort ruckt mein Blick zu ihm.

»Caleb!«, brülle ich verzweifelt.

Das Einschussloch befindet sich in seinem Rücken, mittig unter den Schulterblättern. Da meine Beine nicht von Blut besudelt sind, weiß ich sofort, dass die Kugel nicht durchgegangen ist. Heiße Tränen rinnen über mein Gesicht und spülen jede Hoffnung auf ein glückliches Ende von mir.

Vorsichtig drehe ich meinen Retter auf den Rücken, bette

seinen Kopf behutsam in meinen Schoß und schluchze hoffnungslos auf. Calebs Blick findet meinen, und in diesem Moment brechen alle meine Dämme. Ich schreie, brülle seinen Namen und umklammere sein Gesicht mit den Händen.

»Wehe, du verlässt mich, Caleb Denver!«, befehle ich ihm weinend. »Das ist der Wunsch, den ich noch bei dir guthabe! Du darfst nicht sterben. Du musst kämpfen. Bitte!«

»Ich ... ich liebe ... dich. Prinzessin«, wispert er stockend.

Schlagartig beginnt Caleb zu würgen und zu husten. Blut spritzt aus seinem Mund, und ich schreie ihn erneut an. Flehe, dass er mich nicht verlässt, und erinnere ihn an sein Versprechen, immer für mich da zu sein.

Auf einmal hört das Husten auf. Sein Kopf rollt dumpf zur Seite, und ich weiß, dass er nicht länger bei mir ist. Caleb ist gestorben, um mich zu beschützen.

»Color?«

Meine Welt versinkt im Schock. Hinterher kann ich mich nur mühsam daran erinnern, wie Chris Calebs leblosen Körper von mir weggetragen hat. Wie Ian mich auf die Arme nahm und zum Auto brachte, in dem Laurel bereits weinend auf uns wartete. Im Hintergrund hörte man immer lauter werdende Sirenen. Jemand hatte die Polizei gerufen. Das Letzte, das ich sah, bevor sich die Wagentür schloss, war Calebs lebloser Körper sowie die langsam aufgehende Sonne, deren kräftige Strahlen auf ihn niederfielen und ihn beinahe leuchten ließen.

25

»… müssen sofort abhauen!«

»Das ist nach dieser Nacht keine Option mehr.«

»Was schlägst du dann vor?«, ruft jemand aufgebracht.

Blinzelnd öffne ich die Augen und richte mich ächzend auf. Meine Umgebung nehme ich nur verschwommen wahr, ehe ich mir übers Gesicht reibe, um die Müdigkeit zu vertreiben, und mir dann einen Überblick über die Situation verschaffe. Ich bin im Hotel in Soho. In Camys Zimmer.

»Keine Ahnung. Aber so kann es nicht weitergehen. Je mehr Zeit wir hier mit Diskutieren vergeuden, umso einfacher wird es für Jack, einen neuen Plan zu schmieden«, erklärt Ian gerade.

Camy seufzt laut auf, und plötzlich spüre ich ihren Blick auf mir. Außer ihr sind auch noch Chris und Laurel im Zimmer.

»Vi«, ruft Camy verwundert und eilt auf mich zu. Sie hockt sich vor das Sofa, auf dem ich liege, und greift nach meiner Hand. »Brauchst du etwas?«, fragt sie fürsorglich. »Wasser? Kaffee? Alkohol? Oder hast du Hunger?«

»Ian hat recht«, sage ich laut und schüttle Camys Hand ab. Den körperlichen Schmerz dabei zu fühlen, tut mir gut. Denn außer ihm spüre ich nichts als Wut. Keine Trauer. Keine Liebe. Keine Angst. »Wir können so nicht weitermachen. Ich weigere mich, meinen Bruder gewinnen zu lassen und mich schon wieder irgendwo vor ihm zu verkriechen, damit er weiterhin seine gnadenlosen Machenschaften durchziehen kann«, fahre ich fort.

Chris hebt den Blick von seinem Handy, stößt sich von der Wand neben der Badezimmertür ab und setzt sich auf den Sessel mir gegenüber.

»Mein Kontaktmann bei den Cops hat mir geschrieben«, erklärt er. »Jack ist schwer verletzt und hat viel Blut verloren. Aber es war ein glatter Durchschuss, und er ist schon wieder bei Bewusstsein. Im Moment liegt er im New York Hospital und wird dort von den Cops rund um die Uhr überwacht. Es soll Anklage gegen ihn erhoben werden. Sie werfen ihm Bandenkriminalität und Mord vor. Anscheinend gehen sie davon aus, dass die Leiche von diesem Trevor, neben dem sie ihn angeschossen vorgefunden haben, auf sein Konto geht.«

»Das sind doch tolle Neuigkeiten!«, erwidert Camy und erntet dafür von Chris ein genervtes Augenrollen.

»Jack hat mehr Geld, als jemals ein Mensch besitzen sollte«, antwortet er ihr, als sei sie ein naives kleines Kind. »Für seine Anwälte ist es ein Leichtes, ihn auf Kaution rauszubekommen, und dann steht er im Nullkommanichts vor unserer Tür.«

»Und woher soll ich wissen, dass man sich in euren Kreisen aus so was einfach rauskaufen kann, du Klugscheißer?«, faucht meine beste Freundin zurück.

Ian schüttelt müde den Kopf und fährt sich durchs Haar. Keine Ahnung, was in ihm vorgeht. Aber was es auch ist, es scheint ihn zu zermürben.

»Wenn wir ein Wunder brauchen, dann beschaffen wir uns eben eins«, erkläre ich entschlossen und richte mich auf. Zwar wackle ich wie Bambi bei ihren ersten Gehversuchen, aber ich schaffe es immerhin, nicht umzukippen, was ich als Fortschritt verbuche.

»An was denkst du dabei genau?«, will Chris wissen, aber ich ignoriere ihn vorerst.

»Ian.« Ich wende mich meiner großen Liebe zu und sehe ihn eindringlich an. Er muss verstehen, dass das, was ich tun will, unsere einzige Option ist. »Du hast doch bestimmt Kontaktmänner beim FBI. Ruf sie an. Sag ihnen, Violet Hasting ist bereit, gegen ihren Bruder auszusagen.«

Chris stößt einen derben Fluch aus, und Camy zieht scharf die Luft ein.

Ian jedoch sieht mich einfach nur ruhig an. Schließlich nickt er. »Ich werde auch aussagen.«

»Fuck, Leute!«, wirft Chris ein. »Wie stellt ihr euch das vor? Wir landen allesamt im Kittchen, wenn wir aussagen. Immerhin müssten wir uns auch selbst belasten.«

»Wir machen einen Deal mit der Staatsanwaltschaft«, erkläre ich nach einem kurzen Moment des Schweigens.

»Einen Deal?«, mischt sich Camy verwirrt ein.

Ich nicke langsam und strecke fordernd die Hand in Ians Richtung aus.

Doch er schüttelt den Kopf und sieht zu seinem Cousin. »Ich werde dich nicht zwingen, dich ebenfalls zu stellen, Chris. Aber dann ist jetzt für dich die Zeit gekommen, um zu gehen. Denn du hängst zu sehr mit drin. Was sagst du: Willst du irgendwo untertauchen oder bist du bereit, mit uns gemeinsam ein für alle Mal reinen Tisch zu machen?«

Chris blickt zögernd zwischen uns hin und her. Dann verzieht sich sein Mund zu einem spitzbübischen Lächeln. »Fuck, Ian! Wie könnte ich euch jemals allein lassen? Ohne mich wärt ihr aufgeschmissen. Also, ja. Ich bin dabei.«

Die beiden Männer reichen sich die Hand, dann zückt Ian das Handy aus der Tasche seines Jacketts.

»Ich rufe an und kläre erst alles ab, bevor jemand von euch auch nur ein Wort über all das verliert, was er weiß.«

Da er die besten Kontakte zum FBI hat, gebe ich mich damit zufrieden und lasse mich vorsichtig wieder aufs Sofa fallen.

»Seid ihr wirklich bereit, alles zu riskieren und euch offen gegen Jack zu stellen?«, hakt Chris skeptisch nach. Auf einmal scheint er nicht mehr so überzeugt zu sein wie noch vor wenigen Sekunden, was mir Sorge macht. Wenn wir das durchziehen wollen, müssen wir drei fest dahinterstehen.

Blitzartig springt Camy auf und fuchtelt wütend mit dem Finger vor seinem Gesicht herum. »Jetzt hör mir mal zu, du Schisshase«, ruft sie. »Wenn Violet der Meinung ist, dass das gut ausgehen wird, dann vertraue ich ihr. Ich würde das Leben meiner besten Freundin niemals aufs

Spiel setzen, wenn ich nicht zu hundert Prozent von ihr überzeugt wäre. Und genau das solltest du auch tun. Es sei denn, du hast nicht die Eier dazu.«

Unter anderen Umständen hätte ich mir in der Situation ein Grinsen nur schlecht verkneifen können und meine beste Freundin still angefeuert. Allerdings regt sich momentan nichts in mir, außer der wilden Entschlossenheit, meinen Bruder für das zu bestrafen, was er uns angetan hat. Vor allem für den Mord an Caleb. Er hat es nicht verdient, so jung zu sterben, und vor allem hat er es nicht verdient, kaltblütig von Jack aus dem Leben gerissen zu werden.

Während Chris' Augen ein undeutbares Funkeln bekommen, wählt Ian eine Nummer und hält sich mit verkrampften Fingern das Handy ans Ohr. Plötzlich wird es totenstill im Hotelzimmer. Jeder scheint den Atem anzuhalten und Ian anzustarren.

»Agent Ritch? Hier spricht Ian Green. Ich will Ihnen einen Deal vorschlagen, durch den Sie die Karriereleiter in wenigen Wochen enorm hochklettern werden.«

26

Am Ende des Weges sitzt man da und lässt die Vergangenheit Revue passieren. Einiges erscheint einem plötzlich unsagbar dumm, anderes völlig richtig. Zurückreisen und Dinge ungeschehen machen kann man allerdings nicht, also versucht man mit seinen Entscheidungen zu leben, so gut es geht.

»Miss Hasting?«

Ich nicke dumpf und hebe den Blick.

Der Tisch im Verhörraum des FBI hat sechsundzwanzig winzige abgeplatzte Stellen. Das weiß ich, weil ich seit über einer Stunde hier sitze und somit genügend Zeit hatte, um sie zu zählen. Man sollte glauben, dass das FBI etwas schneller in die Gänge kommt, wenn ihm belastende Zeugenaussagen zu einem so gefährlichen Mann wie meinem Bruder auf dem Silbertablett angeboten werden. Tja, so ist es nicht.

Wir lieferten Camy und Laurel am Flughafen ab und sorgten dafür, dass sie sicher im Flugzeug nach Texas saßen.

Laurel wird erst mal in Rosehill unterkommen, bis sich die Wogen hoffentlich so weit glätten, dass sie wieder ein normales Leben führen kann.

Dann machten wir uns auf den Weg zum Büro von Ians Kontaktmann. Als wir hier ankamen, wurden wir sofort voneinander getrennt und in verschiedene Verhörräume gebracht. Aus Filmen weiß ich, dass das die übliche Herangehensweise ist. Man trennt Zeugen, damit sie keine weitere Gelegenheit bekommen, sich abzusprechen, und vernimmt sie nacheinander, um mögliche Rückfragen zu der Aussage des anderen stellen zu können.

»Sie müssen Mr. Ritch sein«, entgegne ich und ernte ein beinahe freundliches Lächeln von ihm.

Der FBI-Agent ist im mittleren Alter, klein, aber überdurchschnittlich muskulös, was ich selbst durch den teuren grauen Anzug erkenne, den er trägt. Vermutlich versucht er das Defizit seiner Größe durch Muskeln wettzumachen.

»Mr. Greens Anruf hat mich überrascht«, beginnt er und setzt sich auf den Stuhl mir gegenüber. »Es passiert nicht jeden Tag, dass drei so bekannte Namen wie Ihre sich freiwillig stellen.«

»Verstehen Sie mich bitte nicht falsch«, sage ich, ehe er weitersprechen kann, und ziehe eine Braue in die Höhe. »Aber halten Sie mich für blöd? Hier stellt sich niemand. Wir wollen einen Deal. Und da Sie meinen Bruder wollen, werden Sie sich darauf einlassen. Andernfalls stehe ich auf und gehe. Und dann bekommen Sie nichts.«

Ritch grinst beeindruckt und deutet zu einer Kamera, die in der Ecke des kahlen grauen Raums angebracht wurde und an der ein kleines Licht grün leuchtet. »Alles, was wir hier besprechen, ist rechtsgültig, Miss Hasting«, erklärt er mir. »Ihr Deal ist beschlossen, er wird gerade aufgesetzt. Die Staatsanwaltschaft hat bereits zugestimmt, Ihnen und Ihren Begleitern Immunität zu gewähren, sollten wir von Ihnen ausreichend belastendes Material über Jack Hasting bekommen.«

Ich nicke und überkreuze die Arme vor der Brust. »Dann warte ich, bis die Unterlagen hier sind, ehe ich etwas sage«, entscheide ich knapp.

Ritch lacht leise und schüttelt grinsend den Kopf. »Mr. Green hat zwar angedeutet, dass Sie eine harte Nuss sind, aber es selbst zu erleben, ist noch beeindruckender.«

Vermutlich war das nicht als Kompliment gemeint, dennoch fasse ich es so auf. Ja, ich kann stur und unnachgiebig sein. Aber genau das sind die Charaktereigenschaften, die mich die letzten Monate über am Leben gehalten haben.

»Möchten Sie einen Kaffee, während wir warten?«

Sofort hellt sich meine Laune auf, und ich nicke eifrig, wofür ich erneut ein amüsiertes Grinsen ernte.

Agent Ritch winkt in Richtung der Kamera, und ich schätze, dass er seinem Kollegen so das Zeichen gibt, uns das heiß ersehnte Koffein zu bringen.

Einige Sekunden vergehen schweigend, dann steht der FBI-Agent plötzlich auf und schaltet die Kamera aus. Er atmet tief durch und reibt sich verlegen den Nacken, ehe er sich mir erneut zuwendet.

»So ist es besser«, verkündet er mit schiefem Lächeln.

»Meine Kollegen müssen nicht erfahren, dass Ian und ich befreundet sind, Violet.«

Erschöpft löse ich die Arme vor der Brust, streiche mir eine Strähne aus der Stirn und lehne mich im Stuhl zurück.

»Ich will, dass Jack für all das, was er getan hat, leidet«, erkläre ich unvermittelt und bringe Agent Ritch damit dazu, überrascht die Brauen zusammenzuziehen. »Für jedes Leben, das er versaut hat, für jede Lüge, die er erzählt hat, und für jeden Mord, den er in Auftrag gegeben hat, soll er bestraft werden. Ich werde erst wieder glücklich sein, wenn ich weiß, dass mein Bruder im Knast sitzt.«

Diese Worte auszusprechen tut unwahrscheinlich gut. Ja, er ist mein Bruder, und ja, er gehört zur Familie. Aber hat ihn das bei mir jemals aufgehalten? Nein. Wieso sollte ich ihn also nun schützen? Weil durch unsere Adern das gleiche Blut fließt? Pah! Blut scheint für ihn nicht wichtig zu sein, also ist es das für mich auch nicht mehr.

Ritch lässt sich wieder auf seinen Stuhl sinken und mustert mich eingehend. »Sie hegen einen enormen Hass auf Jack Hasting, Violet.«

Ich lache bitter auf. »Wären Sie nicht voller Hass, wenn Ihr eigener Bruder mehrfach versucht hätte, Sie umzubringen? Wenn er Ihr Leben zerstört, Ihnen die Jugend genommen und jemanden getötet hätte, den Sie lieben?«

Ehe er antworten kann, klopft es an der Tür, und ein Beamter betritt den Verhörraum, ohne auf eine Antwort gewartet zu haben. In den Händen hält er zwei dampfende Kaffeebecher, und unter seinem Arm klemmt eine braune

Akte. Er stellt die Becher vor uns auf den Tisch und drückt Ritch die Akte in die Hand. Mich würdigt er keines Blickes. Irgendwie verständlich. Immerhin bin ich eine Hasting, und meine Familie ist dank Jack nicht gerade für ihre Aufrichtigkeit bekannt. *Den Agenten muss es verdammt viel Spaß machen, nicht nur eine Hasting, sondern dazu noch zwei Greens in ihren Verhörräumen sitzen zu sehen.*

Nachdem der Agent den Raum verlassen hat, schiebt Ritch mir die Akte zu, legt einen Kugelschreiber daneben und steht auf, um die Kamera erneut einzuschalten. Ab jetzt läuft alles wieder offiziell. *Also pass auf, was du sagst, Vi.*

»Miss Hasting«, beginnt Ritch förmlich. »Hiermit bieten wir Ihnen folgende Vereinbarung an: Die Staatsanwaltschaft sowie der zuständige Richter sind damit einverstanden, Ihnen und Ihren Begleitern Straffreiheit in bestimmten Punkten zu gewähren, wenn …«

»In welchen Punkten?«, unterbreche ich ihn und überfliege die Unterlagen. Ich erkenne Paragrafen, die mir nichts sagen, und fachliche Ausdrücke, die mich noch mehr verwirren. Irgendwo lese ich unsere Namen und das Wort »Immunität« und entspanne mich ein wenig.

»Geldwäsche, Nichtanzeige von Straftaten. Körperverletzung. Ihr Anwalt müsste jeden Moment hier sein«, ergänzt Mr. Ritch und wirft mir einen eindeutigen Blick zu, den die Kamera allerdings nicht einfangen kann und der besagt, abzuwarten und die Klappe zu halten. »Er befindet sich bereits im Gebäude und hält momentan Rücksprache mit der Staatsanwaltschaft.«

Erleichtert stoße ich den Atem aus und greife zum Kaffee. Natürlich wird Anthony mich vertreten. Ihm vertraue ich bedingungslos.

»Dann legen wir erst los, sobald er mir das Okay gibt.«

Das Verhör zieht sich bis in den späten Abend. Ich erzähle dem Agenten alles. Angefangen bei meinen Erinnerungen an den Tod meiner Eltern, über meine Zeit in Rosehill, den Abend, an dem Jack mich kidnappte, wie er mich schlug, bis hin zum Mord an Caleb.

Ritch macht sich immer wieder Notizen, obwohl die Kamera alles aufzeichnet. Besonderes Interesse hat er an meinen Ausführungen zu den Herreros. Anscheinend ist das FBI hinter diesem Kartell schon lange her, hat bisher aber keine brauchbaren Beweise erhalten. Ritch macht deutlich, dass meine Aussage dadurch an Wert gewinnt und ich zu einer extrem wichtigen Zeugin in gleich zwei Fällen werde.

Währenddessen ist Anthony durchgehend an meiner Seite. Er streicht mir beruhigend über den Arm und raunt mir zu, weiterzuerzählen, wenn ich zwischendurch ins Stocken gerate.

Ihn, Aria und ihren Sohn Brix lasse ich zum Großteil aus meinen Erzählungen aus. Zwar berichte ich, dass sie mit mir verwandt sind, jedoch erzähle ich nichts davon, dass sie von Jacks illegalen Machenschaften wussten oder dass Brix die Geschäfte in Kanada leitet. Die Straffreiheit gilt immerhin nicht für sie.

Als meine Geschichte endlich beendet ist, bin ich so erschöpft, dass ich beinahe im Sitzen einschlafe. Die vergangenen Tage haben mich körperlich und emotional ausgelaugt. Ich will nur noch ins Bett, mich in Ians Arme kuscheln und schlafen.

»Wie geht es jetzt weiter, Agent Ritch?«, fragt Anthony.

»Zuallererst werden wir Miss Hasting sowie die Greens in ein Safehouse bringen lassen. Unsere Agenten werden für ihren Schutz sorgen. Gleichzeitig werden wir mit einem Sonderkommando Jack Hastings New Yorker Anwesen überprüfen. Er wurde mittlerweile auf eigenen Wunsch aus dem Krankenhaus entlassen. Wenn alles gut verläuft, sitzt er noch vor Mitternacht in Untersuchungshaft. Und dieses Mal wird er sich nicht so einfach rauskaufen können.« Mr. Ritch zögert, ehe er weiterspricht. »Ich will ehrlich zu Ihnen sein: So, wie ich das sehe, brauchen Sie keinen Deal, Miss Hasting. Sie haben nichts Belastendes getan. Sie hatten keine Chance, Ihren Bruder anzuzeigen, da er Sie einsperrte und Ihnen keine Möglichkeit gab, Kontakt zur Außenwelt aufzunehmen. Allerdings ist Ihr Vermögen mit seinem verknüpft. Sobald Ihr Bruder in Untersuchungshaft sitzt, werden wir seine Konten einfrieren, und somit auch Ihre.«

»Wann wird Violet wieder darauf zugreifen können?«, will Anthony wissen und sieht sich erneut die Vereinbarung mit der Staatsanwaltschaft an.

»Sobald die Untersuchungen über die Herkunft des Geldes abgeschlossen sind. Das kann sich allerdings einige Wochen, wenn nicht sogar Monate hinziehen«, antwortet Ritch uns zerknirscht und wendet den Blick ab.

Ihm passt das genauso wenig wie Anthony. Vermutlich ergeht es Ian und Chris mit ihrem Geld nicht anders, und ich wette, dass Ritch regelmäßige Zahlungen von den Greens erhält. *Tja, diese Zahlungen werden wohl eine Zeitlang ausbleiben.*

»Mich interessiert das Geld nicht«, sage ich und zucke mit den Schultern. »Lieber bin ich bettelarm, als ständig vor Jack auf der Flucht sein zu müssen.«

Überrascht sieht mich der FBI-Agent an, was mich fast zum Schmunzeln bringt. Nicht jeder Mensch ist geldgierig, das muss er anscheinend noch lernen.

»Dann sind wir hier für heute wohl fertig«, entscheidet Anthony und steht auf. »Meine Klientin hat eine traumatische Zeit hinter sich und muss sich ausruhen.«

»Selbstverständlich. Ich regle unverzüglich den Transport ins Safehouse, Mr. Reed«, entgegnet Ritch geschäftig, nickt uns flüchtig zu und verlässt den Raum.

Einen Moment sitze ich bloß still da und denke darüber nach, was ich getan habe. Mich offen gegen Jack zu stellen war das einzig Richtige, dessen bin ich mir sicher. Allerdings kenne ich meinen Bruder und weiß, dass es hiermit nicht endet. Er wird alles in seiner Macht Stehende tun, um mich zum Schweigen zu bringen. Und den Herreros habe ich nun auch schwer geschadet. Ohne es zu wollen, habe ich mir durch meine Aussage einen noch mächtigeren Feind geschaffen als meinen Bruder.

»Lass uns zu den anderen gehen, Kleines«, raunt Anthony mitfühlend und greift nach meiner Hand. Aufmunternd streicht er mir über den Handrücken und zieht mich vom Stuhl hoch.

»Meinst du, wir dürfen sie sehen?«

Mein Patenonkel zuckt mit den Schultern und zwinkert mir zu. »Was wollen die Agenten denn tun? Du bist ihre wichtigste Zeugin.«

Unsicher folge ich ihm aus dem winzigen Zimmer in ein Großraumbüro, in dem geschäftiges Treiben herrscht. Obwohl es bereits später Abend ist, sind die meisten Schreibtische noch besetzt. Agenten telefonieren, tippen auf ihren Tastaturen oder lesen in dicken Akten. Zielsicher führt Anthony mich weiter in einen Flur an mehreren geschlossenen Türen vorbei.

»Bist du öfter hier?«, frage ich und sehe ihn verwirrt an.

»Hin und wieder«, entgegnet er knapp.

Zeit, seine Antwort zu hinterfragen, habe ich keine. Ohne zu zögern stößt Anthony eine unscheinbare graue Tür auf, die zu einem Raum führt, der meinem Verhörzimmer deutlich ähnelt.

»Color!«, höre ich Chris' Stimme, und im nächsten Augenblick zieht er mich in seine Arme.

Chris presst mich fest an seine Brust und wuschelt mir liebevoll durchs Haar, was mich leise lachen lässt.

»Wie ich höre, hast du auch noch die Herreros belastet«, sagt er amüsiert und lässt mich los. »Ganz schön mutig für so eine kleine Frau.«

Ich übergehe seinen Kommentar und sehe stattdessen an ihm vorbei. Direkt hinter Chris an der Wand lehnt Ian. Seine dunklen Haare sind zerwühlt, ein leichter Bartschatten ist an Kinn und Wangen erkennbar, seine obersten Hemdknöpfe stehen offen, und sein Jackett hängt über der Stuhllehne. Er wirkt nachdenklich und müde, wodurch ich prompt ein schlechtes Gewissen bekomme. Denn das ganze Chaos ist meine Schuld. Nur wegen mir und meinem Bruder stecken die zwei jetzt in dieser Situation fest.

»Wie geht's euch?«, will ich wissen und ernte ein ruppiges, ungläubiges Schnauben von Ian.

»Du machst die Hölle durch und fragst uns, wie es uns geht?«

Unsicher nage ich am Daumen, als Anthony hinter mir die Tür schließt und sich gemächlich auf einen der Stühle setzt. Das Verhörzimmer ist genauso aufgebaut wie das, in dem ich den Tag verbracht habe. Grau, kahl und ungemütlich. Selbst die Kamera steht an der gleichen Stelle. Doch sie ist ausgeschaltet.

»Ich kann es verstehen, wenn ihr aussteigen wollt«, beginne ich kleinlaut und starre auf den Boden. »Dass jetzt auch noch die Herreros ins Spiel kommen, ändert die Situation und macht sie sehr viel gefährlicher. Solange ihr den Deal nicht unterschrieben habt, könnt ihr gehen. Ihr könnt eure Aussagen zurückziehen und dort weitermachen, wo ihr aufgehört habt, bevor Jack mich …«

Ein lautes Krachen ertönt, und ich schreie erschrocken auf.

Anthony ruft anklagend: »Verdammt, Ian!«, und deutet auf den zertrümmerten Stuhl, den Ian gegen die Wand geworfen hat.

»Wie oft muss ich dir noch sagen, dass ich dich niemals allein lassen werde, Violet?«

Ich will den Daumen in den Mund nehmen, aber da ist Ian bereits bei mir und greift nach meiner Hand. Zärtlich umschließt er meine Finger mit seinen und fixiert mich mit einem unendlich liebevollen Blick, der so gar nicht zu dem Bild des zertrümmerten Stuhls passen will.

»Ich liebe dich, Color. Das habe ich immer und werde es immer«, gesteht er mir sanft und streicht über meine Wange. »Ich werde niemals, wirklich niemals, von deiner Seite weichen, solange du mich dort haben willst.«

Ians Blick wird unergründlich, und das Blau seiner Augen verwandelt sich in einen leidenschaftlichen Sturm. Plötzlich geht er vor mir auf die Knie und sieht mit einer solchen Aufrichtigkeit zu mir auf, dass ich nur mit Mühe die Tränen unterdrücken kann.

»Das ist jetzt nicht dein Ernst, Alter«, ruft Chris. »Denkst du echt, dass das hier der richtige Ort ist?«

»Halt die Klappe, Christian«, tadelt Anthony, doch das alles nehme ich kaum wahr.

Mein gesamtes Sein ist auf den Mann gerichtet, der vor mir kniet, meine Hand mit seiner umschlossen hält und mich voller Liebe betrachtet.

»Violet Hasting«, beginnt Ian sanft. »Wir haben so viel durchgestanden. Uns so oft verloren, und doch haben unsere Herzen uns immer wieder zueinander geführt. Vor uns liegt ein letztes großes Hindernis, und das möchte ich mit dir gemeinsam durchstehen. Ich möchte dir den Halt geben, den du brauchst, und dir das Glück schenken, das du verdienst. Ich will dich zum Lachen bringen und den Kummer aus deinem Herzen vertreiben. Bis dass der Tod uns trennt.«

Inzwischen rinnen die Tränen unaufhörlich über meine Wangen. Ergriffen knie ich mich vor den Mann, dem mein Herz gehört, und lege zärtlich eine Hand an seine Wange.

»Color«, raunt Ian leise. »Erweist du mir die Ehre und wirst meine Frau?«

»Ja!«, rufe ich, ohne nachzudenken, was unsere Zuschauer zum Lachen bringt. »Ich liebe dich und will dich nie wieder vergessen, Ian Green.«

EPILOG

»Wenn du deinen Hintern nicht gleich aus dem Badezimmer schwingst, komme ich rein und zerre dich da raus!«

Um meine Worte zu unterstreichen, klopfe ich hartnäckig an die Tür, bis ich höre, wie sich der Schlüssel im Schloss dreht, und einen Schritt zurücktrete.

»Wie sehe ich aus?«, fragt Camy ungewohnt schüchtern und breitet die Arme aus.

Quietschend hüpfe ich auf der Stelle und klatsche in die Hände. In diesem Traum aus Weiß wirkt sie wie eine Märchenprinzessin. Das Kleid funkelt und glitzert nur so. Der weite Rock bauscht sich ab der Hüfte abwärts um ihre langen Beine, während sich das Korsett eng an ihren wohlgeformten Oberkörper schmiegt und ihre Brüste betont.

»Du siehst toll aus«, hauche ich ergriffen.

»Und du bist dir wirklich sicher, dass du in Weiß heiraten willst, Camy?«, kommentiert Isabella schmunzelnd und tritt einen Schritt auf uns zu. »Ich habe dich und Chris letzte Nacht gehört. Das mit der Jungfrau kauft dir niemand ab, Schätzchen.«

Camy verdreht lachend die Augen und hebt den Saum ihres Kleides an, um in die weißen, am Absatz mit Diamanten besetzten Schuhe zu schlüpfen.

»Nur weil du gerade niemanden in deinem Bett hast, Isa, bedeutet das nicht, dass wir anderen uns auch zurückhalten müssen«, entgegnet Camy und zwinkert mir unauffällig zu. »Selbst Vi und Ian kriegen das hin.«

»Erstens haben die zwei ein Kindermädchen, zu dem sie den kleinen Hosenscheißer abschieben können, wenn sie für sich sein wollen. Und zweitens bin ich wählerisch. Mir kommt kein Mann ins Bett, der es nicht wert ist«, erwidert Isabella gewohnt selbstbewusst.

Ich höre den Neckereien der beiden nur am Rande zu. Wehmütig betrachte ich das wunderschöne Kleid meiner besten Freundin und kann nicht fassen, dass sie in weniger als einer Stunde meine Schwippschwägerin sein wird.

Ian und ich haben vor etwa eineinhalb Jahren geheiratet, wobei wir es klein und intim gehalten haben – was vor allem daran lag, dass wir uns spontan auf der Flucht das Jawort gaben. Vor fünf Monaten hat unser Sohn dann unser Glück perfekt gemacht. Der kleine Caleb war vom ersten Moment an die Liebe unseres Lebens. Ihn so zu nennen, war Ians Idee. Dass Caleb Denver mir damals in New York das Leben gerettet hat und sich selbst dafür opferte, werden wir ihm nie vergessen. Um es zumindest etwas wiedergutzumachen, zahle ich seitdem die Raten für die Pflege von Calebs Mutter und spende regelmäßig für die ehrenamtliche Arbeit seines Vaters. Nachdem Jack im Gefängnis gelandet ist, hat Anthony für mich Akteneinsicht bei der Staatsanwaltschaft gefordert und mir so die nötigen Unterlagen beschafft, die ich dafür brauchte.

Erneut fliegt mein Blick zu Camy. Auch für sie waren die letzten zwei Jahre nicht einfach. Der Weg, den sie und Chris gemeinsam gegangen sind, hätte manch anderes junges Paar sicher auseinandergebracht.

Bevor wir vom FBI endlich ins Zeugenschutzprogramm aufgenommen und nach Irland geschickt worden sind, konnten wir keinen Schritt tun, ohne Angst vor Jacks Männern oder den Herreros zu haben. Dass sie es nicht nur auf uns, sondern auch auf die Menschen abgesehen haben könnten, die uns nahestehen, begriffen wir erst, als es beinahe zu spät war. Ohne Chris' Einsatz würde Camy heute nicht vor mir stehen.

Durch meine Aussage konnte sich das FBI schließlich mit der Behörde in Mexiko zusammentun und nach einigen Monaten der Strafermittlung endlich auch die Herreros aus dem Verkehr ziehen.

Ian hat, wie er es mir damals versprach, all seine Geschäfte aufgegeben, ohne mit der Wimper zu zucken. Er verkaufte alle Klubs, Immobilien und Geschäftsanteile. Als das FBI meine Konten endlich wieder freigab, nahmen wir unser Geld und die wenigen Dinge, die wir behalten wollten, und sahen nie mehr zurück.

»Ich würde sagen, wir stoßen an«, verkündet Isabella nun gut gelaunt und reicht uns Champagnergläser.

Da ich momentan den kleinen Caleb stille, ist in meinem Glas bloß Orangensaft.

»Und worauf?«, fragt Camy.

Dass Isabella und Camy inzwischen so gute Freundinnen sind, wundert mich kaum. Sie sind sich in ihrem Humor sehr ähnlich und kabbeln sich im Grunde genommen die ganze Zeit.

»Auf neue Anfänge, gewonnene Kriege und die Zukunft.«

Gerade als ich zu einem Toast ansetzen will, klopft es an der Tür, und der schönste Mann der Welt betritt den Raum.

»Unten ist alles fertig«, verkündet Ian und wirft mir einen kurzen liebevollen Blick zu, ehe er sich der Braut zuwendet. »Wenn du immer noch bereit bist, meinen idiotischen Cousin zu heiraten, dann müsstest du jetzt runterkommen. Und übrigens: Du siehst wunderschön aus.«

»Oh mein Gott, oh mein Gott! Es ist so weit!«, ruft Camy aufgeregt und ext ihren Champagner.

Ich nutze die Chance und schleiche mich zu meinem Mann. Besitzergreifend schlinge ich die Arme um ihn und lehne den Kopf an seine feste Brust. »Wie geht es unserem Sohn?«

»Laurel hat ihn eben hingelegt. Es war alles sehr aufregend für den kleinen Mann«, antwortet Ian mit vor Stolz funkelnden Augen.

Mein Ehemann ist mehr als vernarrt in unser Kind. Auch wenn Laurel als unser Kindermädchen alles im Griff hat, lässt Ian es sich nicht nehmen, ständig um ihn herumzuschleichen und jeden Pups, den er macht, zu kommentieren. Es ist extrem süß, wenn auch etwas nervig.

»Dann lasst uns die beiden Chaoten verheiraten, bevor sie es sich doch noch anders überlegen!«, rufe ich, wende mich lachend der Braut zu und ernte prompt einen Klaps auf den Hinterkopf von ihr.

Ja, mein Leben ist großartig. Die schmerzhafte Vergangenheit liegt weit hinter mir. Die Gegenwart ist voller Menschen, die mir alles bedeuten, und in der Zukunft sehe ich endlose Liebe. Nie wieder wird mich das Schicksal in die Einsamkeit reißen.

DANKSAGUNG

Zuallererst: Danke an jeden Leser und jede Leserin, der/die Violets und Ians Geschichte mit mir durchlebt hat! Ich hoffe, euch hat es ebenso viel Spaß gemacht, sie auf ihrem Weg zum verdienten Happy End zu begleiten, wie mir.

Ohne meine wundervoll chaotische und verrückte Familie hätte ich nie die nötige Zeit gefunden, um die Geschichte zu Papier zu bringen. Dafür danke ich jedem Einzelnen von euch aus vollem Herzen.

Vor allem danke ich meinem größten Unterstützer. Meinem Papa. Hättest du mich nicht in die Welt der Märchen abtauchen lassen, hätte ich meine Liebe zum geschriebenen Wort vermutlich nie entdeckt.

Außerdem danke ich dem Mann, dem mein Herz gehört, für seinen bedingungslosen Beistand. Du und ich. Früher. Heute. Für immer.

Ob mein Traum ohne die Leselupe-Literaturagentur und meine wundervolle Agentin je wahr geworden wäre, musste ich zum Glück nicht herausfinden. Ihr habt von der ersten Zeile an an mich geglaubt und seid immer für mich da. Danke, dass ihr an meiner Seite steht!

Was wäre wohl aus Violet ohne Lektorat geworden? Vielen, vielen herzlichen Dank an Frau Hoffmann, die mir durch ihre Anmerkungen so enorm viel beigebracht hat.

Das Team von MIRA Taschenbuch hat mich selbst dann nicht für verrückt erklärt, als ich zum hundertsten Mal mit Fragen genervt habe. Danke für eure Geduld und euren Glauben an Violet, Ian und mich.

REWE hat mir eine extrem aufregende Zeit geschenkt, indem sie Violet und Ian in die REWE-Familie aufgenommen hat. Danke für diese tolle Möglichkeit!

Last but not least geht mein Dank an meinen einzigartigen Chef. Sie haben mir jede noch so unsinnige Frage beantwortet und stehen mir immer mit Ratschlägen und Tipps zur Seite. Danke für alles.